無属性魔法の
救世主《メサイア》
Muzokusei
Mahou no
Messiah
「ここはどこだ……？」
8
Kenta Mutoh
武藤健太
illustration るろお

「ミレディ＝フォンタリウス…」
聖女とは、美しさと癒しの象徴である

「なにッ!?」
クシャトリアは、
ロップイヤーの
動きに驚愕する。

「ネブリーナ＝エアスリルです……」

「オリオンか……
その者を最深部へ」

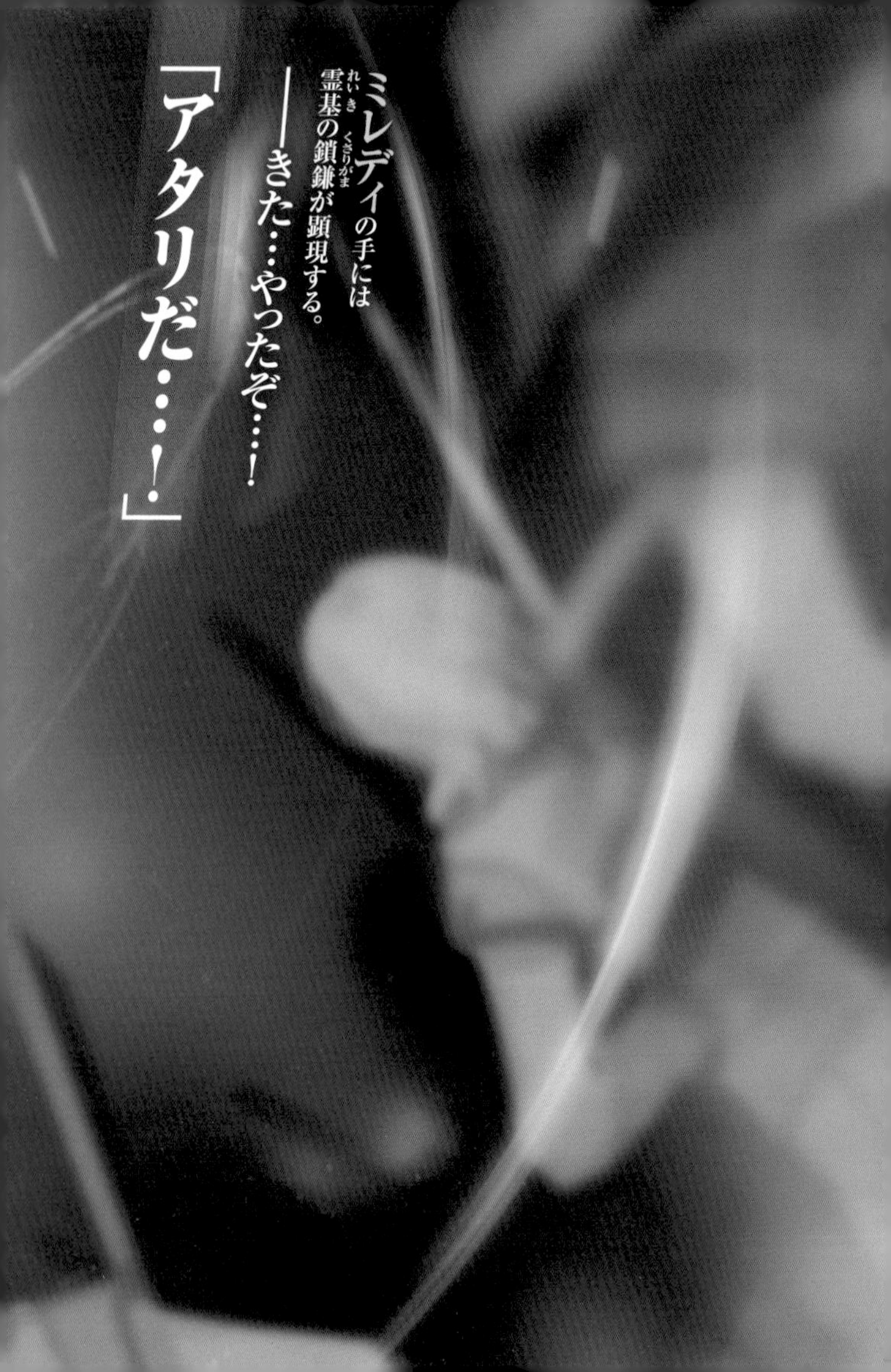
ミレディの手には
霊基《れいき》の鎖鎌《くさりがま》が顕現する。
――きた……やったぞ……！
「アタリだ……！」

ロップイヤーは
ウサギを模した白い鋼の
長い耳を持つ額当てとなる。
「な…なんだお前…
その魔法はァ!?」

INTRODUCTION
英雄ウサギを探せ!

アスラはその命をもって、
王都を守り抜いたと都民に語られていた。
そして、彼を模し、敬意を込めて
都民はウサギの仮面を付けて、
「英雄ウサギ」に扮するようになっていた。
変わり始めた世界は、
最も強大な力を持つと言われる精霊、
「神級精霊」に協力を求め国力増強を図るようになる。
しかし、**エアスリル王国**にだけは
神級精霊が現れずにいた。
そんな中、ある事件を契機に兵を蹴散らし、
城を瞬く間に制圧する「神級精霊」の存在が
王都の王族の耳に伝わった。
「この神級精霊は、五年前と二年前の精霊祭で
姿を現した英雄ウサギに容姿が酷似している」
その精霊の正体は———?
そして、**ミレディ=フォンタリウス**との
偶然の出会いから、物語は大きく動き始める。

無属性魔法の救世主《メサイア》 8

武藤健太

ヒーロー文庫

8
無属性魔法の救世主《メサイア》

CONTENTS

イラスト／るろお
装丁・本文デザイン／5GAS DESIGN STUDIO
校正／有園香苗（東京出版サービスセンター）
DTP／鈴木庸子（主婦の友社）

この物語は、小説投稿サイト「小説家になろう」で
発表された同名作品に、書籍化にあたって
大幅に加筆修正を加えたフィクションです。
実在の人物・団体等とは関係ありません。

プロローグ

〈？・？・？〉

そこは森の端だった。後ろにはたくさん木々が立ち並び、小鳥のさえずりが聞こえる。前方には広大な草原が広がっていた。

その草原の中、遠くの方に城壁で囲われた大きな街が見える。目を凝らして、ようやく見える距離だ。その街の前には、街が丸ごと収まってしまいそうなくらい巨大な穴があった。まるで隕石が飛来して出来たクレーターのよう。

「ここはどこだ……？」

唐突に、目覚めたのだ。俺は。

そして唐突に理解した、自分は精霊なのだと。

さらに精霊がどういうもので、どんな役割があり、何ができるのか、それら自分の能力さえも把握することができた。その何もかもを一瞬にして『理解』してしまうことが、果たして正常なのか、精霊として当たり前なのか……そういった疑問はそっちのけで、俺の体と頭は、自身の立場と役割、そして能力を受け入れてしまったのだ。

そして思い至る。それらの『理解』は、精霊として当然だということを……。

自分は精霊として初めてこの世に生み出され、そしてどんなことができるのか、それを誰に教えられるでもなく『理解』する……それは生まれたばかりの子鹿が本能で立つことと、何ら違いはないことのように思えた。

しかし、自分が何者なのかはわからない。今しがた目覚める前の、最後の記憶を思い出そうとするも、妙な頭痛に襲われた。

声は……男の声だ。未成熟な、少年の声。

それに、どうやら自分は仮面を付けているようで、視界は仮面に開けられた小さな穴からしか確保できない。顔面部を触るも、やはり……木製の仮面の手触りとその形がわかった。

限られた視界から、自分の体を見下ろしてみると、青を基調とした服に、前掛けのような布が下ろしてある。声に相応《ふさわ》しい、成熟する一歩手前の少年の体。

アソコも……あるな。間違いなく、人間の男の体。股間部を触るも、やはり……ってココの確認は割愛しよう。

「しかしなんだ、このコスプレみたいな格好は」

だけど、思わず苛立《いらだ》たしげな声が出た。改めて、全身を眺める。見れば見るほど、まるでアニメに登場するファンタジーな服装だ。勘弁してくれよ、これが俺の一張羅《いっちょうら》だなんて……。

「――――??」

と、そこまで感想を抱き、ふと思い留まる。

コスプレ？　アニメ？

何だそれは？

いやいや、コスプレやアニメの概念はわかる。コスプレは、漫画やアニメ、ゲームなどの架空の登場人物に扮装《ふんそう》すること。アニメは、アニメーションを用いて構成された映像作品全般……ここまでわかるし、記憶にもあるのに、その記憶がいつのもので、自分がどう体験した記憶なのかが、全く思い出せない。

それらのものが、この世のものじゃないというのも、なぜか俺は理解している。だと言うのに、それらこの世に存在しないはずの概念が、なぜ俺の記憶の中に存在する……？

そして、その記憶の存在を認めるとして、俺は一体何なんだ……？

この世に存在しないものを、記憶した覚えもないのに、認識し、知識としている俺は、何者なのだろうか。

精霊という言葉だけでは、到底説明がつかない……。

いったい俺は、いったい俺は、誰なん――――。

ぐううう。

――――――――――腹が鳴った。ものすごい音を上げて、空腹を訴えた。

「馬鹿馬鹿しい、俺が何者であっても、精霊であることに変わりはない。いいじゃんか、俺が何だって」

そんなことよりメシだ。腹が減った。

空腹に後押しされ、自分の不確定な部分を適当な理由を付けて補い、自己完結する。

余計なことは考えるな、精霊としての能力を活かし役割を全うしろ……空腹にそう言われているような気がした。

何か、使命めいたものを感じた気がする。

あてもなく、俺は歩き始めた。

58話　一年前

気が付けば、部屋の中にあるベッドの上だった。

さっきは森にいたような……そこで神級精霊だって自覚したばかりだったはず。

目の前に見える木製の天井。腹に力を入れ、上体を起こす。

木造の板目が目立つ部屋だった。カーテンが開いた窓から日光が差し込み、ベッドの白いシーツを照らす。

部屋には扉が一つだけあり、扉の向こうからは足音と生活音が聞こえてくる。

窓から外を覗《のぞ》いて見ると、ひたすら牧歌的な風景が広がっている。飛び交う小鳥たち。遠くには雪をかぶった山脈も見えた。

仮面は……相変わらず付けたまま。

「ぐっ……」

外そうとすると、急に頭の中に頭痛が走り、俺は怯《ひる》んだ。

――――ねえ、なんでお父様のことを呼び捨てにするの？

――――うるさいなあ。何でもいいだろ。ところでお前、名前は？

「……ぐッ……が……」

な……なんだ、この頭痛は……。

妙なイメージが頭に流れ込んできやがる……！　何だこの映像は。誰の記憶だ……。

しかし、仮面から手を離すと、すぐに頭痛は治まる。頭に激痛とともに流れた映像も止んだ。

嫌な冷や汗が流れている。速くなった鼓動と、荒い息を整えようと努めた。

と、その時だ。部屋の扉が外から開かれる。若い娘が姿を現した。

「だ、大丈夫？　うなり声が聞こえたけど……」

若い娘は、こちらに案ずるような目を向けている。ここの家人だろうか。

大きな瞳が特徴的な愛らしい娘っ子だった。人間の美的感覚はわからないが、俺の物差しだけで言うなら、本能は『美人系ではなく可愛い系』だと言っている。

「こ……ここは……」

初めて、人間と話す。警戒心が目一杯含まれた声が出た。

「こ、ここは私とお爺ちゃんの家だよ……」

「俺に何をした……？」

お前とお前のジイさんの家だ？　得たところで何も解決しない回答である。俺は少し苛《いら》立《だ》った。

「な、なにも……っ、納屋で倒れてたから、ここに運んで休ませたの……」

見るからに娘っ子はうろたえた。いいや、俺の苛立ちからくる威圧感に怯《おび》えているように見える。

しかし、なんだ……話を聞けば恩人じゃないか。俺は何を……自分が誰なのかわからないからと、何を焦っているというのだ。

「そうだったのか。悪い……世話になった」

「う、ううん……」

と、娘っ子は努めて笑顔を作る。

彼女の後ろから、ゆったりとした足音と共に、一人の老人が顔を覗《のぞ》かせた。

「起きたのかい」

「うん、そうみたい」

「それはよかった。お腹が空いたろう。顔を洗って来るといい。食事にしよう」

その老人は、深みのある声で俺を促す。優しさが感じられる、落ち着く声だった。

俺は娘っ子に家の外の井戸に案内され、湧き水を汲んだ桶を渡された。

「顔を洗ったら戻ってね。食事の準備をしておくから」

そう言って娘っ子は家の中に戻る。

小さな小屋がつなげられたような外観の家だ。無理な増改築を繰り返して、チグハグな家屋が連なっている。

俺は桶の水で顔を洗おうとして、手を止めた。

「これは……」

ウサギの仮面。

俺の顔に貼り付いて取れない仮面は、ウサギの仮面だった。耳が前に折れた、白いウサギの仮面。

仕方なく、仮面の上から手で汲んだ水を当てる。仮面から滴る水滴が桶の水面を揺らす。自分がフードを被っていることに気が付き、それを取ると、黒い髪が露わになった。

「何なんだよ、お前……」

一言、水面に映る自分に呟《つぶや》き、家の中に戻る。

◇◆◇

「ははは、空腹で倒れていたのかい」

ジイさん……笑ってんなよ。

古ぼけた木の食卓に並ぶ雑炊のような米の料理。

のぺぺ、と音を立てて皿に盛られたその彩りのない食事は、恐ろしく味が薄かった。

「じゃあたくさん食べなきゃだね」

おい、娘っ子よ。誰がおかわりと言った。これは半分拷問《ごうもん》だ。まずすぎるだろう。

「やめろって。そんなにいらないから」

「だって今空腹で倒れたって……口に合わなかった？」

「言わないとわかんないのかよ」

「ははは、ここ最近は貧しくてね。大した料理ができないんだ」

「見りゃわかるって」

俺は悪態をつきながらも、のぺぺと音を立てる食事を口に運ぶ。ほとんど水の味しかしない。『のぺメシ』と、今この料理を命名することにした。

俺は、森で目覚めた後、空腹に足を突き動かされるように、この農家に辿り着いたが、納屋の中で力尽きたのだ。

聞けば、この農家は酪農や穀物、野菜の栽培で生計を立てているのだという。

しかし、この農家を内包する領地、ベルモンド領の領主であるベルモンド伯爵が、『無属性の領民から徴収する税金』を上げたせいで、ここ二年間は特に貧しい暮らしを送っているのだそうだ。

髭《ひげ》を蓄えた白髪のジイさんは、ノノという名前の老人で、一緒に暮らす娘っ子はソーニア。彼女はノノの孫娘なのだとか。

娘っ子の両親は、四年前に『王都』という街で起こった『リベリアス・ナイト』という事件に巻き込まれて他界したと、娘っ子は努めて明るく話していたのを覚えている。

この農家のジイさんと娘っ子は、自分たちが貧しいくせに、俺を快く家に泊めてくれた。

素性も知らない人間……いや、精霊をよくもまあ不用心に、と思う反面、それに恩を感じないほど、俺は機械的に精霊をやっていくつもりはない。

この家に置いてくれる間は、畑仕事はもちろん、薪《まき》割りや風呂焚き、料理だって率先して手伝った。

その一カ月間は、あっという間だった。

二人の話を聞いては、俺がそれを小馬鹿にし、娘っ子は幼い表情で怒るが、すぐに笑う。

そんな日々が、どこか懐かしかった。一カ月前に森で目を覚ますまでの記憶がない俺が、抱くはずもない感情だった。

二人は、色んなことを語ってくれた。

そして俺が以前の記憶がないと話したのが理由なのだろう。

このエアスリル王国のこと。それにエアスリル王国を含む大陸の国々の時事。色んなことを聞いた。


解放軍という名の反乱軍の存在や、その危機。

さらには、一年前に他の大陸が確認されたこと。

他の大陸で初めて目撃された神級精霊の存在。

他の大陸の住民との国交や貿易問題。

銃の開発。


二人から聞いた話は少なくはなかった。

四年前から始まった解放軍による王都での大反乱、『リベリアス・ナイト』。

そして、激動の一年の始まりとなった王都の大事件、『第二のリベリアス・ナイト』とも言われた解放軍による二度目の王都への侵攻のこと。

この頃から四年前のリベリアス・ナイトを『第一夜』、一年前の事件を『第二夜』と世間では呼ばれ始めたらしいのだ。

「でも、特にひどかった第二夜から王都を救ったのが、アスラ＝トワイライト様っていう素敵なお方なの」

ここ最近、毎晩のように娘っ子は話す。

「昨日も聞いたって。そのアスラ何とかって男が、自分の命を犠牲にして解放軍から王都を守ったんだろ？」

わかったわかった聞き飽きた、と手をヒラヒラさせて見せ、娘っ子の話を区切る。

「ソーニアはアスラ＝トワイライトにご執心のようなんだ」

ジイさんは笑う。

一カ月も一緒に暮らしてりゃわかる。娘っ子は、自分の両親の命を奪った解放軍から、王都を守り抜いたアスラ何ちゃらのことを、いたく気に入っているようなのだ。

「笑ってる場合かよ、ジイさん。てめえの孫娘が天国の住人に恋しちまってるってのに」

「アスラ＝トワイライトほど強くて素敵な男なら大満足さ」

そう言ってまた笑う。

そーじゃなくて、アスラ何ちゃらはもう死んでるってのが問題なんだ。自分の命捨ててまで街を守るような馬鹿、俺はゴメンだよ。

「さっきからアスラ様のこと馬鹿にしてるけど、あなたはどうなの？　できるの？　アスラ様のように勇敢に街を守れる？」

娘っ子よ、アスラ何ちゃらのこととなるとムキになるのは玉に瑕《きず》なところだ。せっかく容姿は優れているのだから、変なところで意地を張るのはよせ。

「できるわけないだろ。何かを守るために死ぬのは、馬鹿のすることだ。残された人のことを何も考えていないじゃないか」

「あー、またアスラ様を馬鹿って……そんなんだから自分のことを精霊だとかイタイ発言するんだよ」

「なにを、娘っ子！　俺は精霊だって言ってるだろ!?」

実を言うと、この一カ月いくら説明しても、娘っ子とジイさんは俺が精霊だと信じようとしない。

曰く、精霊は清廉《せいれん》で神聖な存在なのだとか。二人は語る。俺のようなうさんくさいウサギ仮面の男なわけがない……と。精霊とは、もっと高潔で神々しいイメージであるべきだと、考えているらしい。そもそも人型の個体は王国内において、現時点で一体しか確認されていないのだとか。

「『第二夜』を受けて発足した『王宮近衛隊』のクシャトリアって人が契約している精霊が、今王国で知られている唯一の人型の精霊なのよ。そんな貴重な精霊とあなたが同じだなんて……」

どうも娘っ子の時事の話によると、一年前に発足された『王宮近衛隊』という王族直下の部隊が世間を賑わせているらしい。新大陸を見つけたのもその部隊なのだと言う。

『王宮近衛隊』所属のクシャトリアという女性とその契約精霊が強いのなんの、という話だそうだ。

でも、考えてもみろ。こちとらそのクシャトリアさんが契約している精霊と比べられて困ってるってのに……安全地帯から石を投げる娘っ子の気が知れないね、まったく。

「何という目を人に向けやがる、娘っ子……」

俺の言うことを微塵《みじん》も信じていない目をしている娘っ子。確かに、俺には『王宮近衛隊』などという大層な肩書も無ければ、一カ月前に森のはずれで生まれた自分が何なのかすらわかっていない。

「精霊はともかく、君の呼び名がないのはわずらわしいね」

「そうだよね、もうあなたが来て一カ月になるんだし」

「だから精霊だってば。何度言やわかるんだ」

俺自身、自分を何と呼べばいいのかわからない。ましてや、何者なのかも……。

俺はこの一カ月で何度目かわからない辟易《へきえき》としたため息をついた。

◇◆◇

この世に俺が出現してから、俺は何度か同じような夢を続けて見ることがあった。

その夢には、またか、と言いたくなるような既視感が最初にある。

夢特有の朦朧《もうろう》感がない、まるで現実のような夢。

暗い空間にスポットライトの白い光が一つ、頭上から見下ろしている。

地面には薄く張られた水面。俺は決まって、スポットライトの下にいた。

そして聞こえてくる水面を軽快に叩く足音。

そいつはスポットライトの下に姿を現す……そういう夢だった。

現れるのは、いつも白いウサギ。

「またおそろいだな」

何度目だろうか、このあいさつは。

「そんなこと言って笑っている場合？」

えらく綺麗《きれい》な声のウサギだった。最初は人間の言葉を喋るその様に驚いたものだ。

「本当に、ホントに何も覚えていないの……？」

そして決まって、白いウサギは俺に尋ねるのだった。まるで何かにすがるような、懇願の声。

「なにが？　お前いつも俺にそれ聞くけど、なんで？」

「……」

が、いつも最後には、白ウサギは落ち込んだようにうつむく。それがまるで人間の仕草のように見えてしまうのだから不思議だ。

「覚えていないのなら、いいわ……」

「いつもそう言っているだろう?」

今にも消え入りそうで、泣きそうな、はかなげな声だった。

その後、夢はすぐに覚める。

そして夢の後、泣いているのは、いつも俺だった。

「あれ……」

何が、そんなに悲しい? 何が、俺の涙を誘うんだ?

仮面の目にあたる穴から、涙は流れ、枕に滴る。

なんだ、なんなんだ。仮面を外そうとすれば激痛が走り、誰かの記憶が流れ込んで来る。白いウサギの夢を見た後、目が覚めたら決まって泣いている。一体どういうことだ。

この『不安定』な状態はいつまで続く?

こんな『不安定』を引きずっていて、本当に精霊として正常なのか? 精霊はみんなこうか?

俺はわけもわからず泣いている状況から、恐ろしく自分が不安定なんだと思い知らされる。

それが嫌で、この夢を見た朝は決まって外の井戸まで走った。涙を見られたくなかった。自分がこうも『不安定』なのだと知られたくなかった。

だがそれでも、井戸水に映るウサギの仮面が貼り付いた顔を、また見ることになる。

「くそ……」

やりようのない悔しさが込み上げる。

いつもだ。取れない仮面、頭に流れ込んで来る正体不明の記憶。泣いて目が覚める夢……。

本当に、俺は『不安定』な存在だ。

そのことは、さらに俺の不安を加速させた。

◇◆◇

さらに数週間が経ち、俺はこの農家にだいぶ馴染んできた。

薪《まき》割りなどはお手の物。

「僕たちが朝食を食べている間にこの量の薪割りを終わらせたのかい？　いったいどうやって？」

「俺は人間より速く動けるんだよ。これくらい当たり前だよ」

俺の料理も好評だった。

「このビーフシチュー、すっごい美味しいんだけど!?　どうやって作ったの!?」

「そんなのわかんないさ。こう作れば美味くなるって体が覚えてたんだ」

薪割りにしたって、料理にしたって、どんな動作が、どんな要領が、より効率的で効果的なのか、俺の体は知っていた……が、もちろん俺は知らないことだった。

薪割りの斧《おの》を持つ手を、料理に使う包丁を持つ手を、眺めたところで、俺の記憶からは何の返答もなかった。

この今の状態が精霊として正常なのか、異常なのか、それすらも俺にはわからない。だって考えてもみろ。ある程度の社会性はあるにしても、急に森で産み出されて、わけのわからないことばかり……現状の自分が精霊をちゃんとやっているのかどうなのかも、自信が持てないでいる。

しかし一方で、自分が精霊だという自覚は……間違いなく、何の疑いようもなくあるのだ。

この体に宿る圧倒的な力……。娘っ子が思い描くような神々しさすらこの力にはあるのだと、俺は憶測している。

もし自分が精霊なのか疑わしくなるくらい、自身の記憶と体の齟齬《そご》が、輪郭としてもっとはっきりしてくるようなのなら、一度、俺の体に宿るこの力を使えばいい……そうも考えてみたものの、ダメだ。もしこの力がその気はなくても人間、つまりジイさんと娘っ子に危害を加える程の力なら？　恐ろしくて俺はとてもこの力を使う気にはなれなかった。

力の使い方だけは、記憶がなくてもわかった。でも使えない。それほどのエネルギーを、自分に感じている。そして俺が力を使う場面もまた、ここでの生活ではあり得なかった。

この農家での生活は平和そのもの。牧歌的で、牛に餌をやり、作物を耕す。仕事が終われば草原で昼寝をしたり、娘っ子と笑い話をしたり、気ままな生活という表現が一番しっくりくる。

のだが……。

そんな平穏は長くは続かなかった。

ある日、ジイさんと娘っ子が、領地内にある街へ獲れた作物を売りに出掛けた。

帰りは夜になると聞いていたのだが、帰って来たのは昼時を少し回った頃だった。

「随分と早く売れたんだな……」

少しだけ、自分も嬉しくなる。

が、しかし、家の前に出迎えてみるとどうだ。

帰って来たのはジイさん一人だけだった。

ジイさんの服は所々傷んでいて、誰かと揉《も》み合った形跡がある。

「どうした？　娘っ子とレールガンごっこでもしてたのか？」

俺は茶化すように尋ねたが、ジイさんの表情は余裕がなく、獰猛《どうもう》で、鬼気迫っていた。

俺はその顔を見て初めて、異変に気が付く。

「……娘っ子はどうした」

「つ、つれて行かれた」

ジイさんは今まで見たこともないくらいに、不安をにじませた顔で俺に迫り、肩を強く掴《つか》んだ。

「つれて行かれたって……誰に」

ジイさんの必死に訴える表情に、俺はやや気圧される。普段優しげに微笑んでいる分、余計にだ。

「ベルモンド伯爵だよ……街を歩いていたら、ソーニアが目をつけられて、伯爵の私兵につれて行かれたんだ……」

その時のことを思い起こしたのか、落胆を織り交ぜ、悲劇を語る。

娘っ子はジイさんのたった一人の孫だ。ジイさんの息子と嫁……つまり娘っ子の両親も、四年前の事件で他界している。二人っきりの家族なんだ。

娘っ子の容姿が優れているからであろう。領主の伯爵は娘っ子を見初めて、自分の欲を満たすために連れ帰ったのだと容易に想像できた。

ジイさんのボロボロの姿を見るに、ジイさんはせめてもの抵抗をしたのだろうが、結果は見えている。

「それでノコノコ帰ってきたのかよ？」

「ソーニアが、そうしろと……」

「馬鹿なのか？　ジイさんを助けるために決まってるじゃないか」

俺は努めて冷静に諭す。

泣かせるじゃないか、男を助けるためのつれないしぐさ、私の若い頃にそっくりだよ、とまでは言わないけど……しかしそれでいじけてノコノコ帰ってきたってのか？

「それでもお前男かい？　ええ!?」

「き、キミ、なんか口調違わなくないかい？」

「そんなこと今はどうだっていい。多少は抵抗したようだが、最後まで諦《あきら》めるんじゃないよ」

「で、でもこんな老いぼれが何人もの兵士相手に丸腰で歯向かえない……僕にはもうそんな力はないよ……」

このジイさんは……老いを理由に孫を奪われたことに納得しようとしているのか？

「ふざけるなよ、たった一人の孫娘だろう。なんでそんな簡単に諦めて、悔しくはないのか」

俺はジイさんを鼓舞した。

「ジイさんの抵抗を見て、娘っ子は勇気を出してお前を逃がしたんじゃないのか。ジイさんの勇気は、そんなものだったのか？」

発破をかけた。

「ち、ちがうさ……」

そしてこの時に、ジイさんの顔付きは変わった。

「ソーニアを、何としても助け出す……あんな色欲の塊に手渡すほど、安い女じゃあないさ……！」

初めて、ジイさんの燃えるような瞳を見た。

まるで超新星のような輝き。老いをモノともしない決意。

発破をかけたら、ただの優しいだけのジイさんじゃない、別の顔が出てきたってことか。

「よく言った、ジイさん。あんたが本気になったなら、もう大丈夫だ」

「え？」

「言ったろ、俺は精霊だ。あんたたちにはここに置いてもらっている恩がある。今こそ、それを返そう」

「ち、力を貸してくれるのかい!?」

ジイさんの表情は、心なしか輝いたように見える。俺を精霊と信じていなくても、人の手を借りられることに、一筋の光が差した。

「ただの恩返しさ」

力を貸すなど、そう大層なことじゃない。

「でも君……どうやってソーニアを？」

「簡単なことさ。真っ正面から返せって言ってやるんだ。それでも返さない場合は実力行使。な、簡単だろう？」

「なっ！　そ、そそ、そんな……上手く見つからないように伯爵の屋敷に忍び込むんじゃないのかい!?」

ジイさんは、俺の実力行使の案など夢にも思っていなかったようだ。

「忍び込むなんてまどろっこしいことしてんなよ、ジイさん。正々堂々と挑むのさ」

「そ、そんなぁ……」

俺に考えを変える気がこれっぽちもないのが見て取れたのか、ジイさんはあからさまに落胆する。

しかしその不満も、想定内だ。だってこのジイさん及び捕まってる娘っ子は俺の力をまるで信じようとしない。精霊の力を見せない俺も俺だが、あんなに口酸っぱく説いたのに、この期に及んでもなおジイさんの反応は落胆だ。救いようがない。ここは一つ、娘っ子を華麗に取り戻し、俺の地位確立も図ろうかと、俺は内心企てていた。

「時にジイさん、あんた、魔力量はいくらあるんだ？」

「ぼ、僕は無属性だよ？　最後に測ったのは何十年も前さ」

「確実な数字が知りたい、いいから教えるんだ」

「た、確か……十万くらいだったか……」

ま、適正魔法がないジイさんにしちゃまだ魔力量は多い方か。

「出来て仮契約だな」

「か、仮契約？」

「そ、俺と仮契約。本来、俺と精霊契約を結ぶには、随時、百万数値の魔力量が必要になる」

「え、ええ!?　百万も僕はないよ！」

「最後まで聞けって。だからジイさんはちゃんとした精霊契約でなくていい。仮契約だ。それだけでも、ジイさんに貸してやれる力は大きくなる」

「そ、それじゃあ……いいのかな、お願いしても」

「いいだろう。結ぶぞ、その仮契約！」

妙なテンションになってしまった。今にもジイさんが反逆のノノーシュになってしまいそうな勢いの台詞が思わず出る……が、相変わらずそのネタを記憶した覚えはない。

またわけのわからない感覚に陥るも、やることはやらなきゃ、と自分を諌《いさ》めた。

俺がジイさんを仮契約の相手と認識した途端、俺とジイさんの間には赤い唐草模様の魔法陣が現れ、眩《まばゆ》い光を放つ。

しかしすぐに魔法陣は消え、その直後にはジイさんから、魔力を吸い取れるようになっていた。俺は、元から残り僅《わず》かなジイさんの魔力の一部を吸い取る。

「……」

魔力消費のためか、ジイさんは疲れたような、青ざめた表情をする。

それを俺は一瞥《いちべつ》し、一過性の虚脱感だとわかる。この老体には、それほどまでに魔力が少ないんだ。

とにかく今は、娘っ子を助け出すことを最優先に考え、行動する。早急にだ。

「領主のいる場所は、どこだ」

「ま、街の高台にある城だと思うよ……」

「城？　かぁー、たかがいち領主が城ですかい」

「だから言っただろう？　正面から挑むのはよさないか？」

「余程こそこそするのが好きなようだな。そんなまどろっこしいことをしなくて済む方法があるんだ。いいから言うことを聞け」

ジイさんはこれ以上何を言っても無駄だと悟ったのか、大丈夫かな、と呟《つぶや》きながら家を出る。

俺も家を出て、街のある方角を聞いた。

「あっちの方向だよ。遠くに街が見えるだろう。あれがベルモンド伯爵領の街さ。あの街の奥に、伯爵の城がある」

「わかった、さっさと行こう。娘っ子が伯爵の毒牙にかかる前に」

「嫌なことを言わないでおくれよ……」

ジイさんは、とぼとぼと歩き出した。

「おいおい、そんな速度で歩いていたら日が暮れちまうぞ」

「し、しかし……」

無理もないか……ジイさんははっきり言って老体だ。これだけ動ける分、年寄りにしちゃ元気な方だ。

仕方ない。

「乗れよ」

「え？」

「だからおぶってやるって言ってんだ。担いで走った方が速い」

本当かな、とジイさんは困惑しつつ、おずおずと俺の背に乗る。ジイさんが俺にしっかり掴《つか》まるのを確認すると、駆け出した。

「走るぞ、舌噛《か》むなよ」

「わっ！」

急に体にかかった加速度に、ジイさんは短く悲鳴を上げた。

こんなに速く駆けたのは、初めてだ……初めてのはずなのに、足が当たり前のように速度についてくる。まるで頻繁にこの速度で駆けていたことを、体が覚えているかのようだった。

最初は、超長距離の跳躍。それを繰り返し、跳躍距離はそのままで、足の回転を上げていく……否、勝手に足がそう動いたのだ。

まるで疾駆の一歩が巨大な跳躍。駆ける力が一歩あたりに強大な推進力を与え、それに加え足の回転数を上げていくと、当然速度は上がる。

あっという間に大草原を駆け抜け、岩場を飛び越え、森を突破する。

足音も、空気抵抗も、雲の流れすらも置き去りにして、空から息吹く疾風のごとく、大地をねじ伏せた。

な、なんて速さなんだ……。

高速の世界でジイさんが何かを叫んで伝えようとしたが、風の轟音《ごうおん》に掻《か》き消されて聞こえなかった。とにかく今は自分のこの速さに酔わされる。

精霊として生まれた瞬間から、初めから知っていたかのように、不思議と自身の能力についてある程度理解はしていたが、実際にその能力を確かめてみると、度肝を抜かれてしまった。

　これが精霊の力なのか、と。

　精霊の俺が使う能力は魔力が必要なのだとわかった。この能力は魔法なのだ。

　しかし見ろ、どうだ。魔力が消費したそばから次から次に湧き上がってくるではないか。

　精霊のもつ魔力は、とんでもない量があるのだ。

　俺は一時、この速度と全能感に酔いしれる。

　街が近付くと、速度を落とし、やがて止まった。

　ジイさんを背中から降ろしてやると、震える足でゆっくり降り立った。これは歳による震えではないだろう。

「大丈夫か、ジイさん」

「はっ、速すぎだよ……止まれと何度も言ったのに……君は本当に精霊だったんだね」

「今更信じる気になったのか」

「あ、ああ……馬車で数時間の道のりを数分で駆け抜けたんだ……信じざるを得ないだろう」

「ちゃんと契約すればもっとすごいぞ」

「ひゃ、百万も魔力を渡せる人なんて、聖女様くらい魔法に長《た》けたお方じゃないと無理だよ……」

聖女……そんな役職もあるのか。どこかうさんくさいが、契約できるのなら、この際誰でも良い。

「とりあえず、街はここでいいのか」

街はざっと外観を見たところ、東京ドームが収まるくらいの大きさの街で、俺がこの世界に生まれてすぐ遠くに見た街と比べると規模も開発もかなり劣っている印象を受けた。草原には街道があり、街の門へ続いている。門はその下をくぐるだけの、街の入り口として少し目立つ程度の簡素な役目のものだった。

「ああ。城は街を真っ直ぐ奥まで行ったところに……」

しかしジイさんが言い終わる前に、俺は街の門をズンズン進み、通り抜けた。

「ま、待て、貴様！　怪しい仮面のヤツ！」

門の両脇には二人の兵士が立っていた。目には入ったが関係ない、と言いたいが、俺が無断で門をくぐるものだから、やはり止めに来た。

「あ、ちょ、ちょっと待ってくれ、精霊クン」

精霊クン……？　なんだその呼び方。

「なんだ」

「街に入るには門兵に身分確認してもらう決まりなんだよ」

そんな悠長なことやってられるか、緊急事態だということをわかっているのか。

「ジイさんの方でやっといてよ。俺は精霊だ。関係ないね」

すぐに門兵も俺とジイさんの会話に入って来る。

「あんたさっきのジジイだろう、娘を伯爵に連れて行かれたって……」

「困るんだよ、こんな弱そうな用心棒なんか雇って来られても」

が、聞き捨てならず、俺も会話に参入。

「誰が弱そうだ、こら」

「……どうやら街の決まりも知らないようだし……」

「このことは伯爵には黙っておいてやるから、身のためだ、諦《あきら》めて帰んな」

門兵は俺のことを一瞥《いちべつ》してから、ジイさんを諌《いさ》めた。

どうやらこの兵たちは伯爵とやらに雇われている私兵のようだ。

俺たちの腹は元より決まっている。伯爵に盾突《たてつ》くのが目的なんだから、話にならなくて当然なのかもしれない。


バチッ!!

「ぐっ！」

「……うぅっ！」

どさっ。

「寝てな」

「ちょ、ちょっと精霊クン!?　何をしているんだい!?」

「見りゃわかるだろ、二人に電流を流して気絶させたんだ」

「デ、デンリュウ……？」

「それも精霊の力ってこと。説明は後だ。急ぐぞ」

「し、しかし……」

「何を怖じ気づいている。こいつら、見たところ伯爵の兵士なんだろ？　俺とジイさんは伯爵に喧嘩《けんか》売りに来たんだ。門兵は後で邪魔になるかもしれない。寝てた方がこいつらも安全さ」

行こう、と俺は先を急かした。

ジイさんは心配そうに倒れたままの門兵を目で追いながら、俺の後をついて来る。

街は整備された土の地面に、木造の建物を並べて道を作ってできたような造りをしていた。

人の往来は多くはない。人間の街に来るのは初めてだから、どんな華やかなものかと期待もしたんだが、いささか寂れているように感じる。

「言っただろう？　この領地は貧しいんだ。裕福なのは属性魔法使いだけ。兵士だって無属性は雇わない」

「そんな理不尽な領主が嫌なら、他に移り住めばいいだろう」

「簡単に言ってもね……畑や家畜のこともあるし、金も家もない。じっと耐えるしかないのさ……」

「でも、娘は失わずに済んだ。そうだろ？」

ジイさんは見開いた目で俺を見た。

言葉を失ったように、しかし、顔には俺の言葉を肯定している意志がありありと表われている。

「僕にも、君くらいの勇気があれば、息子夫婦を失わずに済んだのかもしれないな……」

「その勇気は後に取っておくんだな。娘っ子を連れ戻す時まで」

ジイさんの意志が固まりつつあるところで、俺たちは街の奥に辿り着いた。

そこには城が一つ建っていた。街から谷を挟んで、石造りの橋を渡った所に、その城はあった。谷の下には川が流れており、橋も見事な出来で、街から城までの距離がかなりある。

　貴族が、王族気取りだ。屋敷で十分だろうに……。

　こんなに立派な城を建てられるのなら、あの寂れた街をどうにかすればいいのに。俺は来た道と街を振り返って思う。

　城は、まるで要塞のように堅牢な造りで、外部からの侵入をことごとく阻むという目的が丸見えだった。石造りの橋の向こうには門兵も立っている。

「伯爵は……何かコンプレックスでも抱えているのか？」

「ははは、本人に聞いてみようじゃないか」

「お、言うようになったじゃないか、ジイさん」

「強がっただけさ。気持ちで負けてはいられないからね」

「良く言った、その意気だ。でもジイさん……」

　俺は城の橋の先に構える門扉と見張りの兵士を見ながら、ジイさんの肩を掴《つか》んだ。

　その手に力を込める。

「俺に近づき過ぎるな……巻き添えを食らうぞ」

「わ、わわ、わかった……」

「よし」

　俺の威圧に、ジイさんはおののきながらも、首肯を繰り返す。

そうと決まれば、あとは急いで娘っ子を連れ出すのみ。

俺は石造りの橋をずんずんと進んだ。まるで我が家だと言うかのように。

「おい、なんだ貴様！」

「止まれ！」

門兵は三人。門兵までの距離は百メートル程。騒ぎになる前に片付けるとしよう。対策を取られても面倒だ。

足に力を込め、一気に踏み出した。ジイさんの家から街まで来るような駆け方ではない。もっと速く、もっと鋭い走りだ。

ズンッ!!

石造りの橋が揺れた。

門兵までの距離を一瞬で縮め、視界の端で門兵の表情が驚愕に変わったのを捉える。さらに、門兵たちが持つ槍が構えられたのを確認。

槍が振り抜かれる前に俺は門兵の頭上に飛び上がり、槍をかわす。そして間髪いれずに三人の門兵の頭上で魔法を放った。

カッと一閃、青白い落雷が彼らの戦慄《せんりつ》の表情を浮かび上がらせ、直後には門兵たちが人形のように力なく崩れる。

門兵が城の入り口前で横たわると同時に、俺は着地。我ながら見事な技だと、精霊の力を思い知った。

「せ、精霊クンっ！」

急いでノノが倒れた門兵の所へ駆け付ける。

「こ、殺したのかい……？」

「おいおい、バットマンがジョーカー以外に殺しを働いたか？　違うだろ？　ん？　殺すのは本当にヤバいやつだけさ」

「ば、ばっと……？」

「門兵は気絶してるだけだ。こいつらが目を覚ます前に事を済ませよう」

「あ、ああ」

勢い良く城の大きな両開きの扉を開け放っ……いや、蹴《け》り開けた。

なぜそんなに堂々と攻め込めるか、とジイさんに答えの出ない疑問を呟《つぶや》かれる。

「さあ、九十六時間以内に助け出すぞ」

「九十六時間に何か意味が？」

「いいや？　ただ、今頭に浮かんで来たのはリーアム、それにニーソンって名前と娘を攫《さら》われるっていうジイさんと同じ境遇だな」

いや待てよ。確か九十六時間って三部作だったような……ジイさん、あと二回も娘っ子攫われるようなことにならなきゃいいけど……。

「九十六時間もかかったら手遅れな気がしないかい？」

「そうだな、娘が攫われる関連でいうと二十四時間のやつの方が時間的に妥当だな」

今思い浮かんだのはジャック、それにバウアーって名前と本当にすまないと思っているって名言かな……。

「二十四時間も……どうだろう」

「そんなに時間取らせやしないさ。ものの数分でケリをつけてやる」

城の内部は、きらびやかな大広間だった。赤い絨毯《じゅうたん》が惜しみなく通路や階段に広げられていて、シャンデリアが豪奢な空間を演出する。ランドホテルよりも大きなロビーだ。吹き抜け構造になっており、広間に入って両端に見える二つの階段から上のフロアに上がれるみたいだ。

が、そう簡単には進めないようだ。

足音が聞こえる。十数人は下らない。

「ジイさん、新手だ。扉の外に出てな」

「あ、ああ……気を付けるんだよ」

誰に言っているんだ、とは言わないが、俺は精霊だ。この力、この全能感をもってして、負けるイメージがつかない。

ジイさんが扉から一時退避した後、案の定十数名の兵士たちが上階の通路から現れた。

門兵たちと同じ鎧《よろい》。今度は銃を持っている。

「大きな物音がしたと思えば、侵入者が……！」

「投降しろ！　ひざまずけ！」

「全員、鉄銃を構えろ！」

まったく、怪しいと思えば誰にでもすぐ銃を向ける。ニューヨークの警察じゃあるまいし。

「ここに攫《さら》われた村娘がいる。返してほしいだけだ」

一応、両手を挙げて話による解決を試みる。怒りに任せ、最初に手を出すという行為は人間の危険な部分であると、俺はポカホンタスから学んでいる。

しかし、だと言うのに、兵士たちが銃を降ろす素振りは一切見受けられなかった。銃を仕舞う気配もない。

「娘は伯爵様のものとなった。大人しく立ち去れ！　さもないと撃つぞ！」

「やっぱり話し合いでは無理か……とは言いたくないけど」

兵士たちは引き金に指を掛ける。

そもそも話し合いに応じる相手なら、娘っ子は攫われたりはしないか。

「立ち去らない、と言ったら？」

「くそ！　構わん！　撃てっ！」

バンッ！　バンッ！　バンッ……！

が、兵士たちの気は思ったよりも短かった。それぞれの銃の引き金は、いとも簡単に引かれる。

銃口から放たれる弾丸。一気に充満する硝煙《しょうえん》のにおい。乾いた銃声。

当然、弾は音速よりも速く俺を目掛けて肉迫する。

しかし弾の進む道筋が、その軌道が、弾自体が、俺には見えた。さらに俺自身、それらよりも速く動くことができる。

一体、兵士たちの目にはどう映っているのだろうか、銃の弾をことごとく避ける俺の動きというものは。

水平方向に高速で移動し、照準を俺に合わせようとする兵士の動きよりも速く大広間を駆け抜ける。

ひとしきり銃声が連続で鳴り響いたが、俺には弾が当たらないと判断した兵士から次々と銃声が止んだ。

「俺のことはエージェントスミスとでも呼んでくれたまえ、アンダーソン君」

兵士たちは、俺の軽口に苛立《いらだ》ちを露わにする。

「な、何をワケのわからないことを……！」

「ば、化け物だ……」

「いい加減に鉄弾を食らいやがれッ！」

兵士たちが口々に言って俺に目掛けて飛ばす嫌悪。その中で、ある有力な情報が耳に入った。そう、『鉄弾』だ。弾が鉄とありゃ、はなから避ける必要もなかったのだ。

「もう一度だ！　撃て！　撃てぇッ!!」

と、再び響く兵士の怒号。それと同時に四方八方から飛んでくる鉄弾。

さあ、反撃だ。

自分の周囲に強力な磁場を展開、飛んで来た銃弾を磁力でその場に留め、勢いを殺す。

鉄弾は、蜘蛛《くも》の巣に捕らえられたかのように、みるみるうちに速度を落として、やがて宙で止まった。まるで目に見えない糸で吊るされているかのごとく、である。

「て、ててっ、鉄弾がっ！　なぜだ！　なぜ弾が止まる!?」

「ば……化け物……本物の化け物だ」

失礼な兵士たちだ。化け物じゃない、精霊だ。言っても無駄なんだろうけど。

鉄弾が止まる原理は単純明快。

それが『鉄』であるからだ。鉄とは、磁場により磁性を帯びる金属であるため、俺の精霊としての力に上手く支配されてしまったのだ。

そう、能力の一つであるところの『磁力操作』に――――――。

この能力について、娘っ子やジイさんにいくら説明したところで、理解は得られなかった。そんな力や原理、見たことも聞いたこともないと彼らは首を横に振り続け、果てにはこの世界にはそんなものは存在しないとまで言って、俺の能力自体の存在否定を論じ始める始末だったのだ。

百聞は一見に如《し》かず。見たこともない原理。百聞どころか一聞にも満たない俺の能力についての説明を、誰が信じようか。

しかし実際はどうだ。こうして俺の説く原理や法則の通りに、極めて物理的な俺の能力が働いているではないか。そしてこの瞬間にして、ジイさんは俺の話す説を見たことも聞いたこともないと言い張ることはできなくなった。

「き、ききき……君はいったい……」

鯉《こい》のように口をぱくぱくさせながら、ジイさんは扉の外からとぼけたことを言った。

「言っただろうが。精霊さ」

その言葉を皮切りに、宙に浮かせて止めていた鉄弾を、磁場による反発力で跳ね返した。弾丸は兵士たちを目掛けて無差別に襲いかかる。

壁には無数の弾痕。眼前にはもはや立つ敵の影すらない。唐突にこの大広間を包む静寂。

不気味なくらいに俺の精霊としての力はすさまじかった。ここまでの効力を予想もしていなかったという過小評価が多少影響しているとは言え、この戦場を目の当たりにして、精霊としての底力、そして真価は、今しがたの快進撃以上のものがあるのだと感じてならない。

「安心してくれ。急所は外してる。手当てをすればすぐに治る傷さ」

ジイさんは見るからに俺の精霊としての力に敬服し、その表情には畏怖《いふ》すら垣間見える。大量の倒れた兵士を前にそう言っても、気休めに過ぎなかったようだ。

「な、なんて強さなんだ……伯爵の兵士たちをこんなにもあっさりと……」

鉄弾の痛みに歯を食いしばり、倒れてうめき声を上げる兵士たちをまたいで先へ進む。こちらを殺そうとした敵だと言うのに、ジイさんは同情の目を向けた。

大広間の吹き抜けの上階へ続く階段を上った先に、大きな扉が新たに見えてきた。

「いいか、ジイさん。この先も敵がうじゃうじゃ待ち受けている。同情する相手じゃないんだ。そんなモラル、ここではお荷も……っ……」

「？　精霊クン、どうしたんだい？」

「くっ……がッ……」

――――そんなモラル、ここではお荷物なんだよ――――。

まただ、この頭痛……ッ！

仮面を無理矢理に剥《は》がそうとした時と同じ痛みが、俺の脳内に何かすらもわからない記憶を強烈に投げ付ける。

ダンジョン？　二年間ってなんだ！

クシャトリアって誰なんだ!!　なぜ娘っ子に聞いた『王宮近衛隊』にいるやつの名前が思い浮かぶ!?

痛みは一分にも満たないうちに治った。

「ゼェ、ゼェ……」

息は荒く、とにかく深く大きい呼吸を繰り返す。その頭痛は余韻《よいん》すら残さないが、訳のわからない記憶を俺の頭に置いてどこかへ行く。誰の、いつ、どこで見た記憶なのか……それすらもわからないはかない記憶。

「だ、大丈夫かい？」

ジイさんに俺の『不安定』を見られた。

「あ、ああ、もう何ともない……」

そうさ、俺は自分が何者かもわからず、この身を襲う説明もつかない頭痛や記憶、夢や涙が、途方もなく自分を不安定な存在なのだと、否応なしに自覚させてくるんだ。

「本当かい？　痛そうに頭を抱えていたけど」

「今心配する相手は俺じゃないだろう。娘っ子が無事なことだけ祈ってろよ」

あくまで気にしない風を装う。何もなかったとジイさんと自分に言い聞かせ、歩を進めた。

吹き抜けた上階にある大きな扉の向こうは、さらに高い吹き抜けになった筒状の階段室があった。階段は螺旋《らせん》状に伸びており、フロアごとに部屋へ続く扉が数多く設けられている。

「部屋が多いな……伯爵の部屋の見当でもつかないか、ジイさん」

「わ、わからないけど……たぶん守りの堅い伯爵のことだから……」

「一番上の部屋か……何がそんなに怖いのかねぇ」

住処を屋敷などではなく城にしてしまうような伯爵だ。

しかも私兵を腐る程に雇っている。何か相当に強いコンプレックスを抱いて……もしくは何かを隠したいがためなのだろう。

頭上の遥か上に続く螺旋階段。

上を見上げると、時を同じくして階段の所々に設けられている部屋から、兵士たちが一斉に現れた。

「さっきの銃声を聞いてこちらが指をくわえて待っているだけと思うな、侵入者！」

「上には行かせんぞ！」

「大広間の兵を倒したやつだ！　気を抜くな！」

兵士たちは威勢の良い言葉を吐く。

その怒声の中に、一つ冷静な声があった。リーダー格の兵士。兵士長とでも呼ぼうか。

螺旋階段の各階、各踊り場の手すりから顔を覗《のぞ》かせた兵士の数は、三十人は下らない。

大広間の兵士たちとは違い、警告なしで鉄銃を発砲してきた。

ババババババンッ!!

「ッ！　ジイさんッ！」

ドンっ！

「うわあっ！」

突如、頭上から豪雨のように降り注ぐ鉄弾。咄嗟《とっさ》にジイさんを押しのけて、弾幕範囲の外に出す。

ジイさんはこの筒状の階段室の扉の外へ転げるように弾き飛ばされた。

――――と同時に、磁場を頭上に展開、鉄弾を受け止める。

数瞬の暇すら相手にはもったいない。磁力で受け止めた鉄弾の数々を敵に跳ね返した。

「ぐわあああああッ!!」

その鉄弾の反射に反応できず、弾の軌道上にいた兵士たちは自分の放った弾をその身に浴びる。

「なッ!?　アイツ、鉄弾を――――ッ!?」

「大広間のやつらがやられるワケだ……。コイツに銃は効かん！　魔法を使え！」

兵士長の判断が速い。指揮系統が明確になっており、兵士たちの即応力が大広間の兵士とは段違いである。

螺旋《らせん》階段の各箇所からこちらを見下ろす兵士たちは、すぐさま鉄銃を捨てて杖に持ち替えた。

「精霊クンっ!?」

ジイさんのいる場所は、螺旋階段からは死角になっているようだ。

彼の言いたいことはよくわかる。

鉄弾を跳ね返すことができても、魔法を跳ね返すことはできない……そう言いたげな顔で俺の身を案じてた。

ただ、俺自身、自分の能力に関して、それ以上にわかっているつもりだ。


要は、俺の能力は磁力操作だけじゃない――――。


「火の精霊よ、我に力を――――」

「風の精霊よ――――」

「水の精霊よ――――」

兵士たちは俺に杖を向けて一斉に各自の呪文を唱え始めた。

「火に風、水属性まで……豪華なこった」

今まさに降りかからんとしている魔法の種類や数を数えて、身震いした。

この魔法の数々が、俺のモノになるのだから――。

巨大な火球、かまいたちのように鋭い風、熱湯の渦が俺に襲いかかろうとする。

が、ただ襲いかかろうとしただけ。

それらは俺を眼前に迎えた直後、何かに阻まれるように勢いを殺し、やがては消滅した。

俺ごと地面をえぐる魔法の轟音、燃え盛る火球の熱、吹き荒れる風靭さえも掻《か》き消されるその様は、まさに夢幻泡沫《ほうまつ》。

はかない夢のように、激しい土煙だけを残して兵士たちの魔法は無力化された。

「そ、そんな馬鹿な……」

「鉄弾だけでなく、魔法も……ッ!?」

やがて土煙が晴れて、兵士たちはさらに驚愕する。

戦慄《せんりつ》していたと言ってもいい。

兵士たちは口々にこう言い、絶望した。

「ま、魔障壁だと……ッ!?」

ついに兵士長も額に汗を滲《にじ》ませた。

そう、俺の能力は磁力操作だけじゃあないんだ。

「魔障壁の発動には魔法研究所の特殊な設備が必要なはず……！　なぜ人間一人にこんなことが……！」

兵士が怯《おび》える。兵士が絶句する。兵士が腰を抜かす……。

こんなにも、こんなにも俺の力は強大なのだ。

不自然に残り不自然に欠落している記憶、原因不明の頭痛と記憶の混濁。いろんな問題はあるが、これらの力が、俺が精霊であるという真実を、俺に強く自覚させてくれる。

「おい、兵士ども！」

「っ!?」

お互いの攻防が一時的に収まっているこのタイミング。丁度いい。交渉の余地を与えて、手っ取り早く話し合いで事を済ませてしまいたかったところだ。

「俺は精霊だ。契約者の身内の者がここに囚われている。その者を解放してほしいだけなんだ」

居場所を教えてくれ、と頼み込んだ。

兵士たちはバツの悪そうな表情、心当たりのある顔を示すも、誰も応じようとはしなかった。

俺の頼みに応じるも善人、応じず伯爵の雇用を全うするのも善人だ。

「……ま、魔法が効かないなら、槍術で応じろッ!!」

が、兵士長は後者の善人だったようだ。

「オオオオオオッ!!」

兵士たちは鉄銃を蹴飛ばし、杖を手放して、槍を持って襲いかかって来た。

螺旋《らせん》階段を駆け下りる者もいれば、手すりを乗り越えて吹き抜けを利用して頭上から強襲する兵士も数人いた。

「聞く耳も持たないか……」

が、もしかすると俺は内心それを望んでいたのかもしれない。精霊の力を使い応戦すればするほど、自身の『不安定』を忘れられる。

精霊としての存在を強く認識できる。

兵士たちには悪いが、君たちはそのための糧となるのだ。

階段から飛び降りて来た兵士に手を向け、呪文を唱えた。

「火、風、水の精霊よ、我に従え――――」


「なっ!?」

空中で兵士たちは驚愕に顔を歪《ゆが》める。いや、絶望するのだ。

目の前にあるのは、この場においては強者なのだ。

俺はわかっていたのだ。ジイさんと娘っ子を助けに来る前から。

俺は負けることはない……。

それほどまでにこの精霊の力は強大なのだ。

ライオンに挑むウサギが、ドラゴンに挑むトカゲが、誰が勝てると思う?

笑い話もいいところさ。

兵士たちの目の前に現れたのは、先ほど兵士たちが俺に放った魔法。

巨大な火球、かまいたちのように鋭い風、熱湯の渦が、兵士たちに襲いかかる。

「ぐわあああああッ!!」

俺を目掛けて飛び降りた兵士たちの痛々しい叫び声は、魔法が炸裂する轟音《ごうおん》に飲み込まれた。

そう、三つ目の能力は、相手の魔法の完全複製《イミテーション》である――――。

しかし、傍らでジイさんが苦しそうにうずくまった。

「うぅ……」

「せ、精霊クン……魔力が……」

どうやら、このコピーの魔法は契約者の魔力を食らうようだ。

確かジイさんの魔力量は、十万程度だと言っていた……。一度のコピーで、十万数値の魔力が必要だということだ。

従って、この魔法はもう使えない。

「わ、悪いな、ジイさん……休んでてくれ」

しかし、階段から飛び降り襲いかかって来た兵士たちは撃退できた。

あとは階段を駆け下りて来た兵士たちのみ……！

俺の四つ目の能力さえあれば問題ない。

そう、身体強化さえあれば――――。

俺の精霊としての能力は全部で四つ。

一つは磁力操作。磁場を生成、操作し、体内の鉄分の働きを促進させ、酸素をより多く血管に流し、細胞を活性化、瞬発力を上げて速く走ったり、磁場反転や誘導電磁を用いて電流を生み出したり、鉄弾を操ったりもできる。

そして魔障壁。これは属性魔法使いや属性魔法を完全遮断する半透明な壁を生み出す能力。

ということは、術者の俺は無属性の精霊になるのだろうか……ということまでしかわからない。

次は属性魔法の完全複製《イミテーション》。属性魔法使いが使う魔法は、契約者の魔力さえあれば完全にコピーして使うことができる。

最後に身体強化。書いて字のごとく、体のあらゆる器官の働きや効果を増進する能力である。

つまり、敵が槍を構えて接近戦を仕掛けている今こそ、身体強化が効果的で、磁力操作で速く動く能力との相乗効果が望めるのだ。

「死ねぇぇぇぇッ!!」

すぐさま数人の兵士に囲まれた。そして構える暇もなく四方八方から槍で突く。

しかしここでこそ身体強化だ。

瞬時に槍の軌道を見極め、真上に跳躍。槍が俺のいた場所に到達する頃には、俺は兵士たちの頭上を取った。

城の門兵に使った技とほぼ同じものだ。

あとは門兵の時と同じく、電流の出番である。あっと言う間に磁場反転を繰り返し、電流を生み出す。あとは正電荷と負電荷を上手く使い、絶縁破壊を起こしてやれば、稲妻が起こるのを待つだけ。

バリバリバリバリバリッッ!!

「うゔゔゔっ!!!!」

視界を塗り潰すほどに強烈な稲妻の閃光。

耳を割くほどの落雷特有の轟音。

俺を襲った兵士たちは、閃光の柱に一時飲み込まれたかと思えば、糸の切れた操り人形のように崩れ落ちた。

そして落雷の残滓《ざんし》が、肌にその余韻《よいん》を訴える。

俺は、兵士たちの頭上に飛び上がり、稲妻を放ったのだ。

そして、面白いことに、その一部始終を目にしたであろう残りの兵士たちは、眉一つ動かさずにその場で固まっているではないか。

確実にどちらが強者で、どちらが弱者なのか、理解したはず……いいや、違う。

兵士たちが理解したのは、そんなことではない。彼らが本能で感じ取ったのは、どちらが圧倒的強者で、どちらが圧倒的弱者なのか、である。

「な、なんて力だ……こ、こんなの、何人束になっても……」

「おおぉ……精霊様……」

「い、命だけは……精霊様……どうか命だけは……！」

兵士たちが槍を放棄したのは、そのすぐ後だった。

戦意喪失なんて生易しいものではない。兵士たちがしているのは、崇拝というものだった。

武器を手放し、命を惜しんで、俺にただ懇願し、祈るだけ……。

俺は彼らにとって、絶対的な強者になっていたのだ。

兵士長は、兵士を鼓舞していた姿は見る影もなく、今はただその場に平伏するのみ。

俺とジイさんは、今この瞬間から、この城の兵士の上に君臨する者となったのだ。

それは、伯爵に雇われた兵士たちが、伯爵よりも俺たちのことを超越的な存在だと理解したということ。

「伯爵の場所は？」

「さ、最上階の部屋です……。捉えた娘もそこに……」

「ど、どうか命だけはお助けください、精霊様……！」

少し聞いただけなのに……。さっきとは待遇に天と地ほどの差がある。

「誰も死んでないよ。じきに気が付く。そこで診ててやったら?」

「精霊クン……」

「あ、ありがとうございます……」

「いくら伯爵の命令とは言え、あなたを殺そうとした俺たちをそこまで……」

ジイさんは魔力切れで疲弊していながらも、立ち上がって階段室に再び戻って来た。心なしか、表情が晴れ晴れしているように見える。

「本当に誰も殺さないんだね。感心したよ。この激しい戦いの中で敵を思いやる余裕があるなんて」

ジイさんの表情はそういうことだった。

彼は平和主義者だ。争いを、もっと言えば殺生を好まない。

みんな仲良く、などという由比ヶ浜のようなことを言う老人だ。ノノという老人は、そういう男なのだ。

そのノノヶ浜に、図星を突かれた俺が面食らってしまったというのは、上手く隠せたかどうか自信がない。

「ようやくソーニアの所へ行ける」

ジイさんが螺旋《らせん》階段の先を見上げる動きに釣られ、俺も上を見上げると、最上階の階段の手すりから、こちらを見下ろしている一人の男がいた。

「ひ、ひぃいいっ！」

ベルモンド伯爵だ。

伯爵は情けない奇声を上げて、逃げるように最上階の部屋に駆け込んでいった。

あれが兵士たちの雇い主か……俺は兵士に同情するよ。

俺は兵士たちをその場に捨て置き、ジイさんを担いで螺旋階段を一気に駆け上がった。

男子小学生が楽しむ二段飛ばしなどではない。吹き抜け空間を利用して、手すりを足場に、ジグザグに飛び上がったのだ。

最上階に数秒で辿り着いたのは言うまでもない。

伯爵のいる部屋の扉を、蹴《け》り開け……もとい、部屋の内側に蹴り飛ばして中に入る。

すると、間髪いれずに魔法が俺たちを襲った。

「火の精霊よ、我に力を！　ファイアーボール！」

ボウ！

が、属性魔法が俺に効かないことは、ジイさんも知っている。俺たちが怯《ひる》むことはなかった。

魔障壁は、いともたやすく伯爵の火球を防ぐ。

「あんた、ここから下の様子を見てたんだろう？　俺たちが戦ってる様子を」

伯爵は答えなかった。

「きゃあッ！」

代りに、娘っ子を人質にしていた。

「ソーニアッ!!」

ジイさんが声を張り上げる。今まで聞いたこともないような声だ。

俺の背中からすっと降りて、娘っ子に駆け寄ろうとするが、彼女に制止される。

「おじいちゃん！　逃げて！　なんで来たの!?　兵士たちがたくさんいるの見たでしょう!?」

娘っ子は……どうやら湯浴みを終えたところのようだ。髪が若干しっとりしている。

薄い白地の服を着せられ、なんて言うか、まあ……今から営みますよ、と意気込んでいるかのような煽情《せんじょう》的な服だ。

「ジイさん良かったなぁ、娘っ子はまだ処じ――――」

「精霊クンが全員やっつけてくれたんだよ！」

その兵士全員やっつけてくれた精霊クンを、ジイさんはそっちのけにして娘っ子にじりじりと近寄る。

「それ以上来るんじゃない、老いぼれが！　この娘が死ぬぞ！」

が、しかし伯爵も、はいそうですか、と娘っ子を引き渡したりはしない。娘っ子に鉄銃を向け、ジイさんを脅す。

だからさぁ……俺さっき聞いたじゃん？

ここから俺たちが戦っている下の様子を見てたんだろう、って聞いたよね？

下の様子見てたら俺たちに魔法も、増してや鉄銃なんかで脅すことに意味がないってわかるよね？

俺はお情けで聞いたんだよ？

「ジイさん、行っていいよ」

「ありがとう、君には助けられてばかりだね……」

俺が言うと、ジイさんは、その老体が崩れ落ちる限界の速さで、娘っ子に向かって駆けた。

「お、おじいちゃん!?」

「この死にぞこないが！　娘が死ぬぞ！」

しかしジイさんは止まらなかった。

なぜかって、それは俺を信じてくれているからだと思う。

「まあいい！　こんな娘一人、どこでも手に入るわ！」

伯爵はついに引き金を引いた。銃口はもちろん、娘っ子の頭に押し付けられている。

バンッ!!

「きゃあああっ!!」

しかし、部屋に響いたのは娘っ子の断末魔ではない。悲鳴だった。

娘っ子に到達する前に、銃身の中で鉄弾は静止したのだ。

「な、なぜ……ッ!?」

「ソーニアッ！」

俺が伯爵の鉄銃に干渉している間は、銃は対抗手段として意味をなさない。ジイさんは娘っ子に手を伸ばした。

「おじいちゃんっ！」

あと数十センチで届く二人の手の距離。

しかし――――。

「この小娘がぁああっ！　小癪《こしゃく》なあああっ!!」

追い詰められた伯爵が、混乱したように激昂《げっこう》し、娘っ子の腕を強く掴《つか》んだ。

そこからはまるで時間がゆっくり進んでいるように感じられた。

「きゃあ……ッ！」

娘っ子を掴んだ手は、部屋の窓の方へ娘っ子を引っ張ると、そのまま窓へ向けて彼女の体を投げ飛ばした。

「ソーニア!!」

その女性にしては軽い体は、皮肉にも伯爵の思惑通り、窓枠ごと窓ガラスを割って、建物の外へと投げ出される。

「ははっ……」

俺の思い通りにならないのが悪い、と伯爵は薄ら笑いを浮かべた。

この男……。

気付けば俺は駆けていた。全力全速の疾駆。そして伯爵には強烈な電撃を。

バリリッ!!

「うヴヴッ！」

伯爵は一瞬体を硬直させ、直後には口から泡を吹いて倒れた。

せめてそれが確認できれば満足だった。

俺が今から飛び出すであろうこの部屋に、ジイさんと伯爵を残すのは、ジイさんには荷が重いはずだ。

無我夢中で砕けた窓枠を蹴《け》り、城の外に投げ出された娘っ子に迫る。

ただでさえ、この城は高台の上に建っている。そして投げ出された部屋は城の最上階。

窓から外に飛び出てみると、地面との距離に背筋が凍る。

俺は精霊なんて大層な肩書を名乗っているが、空を飛ぶことなどはできない。

が、跳躍の勢いをそのままに、娘っ子を空中で掴み、抱き寄せる。

「あ、あなた……！」

一瞬でも死を覚悟したであろう娘っ子の目には涙があった。

だけど、無論、俺もこのまま落下する気はない。後で思えば、この瞬間に五つ目の力が目覚めたのかもしれない。

これらは今から一年前の出来事だ。

59話　現在

〈ネブリーナ〉

先日、私の十八歳の誕生パーティが王城で催された。

お祭騒ぎ、とまでは言わないが、パーティに訪れた貴族からは山ほどの贈り物を渡され、王族として慎ましやかな振る舞いを強要される中でも、心は踊った。決して誕生日プレゼントだと、はしゃぐことは許されない立場ながらも、内心では年相応に喜ぶことができた。

二年前に起こった『第二夜』の後、王都の復興を一年足らずで成功させた手腕を讃えられた。

新大陸発見の功績を貴ばれた。

鉄銃の開発を祝われた。

しかし、どれもこれも騎士隊や魔法研究所の功績であって、私のものではない。

私がしていたことと言えば、それらの事業をこなす機関の上に立ち、ただ報告書に判を押すだけ。

だから、私に向けられた明確な祝いの印である贈り物が、余計に嬉しかった。

現在の王都は、一年前からの新体制のおかげで、王国の仕事がより円滑に回るようになっている。

そのおかげで仕事が増えた、と言えば愚痴になるのだろうか。

とにかく、今はその新体制――『王宮近衛隊』のおかげで国が抱える問題が明るみに出て、問題解決のための仕事が増えた。

そう、仕事は増えるばかり。

解放軍の『第二夜』からの怒涛《どとう》の復興作業で国の財政は厳しくなったが、新大陸との貿易や鉄銃の流通で、国はまた豊かになった。

王宮近衛隊はこのタイミングで設立された組織なのだが、なぜだろう……王宮近衛隊は国の問題を解決するたびに、また新たな問題を持ち帰って来るのだ。

例を挙げるとするなら、新大陸の発見だろうか。

王宮近衛隊が騎士隊と共に近海の海賊を捕らえに沖に出た時のことだ。

王宮近衛隊の一人であるクシャトリアが、彼女の契約精霊であるアルタイルと共に、すぐさま海賊を捕らえた。

しかし、それでは飽き足らず、彼女らは海賊の本山を叩くと言って、海賊の案内のもと、船を出したという陸地に向かった。

するとどうだ。そこは地図にもない新大陸だというじゃないか。

そこまでは良い。むしろさらなる国の発展が望める。貿易により新たな資源も手に入ることもあるのだから。

しかし彼女らは新大陸発見の報告とともに、『神級精霊』という強大過ぎて国の手に負えない存在を、確認して帰って来たのだ。

それは現在最も世界を賑わせている二つの新聞記事のうちの一つだ。

その後、大陸問わず様々な国で神級精霊が発見されている。

そこでもう一つ世間を賑わせている新聞記事は、近隣の国々の中で、我がエアスリル王国だけが神級精霊を保有していない、という記事だ。

神級精霊は精霊の中でも最も高位な存在。知能も高いらしい。話次第では、国を守ってくれるというではないか。

そんな多大な貢献がある神級精霊を、レシデンシア王国も、ビブレリオテーカ王国も保有している。

新大陸にも、もちろんいる。なのに、エアスリルにだけ神級精霊が現れない。

解放軍の問題を抱える我が王国としては、国防のため、喉から手が出るほど神級精霊がほしいのだ。

そんな折、王国内である事件が起こった。元ベルモンド領を治めていたベルモンド伯爵の屋敷……いや、あれは城か。

ベルモンド領主の城が、領民によって陥落したのだ。

明るみにでるベルモンド伯爵の支配と言わざるを得ない領内統治。国への虚偽の領地の内政報告。出るわ出るわ不正の数々。

領民の怒りを買うのも頷《うなず》けた。

しかし問題なのは、なんと伯爵の城を、たった一人の老人が陥落させたのだ。

七十そこそこの農夫が？

百人を優に超える伯爵の私兵を傷一つ負うことなく退けて？

……はっきり言って事態は常軌を逸していた。

その事件の神級精霊との関連は、とても大きかった。国が欲してやまない神級精霊。

従って、今、王族と騎士隊が鋭意対応にあたっているのだが……。

「わかりません……」

「本当に行き先すら言わなかったのか？　君たちにも？」

「ええ、あの精霊さんは、私たち……いいえ、領地を救ってくれた後、数日で出て行きました」

騎士隊が事情聴取を、事件の当事者に対して行っているのが現状だった。

今、王城の応接室で騎士隊員が話を聞いているのは、事件の際に伯爵に攫《さら》われた少女。

城を陥落させた老人の孫である。

事情聴取と一口に言っても、相手は犯罪者じゃない。王城も客としてもてなし、話したがらないことは無理に聞いたりはしなかった。

私も同席してはいるものの、王族ではなく、一人の人間としているつもりだった。

しかし、少女――――ソーニアは『精霊さん』のことをあまり詳しく話さない。いや、詳しく知らないのだ。

このままでは平行線である。私も話に混ざることにした。

「話をまとめると、伯爵が誘拐したソーニアさんを助けるために、あなたのおじい様がその『精霊さん』と仮契約を結んで、城の兵士を倒したのですね？　そしてあなたを伯爵から守ったと……」

順を追って話を整理すると、彼女のおじい様が仮契約をしたのが、途轍《とてつ》もなく強大な力を持つ精霊なのだ……。

「ええ、その通りです、姫様」

「そうですか。お体のこともありますので、今回はソーニアさんだけにご足労願いましたが、あなたのおじい様が『精霊さん』について知っていることは何と？」

彼女のおじい様は、伯爵を領地から追い出したことで、新たな領主になったのだ。

ベルモンド領改め、フリーデンス領という領地となり、平民初の領主として当時話題になった。

フリーデンスとは、平和という意味が込められた言葉だそうだ。

しかし、彼女のおじい様は魔力量があまり多くはなく、仮契約といえど、強力な精霊に日常的に魔力を提供するのは大変で、ソーニアを助けた直後に、仮契約は解除されたのだという。

「おじいちゃ……祖父が話すことはいつも一つだけです。『精霊クンは、あまりにも不遜で無礼で、優しく、誰よりも人間らしい精霊だった』……祖父は、精霊さんのことはあまり多くは語りませんでしたが、彼……精霊さんのおかげで、祖父は強くなったと思うんです。精霊さんは、そう思わせる強い方でした。ですが、それ以上のことは何も……」

「『人間らしい精霊』ですか……。おじい様が仮契約を解いてから、もっと言えばあなたを助けた後、間もなくフリーデンス領を出たのですね？」

「ええ、その通りです。『精霊さん』は私を助けてくれた後……そう、伯爵に城の最上階から落とされた私を助けてくれた後のことです――」

ソーニアは、過去を振り返るように遠い目をした。

◇◆◇

〈ソーニア〉

伯爵に、城の最上階から投げ出された直後のことだ。

精霊さんは私が投げ出された窓から跳躍し、勢いをそのままに私を空中で掴《つか》み、抱き寄せる。

「あ、あなた……！」

私は一瞬だけど明確な死を覚悟した。気付けば涙が頬を濡らしている。

グイッとさらに強く抱き寄せられると、片手を私から離し、私が放り出された窓を目掛けて手を伸ばした。

何か奥の手があるのだ……！

と、そう思って希望がまだあると確信した直後のことだった。

ギャリギャリギャリギャリギャリッッッ!!
鎖鎌《くさりがま》————っ!?

精霊さんの手からは青白い光が形を成して構成されたような、青白い光で象られた鎖鎌が出現していた。

そして間髪いれずに、鎖鎌の鎌の部分はひとりでに城の窓へ伸びて行き、すぐに窓枠の角に鎖鎌《くさりがま》の鎌が引っ掛かる。

私は精霊さんに抱かれた状態で、振り子の要領で城の外壁に沿ってぶら下がった。

精霊さんは片腕に私を抱いたまま、もう片方の手で青白い鎖鎌の鎖部分を握って吊るされている状態である。

「つかまってろ……っ」

「う、うん……！」

精霊さんは鎖鎌の鎖を握る手に力を入れたかと思うと、片腕の力だけで、握っていた鎖を起点にして飛び上がった。

まるで風属性魔法で浮いたかのように、数秒前に、私が投げ出された城の窓へ、舞い戻ることができた。

奇跡だった。そう、まさに奇跡と呼ぶ他にない。

城の最上階から投げ出された私を助けることなど絶望的。仮に空中で私に追いつくことができても、無事で済むのは到底不可能。

しかし、精霊と名乗る彼は、その不可能を可能にし、やってのけたのだ。

淡い青白い光を帯びる……いいや、青白い光で形成された、しかし硬質だとわかる鎖鎌。その存在に、彼自身も驚いていた。

そしてその鎖鎌は、彼の意思で出現させ、また消すこともできるようで、まるで幻であったかのように、彼の手の中で鎖鎌は消えた。残ったのは、青白い光の塵《ちり》。それが鎖鎌の残滓《ざんし》なのか、確かにそこにあった印なのか、理解の追いつかないことが多すぎる。これが精霊の力なのだろうか……？

しかし疑いようはもはやない。

彼はまごうことなく精霊なのだ。

事件の後、ベルモンド伯爵の悪行が白日のもとに晒《さら》され、彼は王城に連行された。その後の処分は私たちは知らない。

けれど、新しい領主を決めなくてはならなかった。その時、今回一番の功労者である精霊さんに意見を尋ねたところ、彼はこう言ったのだ。

今でもよく覚えている。

「ジイさんでいいんじゃない？」

と、投げやりな言葉だったが、領民の理解は得やすかった。何と言っても、城の兵士を瞬く間に倒した強力な精霊と、仮という形ではあるが、契約した偉大な無属性魔法使い……だと領民が勝手に思い込んだだけなんだけど、それでも領民の支持が高いおじいちゃんが、新しい領主に選ばれたのは、孫娘として誇らしかった。

領地の新しい名前は、フリーデンス領。

平和と平等を掲げた名前。

しかし、領主がおじいちゃんに決まるや否や、精霊さんはフリーデンス領を出ると言い出したのだ。自分にはまだ知らない力があった、自分にはまだ謎な自分がいて、世界を見て周りたい、そうしているうちに、自分の『不安定』の謎を解明したい――――精霊さんはそう言い残した。

「君がいなくなればここはどうなるんだい。また兵士に攻められやしないかい」

おじいちゃんは心配していた。領主として領地を守っていけるのか。突如肩にのしかかった重圧に、不安を隠せないでいた。

「魔力量の関係で、仮契約を保つことはできないが、君は敵の侵攻の抑止力になる。ここにいてくれないだろうか」

おじいちゃんは食い下がったが、彼の答えは初めから決まっていたようだ。

「もうここは大丈夫さ。心配なら、伯爵の兵士を抱き込めばいい。あんたなら心配ない。兵士たちも、性格の悪い自分勝手な雇主より、自分たちを思いやって大事にしてくれる雇主の方がいいに決まってる。そうだろ？」

彼がにこやかにそう言ったのを、私は今もよく覚えている。その後、間もなく、彼は領地を去った。行き先は告げられていない。

彼の言う通り、フリーデンス領は見違えるように豊かになった。伯爵が着服するための無駄な税金徴収がなくなり、何より領主が領民のことを第一に考えるようになったのだ。

新しい領主、おじいちゃんは、住むには広すぎる、掃除も大変だしね、と言って城を明け渡し、兵士たちの宿舎にした。おじいちゃんと私は変わらず町外れの農家に暮らし、浮いた金で街を整備した。

王都のような石畳を敷き、建物を大幅に改築。種を植えて緑と花の溢《あふ》れる街を領主自ら領民と協力して築き上げた。

かつて伯爵の私兵だった者たちは、あっさりおじいちゃんの味方になった。以前の待遇と天と地ほどの差があれば当然と言える。兵士たちの衣食住の面倒を見て、週末には家族のもとへ帰れる制度も作った。兵士たちの心は豊かになり、その心の余裕は、彼らを領民たちの役に立ちたいという気持ちに駆り立てた。小さな騎士隊のような組織が出来上がったのだ。

フリーデンスの守護兵と言えば、今では有名な存在である。子供たちは心優しい兵隊さんになりたいと夢を抱き、兵たちは犯罪撲滅に尽力し、火災時には領民たちと炎の即時鎮圧に努め、さらには街の掃除、ちょっとした迷子探しにも努力を惜しまない。

街だけでなく、人々が豊かになった素晴らしい街。領主になって約一年で、おじいちゃんは王から表彰を受け、現在はフリーデンスへの移住希望者が後を絶たない。

そんな折だった。一年前の事件について王都から事情聴取の依頼があったのは。

◇◆◇

〈ネブリーナ〉

「概要はだいたい把握しました」

ソーニアの話のおかげで、時系列順の出来事がある程度わかった。

しかし、我々王国が知りたいのは、領地の革命に尽力した強過ぎる精霊のこと……。

わかったのは事のあらましのみ。

「しかし、一点確認したいことがあります。その精霊が使ったのは、青白い鎖鎌《くさりがま》ですね？」

「はい、青白い光を放つものでした」

「詳しい形はわかりますか？」

「一瞬しか見えなかったので詳しい形までは……でも、本当に鉄で作ったように硬そうな鎖鎌でした。出したり消したりできるみたいで、出し消えするたびに、青白い光を固めて形を作っているんだなと思うくらい、光は眩《まぶ》しかった……と思います」

「そう……ですか……」

ソーニアの話には具体性がやや欠けるが、それでも、最早疑いようがない水準で証拠がそろっている。

一大事だ。大事件だ。世間を揺るがす驚異の出来事。それが今、王国内を野放しで闊歩《かっぽ》している。一刻も早く接触を試みないと……。

私はすぐに騎士隊長のランド＝スカイラックを呼び寄せた。

「姫様……事情聴取は終了でしょうか」

騎士隊長ランド＝スカイラック。

屈強な騎士隊のリーダーである。鎧《よろい》の上からでもわかる鍛え抜かれた体。力強い眼光と表情ではあるが、声は低く穏やか。

そんな大男が、私の前で膝《ひざ》をつき首《こうべ》を垂れる。

「はい、終了です。そして重要な情報を入手しました」

ランドは、重要な情報の言葉に、思わず顔を上げる。私と目が合うや否や、視線を力強くし、先を急かすように眼光は強まった。

「現在をもって、本件の精霊を『神級精霊』と定め、捜索を開始することとします」

「なッ!?」

「え……っ!?」

この場の騎士隊、ソーニアが固まる。そして息を呑《の》んだ。

最初はフリーデンス領の事件をきっかけにして、精霊の力の強さが垣間見えただけの、些細《ささい》な発端だった。しかし掘り返してみれば、とんでもない脅威。国で対処できるかどうかも危うい……と判断した。

「失礼致します、姫様。なぜ例の精霊を『神級』と？」

ランドは、恐縮して尋ねる。

「はい、その理由は、例の精霊が『霊基《れいき》』を使うからです」

「れ、『霊基』をっ!?」

私は粛々と頷《うなず》いて見せる。

今回、神級精霊と定めた精霊が、なぜ国で対処できるかどうかも危ういのかと言うと、『神級』の名の通り、神にすらも届きうる力を持っているからであり、それ故の『神級』なのだ。一つランクが下になる『王級』とは全くの別物。

王級は国でも何とか対処できる。しかし、神級精霊が本気で国を潰そうと思えば、できてしまうのが神級なのだ。

その強さの大きな証拠が、『霊基』というものになる。

「ええ、ソーニアさんの話でわかりました。その精れ……いいえ、神級精霊は霊基を使った場面がありました」

「そ、そんな……精霊さんが……神級……？」

ソーニアがソファの上で腰を抜かしている。

無理もない。私だってこんなにも事を荒立て、先を急ぐのは久しぶりだった。早急に接触しなければ……万一、何かの間違いで王国に攻めて来られる前に。

「これでエアスリルにも、ついに神級精霊が……」

最初、ソーニアに事情聴取をしていた騎士隊員が誇らしげな笑みを浮かべる。

「いいえ、まだわかりません。神級精霊は知能も高い精霊です。それは国防に関わることを拒むこともできるということです」

「だから早期の接触……」

「ええ、その通りです、騎士隊長」

「隊員を早急に集め、遠征隊を組みます。姫様、承認を……」

ランドは力強く立ち上がる。神級精霊捜索のための遠征隊を立ち上げるつもりだ。

「指揮権は騎士隊長に委任します。今後の指揮は、あなたに任せます。ランド騎士隊長」

「かしこまりました。それで……神級精霊の通り名は……？」

ランドは尋ねる。

神級精霊の通り名とは、本来名前などの概念を持たない精霊を呼ぶ時につける名前のこと。

それも、神級の精霊にしか適用されない。

国を挙げて精霊を探すなど、神級精霊に対してしか行わないからである。

新大陸『イングレータ』の火属性神級精霊をレクトル。

隣国のレシデンシア王国の暗黒属性神級精霊をドミナート。

ビブリオテーカ王国の土属性神級精霊をテラ。

これまで発見、確認及び王国への協力を得られている神級精霊は、王国により通称が決められてきた。

「通り名……そうですね。ソーニアさん、神級精霊の外見をもう一度教えていただけますか？」

「え、あ、はい。垂れ耳のウサギの仮面をつけていました……」

ウサギの仮面……？

――――まさかね……。

「垂れ耳ですか……では、安直ですが『ロップイヤー』とでも呼びましょうか」

「かしこまりました。すぐに隊を編成し、捜索にあたります」

ランドは応接室にいるソーニアと私に一礼し、事情聴取にあたっていた隊員を引き連れて、応接室を後にした。

こうして、神級精霊ロップイヤーの捜索は始まったのである。

どんな魔法を使うのかは未知数。フリーデンス領主も簡単に説明を受けたらしいが、説明内容すらも理解できなかったと聞く。

ゆえに、属性もわからない。

のちに、この神級精霊の存在は王国の、いいや、世界の命運を大きく変えることになる。しかし、そのことを世界が知るのは、まだ先の話。

私たちは、私たちの命運がどこに向かっているかなど、知る由もなかった。

60話　邂逅《かいこう》

〈神級精霊ロップイヤー〉

ジイさんと娘っ子と離れて、一年が経った。

暑くもなく寒くもなく、清々しい風が気持ちいい過ごしやすい時期だ。

ここはエアスリル王国。

この王国がどんなものなのか、大雑把《おおざっぱ》にわかったのは最近のこと。

様々な街を自分の足で訪れた。

巨大な瀑布《ばくふ》に囲まれた街、水流都市メーザ。街の半分が学園で出来ている都市ウィラメッカス。他にも様々な領地。

その日の食費と宿泊費を稼いで、街の空気を味わい、人々と話をしてはこの世界のことを学ぶ日々。

色んな職種を体験した。しかし、この不気味な仮面で顔を隠したままできた仕事は、道化師などの特殊な仕事に限られた。

仮面は取りたくても依然激しい頭痛が伴い、外せずにいる。仮面を取ろうとすると、強烈な頭痛と共に他人の記憶が頭を通り過ぎてどこかに消えていく。俺はその自身の『不安定』に向き合うのが怖かった。

百の兵士と戦うよりも、星の数とも思える魔物の大群に囲まれるよりも、その『不安定』が、自分が何者なのかわからなくなる現象が、途方もなく恐ろしいのだ。

もうここ最近は、自分を何か知ろうとするよりも、その日を自由気ままに生きて、飽きれば別の街に移って道化の仕事をして、美味いものを食べて寝る日々を過ごした方が、何倍も幸せを感じられた。

生きていると感じられたのだ。

元々、この旅の目的とは、俺が何者なのか知るためだったというのに……。

俺はジイさんと協力して、ベルモンドという男を討ち破った。その時に見せた自身の力の可能性。世界を見て回れば、俺の力に関すること、ひいては俺自身についてわかると思ったのだ。

こんなに強い精霊なんだ。何か文献があるかもしれない。そうじゃくても、知っている人がいるのかもしれない。

しかし、最近となっては自分を知ろうとするよりも、気まぐれにその日その瞬間を生きて、世の中――いいや、回りくどい言い方はよそう――自分以外のことを知る方がずっと気楽で、充実を感じるのだ。

最近になってふと思った。不意に思い出したんだ。それは俺の頭にある最初の記憶。最も古い記憶だ。

その記憶は、俺がこの世界で初めて目覚めた時のことだ。俺が目覚めた森は、ある街の近くだった。

巨大な外壁に囲まれた街。そして、街の隣には街がすっぽり収まってしまいそうなくらい巨大な凹みがあった。

そこが王都なのだと、最近になって初めて知った。行ってみたくなったのだ。

王都っていうと、エアスリル王国の首都。王様がいる王城がある。二回にわたって解放軍に襲われるも、二回とも解放軍を撃退した街。他にも魔法研究所、騎士隊など、見たこともない世界が広がっているに違いない。

それにジイさんが言っていた『聖女様』……。

『聖女様』にもなると、俺と契約できるだけの魔力量があるとかないとか。期待に胸が膨らむばかりだ。もしかすると……ひょっとすると『聖女様』なら俺のことを知っているかもしれない。きっと歳を召したバアさんだ。人生経験の豊富さと長さから、物知りに違いない。だから俺のことも……。

この面白おかしくも、泥沼のような旅がここで終わるのかもしれないのだ。

しかし、何を始めるにも腹ごしらえは大事だ。

その後に仕事を見つけ、さらなる腹ごしらえの食事代、ついでに宿代を稼ぐ。

王都の生活に落ち着いたら情報収集だ。


そう、ここの生活に落ち着いたら情報収集――と息巻いて足を踏み入れた。


しかし、思わぬ出来事が起きたのは、王都に来て二カ月の時が経った頃だった。

宿の硬いベッドにも慣れた。俺の体は何とも面白いもので、髪も伸びなければ爪も切らなくても良い。この人の形をした体は、人の体ではない。何日も風呂に入らずとも臭わない。シャワーもない安い宿に泊まるには持って来いの体だ。

いろんなところが人とは違う。

しかし、それでもだ。人間社会で生きていくには、先立って金が必要だった。従って職が必要になる。

幸い、王都はこれまで見たどの街よりも商業が盛んだった。二度もテロにあったとは思えない街である。

商業区には店や屋台が一日中ずらりと並んでおり、様々な工夫を凝らして客寄せをし、商業区での生存競争は過熱していく。

俺の道化師としての客寄せは、需要がそこそこあった。

王都はほぼ円状で、中心には商業区が広がっている。商業区の北側には王城と王城前の広場、魔法研究所がある。商業区の西側には居住区、東側には冒険者ギルドがあった。

そして商業区の南側には正門前広場が設けられている。

王都に入るには、身分や王都での目的を正門で確かめられる。残念なことに俺は精霊だ。そしてそれを証明できるものは何も持っていない。

正門を取り締まる門兵からすれば、変な仮面をつけた身元不詳の怪しい男。王都に入れるとはとても思えなかった。

今でも覚えている。俺の華麗な不法侵入術を。

一つ、世間が『霊基《れいき》』と呼んでいる力で青白い光を放つ鎖鎌《くさりがま》を駆使し、王都を囲む城壁を駆け上る。

一つ、城壁の上から侵入する。

一つ、何事もなかったかのように滞在する。

完璧である……。

この鎖鎌が『霊基』と呼ばれるのは、一年かけて旅をする先々で知ることができた。

二年前から世界各地で確認され始めた『神級精霊』が使えて、神級精霊以外の精霊には使えない力……。

それを知ってから、俺は自分の力に絶対的なものを強く感じるようになった。

鎖鎌《くさりがま》以外のものは霊基《れいき》で生みだすことはできないが、この長さが自由自在で『金属』の性質をもつ霊基の鎖鎌は、使い勝手が良い。

霊基とは、要は神級精霊だけが操れる独自の物質である――俺はそう解釈している。そして構築できる形は精霊一個体につき一つだけ。

それでも便利すぎるものだった。


商業区の朝は早い。夜は勝手に賑わうから道化をして客を店に呼び込む仕事は必要なくなる。仕事の終わりも早かった。

むしろ夜は人の往来の邪魔になると思って自粛し――すみません嘘です。夜は俺も商業区ぶらつきたいし、夜更かししたいんですぅ。

前述したが俺は人の体を持たない。言い換えると、人の体に現れる体調不良などは俺には関係なかった。寝不足で体調が崩れることもなければ、風邪をひくこともない。

本当に、自由気ままな日々だった。

特に王都の夜は長かった。

仕事終わりの人々。観光に訪れた者。怪しいやつら。王都には様々な世界の人間が集まっていた。特に夜はそれらが顕著に見て取れた。

この仮面のせいで親しい人間は作れなかったが、夜になると興味本位で近付いて来る人間は少なくはない。

暗い路地裏で仮面を馬鹿にして喧嘩《けんか》を吹っかけてきた男。飲んでいたら面白がって声をかけてきたノリの軽い女。または『英雄ウサギ』と言って話しかけてくる老人。本当にいろいろだ。

俺もそういう人間を面白がって、声をかけてくるやつと夜を過ごしていた時期もあった。

聞く話によると、解放軍が初めて王都に攻め入った時、解放軍を撃退したのが俺と同じような仮面をした人物だったのだという。

もう五年も前の話なのだという。俺には関係ない。それに興味もない。

どんどん俺はくたびれて、惰性《だせい》的な日々に埋没していった。

それが二カ月の時が経った時のこと。そう、それは、情報収集にもやる気が向かず、このままではまたこれまでの街のように生活に飽きて場所を移すことになる。そう思っていた時のことだ。

その日も朝から商業区で客寄せをしていた。

商業区の中にある白い石像のある広場。そこに店を出している屋台の者に、客寄せを依頼されたのだ。

俺の特徴的な仮面をつけた風体は、商業区では少々有名なようで、俺が客を集める店には来店者に安定した効果がある。

客さえ来れば俺の仕事は終わりだ。店の商品を買うか買わないかは客次第。とにかく客足を増やせば依頼内容は完遂される。

この日は手品で客、特に子連れの家族をターゲットに芸を披露していた。客寄せを依頼した店はおもちゃ屋なのだ。子供が面白がって寄って来ればこっちのものだ。

依頼主のおもちゃ屋から小さな煙が出る弾を小道具として借りる。もちろん、これは商品だ。おもちゃのデモンストレーション。生で見るＣＭのようなことを披露する。

「この『煙玉』借りるよ」

ある程度、どんなパフォーマンスをするか、店主と打ち合わせ済み。店に集まる家族客の中の子供一人に、そのおもちゃを使った遊びを見せてやるだけでいいんだ。

ただし、俺の遊び方である。

「おい小僧、見てろよ」

おもちゃ屋に両親と訪れていた少年にひょいと声をかける。

俺の仮面にややおののいた様子を見せる小僧であったが、バク宙などを繰り返して見せてやると、目を輝かせるのが見て取れた。

さあ、今日も上手い飯が食えそうだ。

◇◆◇

〈ランド＝スカイラック〉

先刻、報告があった。

「ランド騎士隊長、『神級精霊ロップイヤー』の目撃情報がありました！」

捜索を始めて二カ月。ようやく騎士隊員たちの努力の成果が出たのだ。

報告に来たのは、イートゥー隊員。

『第二夜』に遭って、共に任務をこなしたアスラ君が死んでから、さらに精力的に仕事に励むようになった。

彼女は優秀な隊員だ。

この前も少しは休めと言って笑い話をしたのが記憶に新しい。

「どこだ？　すぐに遠征に出ている隊員を目撃情報のあった現地に招集しろ」

「そ、それが……」

イートゥーは言い淀んだ。おそらく、現地は人が立ち入るのが困難な地……。

神級精霊とは、往々にしてそういう地を好んで住み着いていた。

「構わん」

「はい……それが、王都の商業区なんです……」

「な……ッ!? なんだとッ!?」

耳を疑った。目と鼻の先じゃないか。というか、我々が住む街だぞ……。もしその情報が正しければ、私生活で目にしていてもおかしくなかったということか？

「……それは確かな情報か？」

動揺を隠して取り繕ったつもりだったが、声が震える。

騎士隊が遠征隊を組んで必死に国内各地を探し回っていたというのに、王都でのうのうと人間のように暮らしていたわけだ。

灯台下《もと》暗しとはこのことだ。

「はい。現在、商業区の広場に出没しているのをラズ隊員に監視させています」

「実際に見たのか!?」

「ええ、ソーニアさんの証言通りの容姿だったので、すぐにわかりました」

長い垂れ耳のウサギの仮面を付けた人型の精霊。

「よし、すぐに私も行こう。それと遠征隊を帰還させてくれ」

「わかりました」

現場は商業区にある白い石像のある広場だった。

この日は出店がたくさん出ており、都民で賑わっていた。

歌や踊りの客寄せが都民を楽しませ、都民を参加させる。街が一つになる一体感が、この王都にはあった。

良い街の空気がする。

やけに夕日が綺麗《きれい》に見えた。

その中に、ひときわ都民の輪が大きな出店があった。見たところ、おもちゃ屋のようだ。

客寄せパフォーマンスを囲む都民の輪は、家族連れがほとんど。子供たちは大はしゃぎしている。

「あそこです」

と、その輪をイートゥーが指差した。

よくよく見てみると、その都民の輪の中でパフォーマンスをしているのは、長い垂れ耳のウサギの仮面を付けた者ではないか。

「あの客寄せをしている道化がか？」

「はい」

どう見ても、客を楽しませるためにウサギの仮面をしている道化師……。

身のこなしは目を見張るものがあるが、最近王都によくいる『英雄ウサギ』に扮《ふん》した都民じゃないか。

『第一夜』——リベリアス・ナイトで解放軍を退けたウサギ仮面の謎の人物、『英雄ウサギ』……その英雄を讃えようと、都民が真似してウサギの仮面を付ける姿をよく見かける。

「本当に、あの者が？」

「間違いありません……その証拠にラズが……」

客寄せパフォーマンスを囲む都民の輪から、ひょこっと出て来た騎士隊の鎧《よろい》を着た子供……。

騎士隊に憧れておもちゃの鎧を買ってもらったのだろう。実に可愛らしい。それに将来が楽しみだ。

と、その子供は我々の前で立ち止まり、綺麗な騎士隊の敬礼をするではないか。

なんとも愛らしいではないか。私も右手を額に当て、敬礼に答える。

騎士隊に入隊する前からこの綺麗な敬礼……今は適正魔法の有無に関係なく騎士隊になれるようになった……きっとこのような子供が騎士隊の将来を担っていくのだと思うと胸が——。

「お疲れ様です、ランド騎士隊長！　『特別騎士隊』のラズと申します！」

――――熱く……んんっ？

「騎士隊長、この者が『特隊』のラズです。彼女は神級精霊ロップイヤーかどうかを見定めるのに関しては、適任者です」

この子供が……？

という言葉は努めて飲み込んだ。

ラズという女性隊員は、まるで十歳前後の少女のような……何と言うか、若々しい容姿をしていた。

金髪をサイドで二つに結って、キリッとしているが子供らしさの残る大きな目をしている。

彼女の言う『特隊』……そう呼ばれるのは、二年前に新設された騎士隊の『特別騎士隊』という部隊の通称。

特隊は、無属性魔法使いのみで構成されている部隊だ。

設立前までは騎士隊には属性魔法使いしか入隊できなかった。しかし、二年前に無属性魔法使いの少年が解放軍から王都を守った事件を契機に、ネブリーナ姫が無属性魔法使いも入隊できるように規定を変えたのだ。

しかし、騎士隊の属性魔法使いの中には、良く思わない者もいる。

そこで、あくまで第二の騎士隊として、『特隊』という部隊名で設立されたのが、このラズという隊員が属する部隊だ。

「彼女の無属性魔法か。どんな能力だ？」

「はい、彼女の無属性魔法は『スロー』。物事がゆっくり見えるようになる魔法です」

「あの者の客寄せパフォーマンスですが、明らかに人間の動きではありません。無属性魔法をいくつも重ねて使われています」

「無属性魔法をいくつも、重ねて……か」

無属性魔法とは、適正魔法を持たない者が唯一使える魔法である。

しかし、使える魔法の種類は一つだけ。

例えばこのラズという隊員の場合は、『スロー』という無属性魔法しか使えないということになる。

その無属性魔法をいくつも同時に行使できる時点で、もはや人間ではない。

「なるほど……それではラズ隊員、改めてやつの動きを見ながらやつの魔法を説明してくれないか」

「了解しました」

ロップイヤーと思しき道化師に視線を向けると、客寄せパフォーマンスを始めるところだった。

「さっきから同じ客寄せパフォーマンスをしています。おもちゃ屋の商品を使った客寄せ……いわばデモンストレーションなのですが、よく見ていてください」

ラズに言われたとおり見ていると、やつは煙玉と呼ばれるおもちゃを地面に投げつけた。煙玉は割れて瞬間的に腰丈ほどの煙を上げる。

ぱんっ！

「……っ!?」

と、そこで思わず息を呑《の》んだ。

奴は煙が上がると同時に、消えたのだ。これは比喩でも何でもない。言葉通り、姿を消した。

それを囲んで見ていた都民たちも、目を見開いて唖然《あぜん》としている。

が、次の瞬間には別の場所……見物していた都民の集団の中から煙玉の音がする。

そして弾けた煙玉とともに、やつが再び姿を現した。

「……ただの手品か……？」

思わず呟《つぶや》いた。

あまりにもおかしな話だ。

神級精霊とも呼ばれる存在が、こんなところで手品を披露して客集めだと？

肩透かしも良いところだ。そもそもこの存在は本当に神級精霊なのか？

「ほら小僧、やってみな。投げて割ってやると煙玉が出る」

「わーい！」

ただの子供騙《だま》し。この道化師は商売をしているだけだ。

都民の集団の中に現れ、見物していた近くの子供に煙玉を渡して遊ばせる。

子供が煙玉をいくら地面に投げて煙を出そうと、道化師のように姿を消して一瞬で別の場所に移動する手品のようにはいかない。

しかし、煙が出る様が面白いのか、子供はきゃっきゃと嬉しそうにはしゃぐ。その愛らしい姿に気を良くしたその親たちは、道化師が紹介した煙玉を子供に買ってやる。

するとどうだ。同じように見物していた他の子供たちも煙玉が欲しいと親にせがむようになった。

「まったく、良い商売をしているな。今の客寄せの技術がこんなにも発展しているとは」

気が付けば、見物していた大勢の都民は、おもちゃ屋に押しかける大勢の客になっていた。

広場には煙玉をぱんぱん鳴らして遊ぶ子供の姿があった。それを横目に、おもちゃ屋から報酬をもらう道化師の姿も……。

「本当にロップイヤーはあの道化か？」

客寄せを終えて帰ろうとする道化師に、子供が群がり、さっきの消えるやつをして、とせがまれ始める。

それに気前良く答える姿が、いかにも軽薄な道化に見えて仕方がない。

「はい……間違いありません」

が、ラズはその道化師を注視し断言する。

その視線の先は、子供から煙玉を渡され、今しがた見せた煙とともに姿を消して別の場所に煙と同時に現れる道化師の姿。

「恐ろしく速い……あんな動き、人間ではあり得ません」

「まさか……。手品じゃないと言うのか？」

耳を疑った。

「はい……『スロー』で見ても残像しか捉えられませんが、消えるように見えたのは、それほど速く移動しているからです」

「なに……ッ？」

ラズのようにいくら目を凝らしても、あの道化が煙から煙の間を移動しているようには見えなかった。

子供たちがはしゃぐ姿に気を良くしたのか、道化師は煙で消えては煙を出して現れる芸を連続でして見せた。

ぱぱぱぱぱん！

至る所で煙が上がり、その度に道化師は至る所に一瞬で移動している。これが曲芸ではなく、純粋な足運びが生む歩行術と、本気で言っているのか？

何度見ても、何度見ても、何度、何度見ても、ラズの言う残像はおろか、私には足音すら聞こえなかった……。

「埒《らち》があかん。実際に接触するぞ」

後で思えば、これは悔し紛れというやつだったのかもしれない。私のその言葉に、イートゥーとラズは息を呑《の》む。

「やつは見たところ、今のような客寄せを生業としているようだ。ただの道化師でも神級精霊であっても、生活のために必要があってしているはずだ。暴れてみすみす職を失うようなことはしないだろう」

目の前の不可解な存在を前に、自分にも言い聞かせるように言った。

「もっとも、神級精霊ともあろう者が、人間の生活に従って、道化師などに身をやつしているとはとても思えんがな……」

そう、我が騎士隊の優秀な隊員が断言するのだ。だからこそ、確かめる。理由はそれだけで十分なのだ。

「私たちも同行します」

イートゥーとラズも、私の後ろにつく。

子供たちを一通り楽しませた後、子供たちと手を振り別れた後の道化師に接触した。

広場から離れようとするところで、後ろから呼び止める。

「そこの君。ウサギの仮面の」

神級精霊かもしれないという疑惑。ラズとイートゥーが神級精霊だと断言する確たる証拠。それらの緊張で、いつもより堅い声になった。

「ん？」

そしてさっき子供たちと戯れた時と同じような軽いトーンの声で振り返るその人物。

「なに？　騎士隊のひと？」

本当に……この声からしてちゃらんぽらんな人物が、神級精霊……？

「さ、先ほどの曲芸は見事なものだった。一体どうやったんだ？」

まずは警戒心を解くことから……この何も考えてなさそうな、あっけらかんとした声の道化師には必要ないことかもしれないが……念には念を、という言葉を思い出す。

「ああ、煙玉のことか。あれならそこのおもちゃ屋で売ってるよ。ガキどものせいですぐに売り切れちゃうかもだけど」

にひひ、と口角を上げて愉快そうにする道化師。仮面で隠れて鼻から上の表情は窺《うかが》えない。

が、やはり……やはり、どう見てもこれまで目にしてきた厳格で独特の雰囲気を放つ神秘の存在、神級精霊とは似ても似つかない。

「なになに？　娘さんに買って帰ってやるのか？　いいねぇ、家族愛ってやつだ。なんならこっそり屋台のオヤジに話付けてやろうか？」

「は……？　娘？」

確かに私には妻と子がいる……が、私の子は息子ただ一人。何を言っているのか。

「ああ。だって後ろでアンタの格好の真似してる子供、娘さんだろ？」

こ、こいつ……この道化師はあろうことか、ラズのことを指差して、私の娘だと言い出したのだ。

確かにラズの身体的な特徴は……その……子供らしい部分が目立つことにあるが、これでも立派な騎士隊員だ。騎士隊は仕事の過酷さから、十八歳にならないと入隊できない。ラズはいくら子供っぽく見えると言っても、たぶん十八歳を超えている。そう、いくらうちの十歳の息子と同じような大きさでも、十八歳以上だ……たぶん。

「あ、いや、この者は特別騎士隊の――――」

「――――私はこいつの娘じゃないッ!!」

私が訂正しようとした時だ。後ろに控えていたはずのラズがいつの間にか前に躍り出て、子供のような大声で反論していた……騎士隊長である私をこいつ呼ばわりしながら……。

「私は二十歳よ！　騎士隊に入隊できる最低年齢で、特別騎士隊が設立されたその年に入隊試験を全て満点で合格した麒麟児《きりんじ》！　好きな言葉は『一位』！　それに『頂点』よ！　アンタに子供と言われる筋合いはないッ！」

目をひん剥《む》いて泣き喚く子供によく似た大声で抗議するラズ。叫びすぎて肩で息をしている。

「この子、かなり優秀なんですけど、子供扱いされると我を忘れちゃうんです……」

「そのようだな……」

後ろからそっとイートゥーが耳打ちする。

ああ、そうだろうとも。任務のことも忘れて、上司をこいつ呼びするのだから。

「へえ、そうなんだぁー、えらいねぇ、よしよし」

「頭を撫《な》でるなァッ！」

「あ、そうだ、君には特別に煙玉に飴《あめ》も付けてあげようね」

「いるかァアアアッ！」

「こらっ、食べ物を投げ捨てちゃいけません、悪い子は、めっ、だぞ？」

「騎士隊長ォ！　この者、切り捨ててもよろしいでしょうかァッ!?」

ラズのコンプレックスを次々と笑顔で逆撫でする道化師の男……。ラズの最初の冷静沈着なイメージは、もうすでにない。

「まあ待て、ラズ。一旦落ち着くんだ」

「はぁはぁ……申し訳ありません……」

なだめられた彼女は、相変わらず肩で息をしている。荒い呼吸を整えながらも、ラズは少し冷静さを取り戻してくれたようだ。

「話は逸れたが、見ての通り我々は騎士隊だ。私は騎士隊長のランド＝スカイラック。この者は部下のイートゥー。こっちは特別騎士隊のラズだ」

「見ての通り、ねぇ……」

ラズを一瞥《いちべつ》しながら笑う道化師。

「き、キサマーーーッ！　なぜ私を見るッ!?」

この道化師……完全にラズをおもちゃにしている……。ラズ、申し訳ないが、ここは我慢だ。イートゥーが苦笑いでラズを抑える。

「その騎士隊サマが俺に何の用かな？」

軽く立ち姿を整えてからニコリと笑う道化師。

「ああ、立ち話も何だ。良ければ王城に来てゆっくりお茶でもどうだ？」

「いいや。立ち話で結構だ。続けてくれ」

「……」

声色から、途端に警戒心が生まれた。さっきまでの気安さが薄まる。

見れば見るほど、道化師の立ち方が何かの構えに思えてくる。もし自分が彼に剣を抜いて襲いかかるとして、どこから切り込む？　どうやって剣を向ける？

気が付けば、隙というものが、一切見えなくなってしまった。

これは早々に話をつけた方が得策と判断し、イートゥーとラズに目配せする。二人とも承知の意で頷《うなず》いた。

「わかった……実は、我々は君が人間じゃないのではないかと疑っている」

「……それで？」

先ほどまでの明るい雰囲気は、この道化師にはまるでない。鋭利な刃の切っ先を向けられているかのような張り詰めた緊張感。威圧感、それに少しの敵意……。一朝一夕で身に付けられる雰囲気ではない。

国王を前にしているかのようだった。それでも、自分に活を入れて続ける。

「ひいては、君が精霊だと踏んでいる……違うか？」

「……」

沈黙……この場合は肯定と取っていいだろう。

街の人々の往来がやけに遠退いて聞こえ始めた。

この者が持つ答えが出るまでの時間に、意識が吸い込まれる。そしてようやく、口を開いた。

「そうだと言ったら？」

それを聞き、一気に肩に乗った重圧が解けた。重苦しい緊張感から解放される。気付けば、鎧《よろい》のグローブに包まれた手には、汗が滲《にじ》んでいた。

「ひとまず王城に来てほしい……王国のことについて、姫様から話がある」

「国のこと？　なんで俺が？」

「それは、君が神級精霊だと国に認定されたからだ。エアスリル以外の各国はここ二年で次々と神級精霊と契約を結んでいる。神級精霊の力を借りられるだけで、他国にとっては大きな脅威なんだ」

「だからうちにも力を貸せって？」

「ああ……そういうことになる」

道化師……いいや、『神級精霊ロップイヤー』は、少し考え込む素振りをしてから、また明るい雰囲気に戻った。

「わかったよ」

その彼の言葉に、イートゥーとラズは後ろでちょっとした歓喜の声を上げた。

ずっとエアスリルにだけ現れなかった神級精霊……その間にも他国はどんどん力を付けていく。戦争をするつもりも予定もないが、その脅威の前では、戦争にならないことをひたすらに祈る日々が続いた。

だがその怯《おび》える日々も、今日ここで終わるのだ。

「ありがとう……」

それは不意に口を突いて出た言葉だった。

「でもさ……」

「ん？」

「こんな精霊にはありえない生活だったけど、俺なりに誇りを持って過ごしていたんだ」

「……」

それはそうだろう……。精霊に似つかわしくない仕事をしている自覚はあったのだ。そんな生活でも、長くそうしていると、その生活に愛着が生まれてくるのも至極当然である。我々は、彼の話の続きを待った。

「でもあんたら、さっき言ってくれたよな？　俺の曲芸は見事だったたって……」

「あ、ああ……！　そうだとも。目にも止まらぬ速さ……あれは曲芸なんてものじゃない。神芸と言える」

これは……元気付けることになるのか？

神級精霊を？

変な気分だが、彼はこれまでの生活を切り捨てて、国のために動くと決断してくれるのだ。多少思いがけないことでも、甘んじようと思えた。

「ありがとう……そうだ、最後になるだろうから、俺の客寄せパフォーマンス、見納めてくれよ」

「ああ、もちろんだとも」

な？　と後ろの二人にも声をかけると、彼女たちも笑顔で頷《うなず》いた。

ロップイヤーは、ありがとうと言い、客寄せパフォーマンスを始めた。

「さあさあ、これからお見せする商品は、この煙玉！　騎士隊の方々にお見せする日が来ようとは、この道化、なんと光栄なことでしょう！」

街を歩いていた都民が、彼の声に足を止める。

一口に神級精霊と言っても、人の目を引く能力に関しては天下一品。その生活をなげうって我々の力になってくれようとしてくれている。

フリーデンスのノノさんが言った通り、あまりにも不遜で無礼で、優しく、誰よりも人間らしい精霊……。

その意味がわかる気がする。そんな神級精霊がいても良いじゃないか。

「こんな良き日には、特別に煙玉を使ったとっておきの芸をお見せいたしましょう！　よおくご覧ください！」

ぱぱぱぱぱぱん！

煙を出しては消えて別の場所に現れるさっきの芸……いいや、神業と言わざるを得ない。

消えてはイートゥーの腕を組んだ状態で現れたり、また消えてはラズにどこから取り出したのか花束を渡すなど、笑いを欠かさない。

こんなにも人懐っこい精霊だったとは……これは国の未来が明るい前兆……そう思わずにはいられなかった。

そうだ……こんなにも人に寄り添える精霊だからこそ、人間社会で道化として生きていたのかもしれない。人の気持ちがわかる神級精霊……彼は、優しい精霊なのだ……。

「いかがでしたでしょうか？　この道化の曲芸は」

ぱん！　という乾いた音と、煙と共に、お辞儀をした状態で現れたロップイヤー。

「楽しかったですよ、とっても」

「あんた中々やるじゃない」

イートゥーとラズも気分を良くしたようで、彼を褒め称える。

「この道化の最後の客寄せパフォーマンスを見てくださり、心から感謝申し上げます」

そう……彼にとって民衆の前でできる最後の客寄せになってしまった。道化とは、精霊にはあるまじき姿なのかもしれない。しかし、彼はそれでも誇りを持っていた。我々がそれを取り上げようとも、彼は快く話を受けてくれた。その器の大きさこそが、神級精霊たらしめるものなのかもしれない。

たまたま通りかかった都民たちから、盛大な拍手が巻き起こる。我々騎士隊も、拍手で彼を大いに讃えた。

「それでは、本日のお楽しみは、これまでにございます……」

そう言って、最後の煙玉が地面に落とされる。

ぱん！

そして小気味良く煙を上げて弾ける煙玉。

そして、姿を消すロップイヤー。

そして――――。

「まんまとやられた……」

残ったのは、風に消える煙と、弱々しい拍手だけだった。

◇◆◇

「逃げられた……ですか」

ネブリーナ姫の悲嘆が、王城の一角に響く。

「申し訳ありません……」

「あなたともあろう人が珍しいですね、ランド騎士隊長？」

「お恥ずかしい限りで」

私の後ろで、私と同じようにひざまずくイートゥーとラズ。

場所はソーニアに事情聴取をした応接室。事情聴取を終えたソーニアは、フリーデンスに送り届けられたのだという。

翌日、ネブリーナ姫に神級精霊ロップイヤーとの交渉に失敗したことを報告した。また、その内容がお粗末過ぎて話にもならないのは承知しているところだ。

「それにしても……ウサギの仮面は本当でしたか……」

姫様は解放軍による最初の王都襲撃、『第一夜』のことを思い出しているのだろうか。

ウサギの姿を、上を向いて思い浮かべる。

「はい。五年前と二年前の精霊祭に現れた『英雄ウサギ』に酷似した容姿をしていました」

「そうですか……」

顎《あご》に手をやり考え込む姿が、やけに堂に入って見える姫様。

だが突然、何かを思い出したように顔を上げると、応接室の奥に向かって声を放った。

「あなたはどう思いますか――聖女様？」


呼ばれて、応接室の奥で振り向いたのは、白い修道服に身を包んだ若く綺麗《きれい》な女性。

長い銀髪に、雪原のように白い肌。すっと通った鼻筋に、形の良い小さな唇。

しかし、感情が抜け落ちてしまったかのような、その美貌には、無感情の言葉がしっくりくる平坦な表情が広がっていた。

それでも、後ろのイートゥーとラズが、思わず恍惚《こうこつ》のため息をついて見惚《みと》れてしまう程に美しい女性。

聖女とは、美しさと癒しの象徴である。


「ミレディ＝フォンタリウス……」


そう、その名はミレディ＝フォンタリウス。

名門貴族の領主、ゼフツ＝フォンタリウスの長女。フォンタリウス家の令嬢。

エアスリル魔法学園に通っていたが、解放軍の二度目の王都襲撃、『第二夜』で、解放軍の狙いが彼女の拉致《らち》だと判明してから、彼女は王城に匿《かくま》われるようになった。

一方で、彼女の持つ水属性魔法の中でも、『治癒魔法』の腕は国内一だった。

病の治癒の場合、彼女の腕にかかれば、昨日まで重い病、それも未知の病に罹《かか》った老婆であっても、翌日には走って国を横断してしまう程、治癒を通り越して元気……も通り越して若返らせてしまう。

外傷の場合、もはや治癒などではなく、過去の再現に近い。あっという間に傷を負う前の状態に戻してしまうのだ。それが四肢欠損であっても、死んでさえいなければ治せてしまう、もはや神に近い力を持っていると言ってもいい。

解放軍は、その力に目をつけていると、王族は考えている。

それならば、治癒魔法の技術の高さを買い、聖女として王城にいてもらうという名目で、魔法学園より安全な王城で匿うことができる。

二年前、特別騎士隊と共に新しくできた役職である。

聖女という役職の仕事は、ただ一つ。

病院などの一般施設ではどうにも処置できない病や怪我《けが》を治すこと。

多少の「お気持ち」を国に支払えば、どんな体の異常もたちどころに治してみせ、各地を回る……という仕事。

最近では、重篤性も緊急性もない治癒魔法の依頼が増えてきたため、依頼料を増額したとかしていないだとか……。

「……もう一度、接触を図るべきかと……」

そして彼女特有の無表情にふさわしい、何の抑揚もない平坦な声。

聖女になった当初などは、『第二夜』のショックで塞ぎ込んでいたし、会話も誰ともしなかったと聞く。それに比べれば、まだ感情がある方なのだ、ろうか……？

「その理由をお聞きしても？」

姫様が立ち上がり、聖女様へと近寄る。

姫様は、この二年、特に『第二夜』直後、聖女様にかなり気を配っていた。今では、友達に近いものがあると噂《うわさ》もされている。

「私が、一目会ってみたいからです……」

「まあ」

言葉を控えることもなく、ど直球に自分の願望を伝える聖女様……。

役職の位としては、私の騎士隊長と同じとされているが、私でも卒直に王族、それも姫様に向かって言えるだろうか……。

やはり友達に近い関係なのだろうか。

それとも、姫様になら自分の力が利己的に利用される心配はないという、安心感からか。

「あなたにしては珍しい意見ですね。これまでは無関心、無表情だったあなたが」

「……」

「無表情は……そのままのようですね」

姫様の苦笑いと共に、話を仕切り直す。

「姫様、私としてもロップイヤーに再度接触を試みるべきかと」

「はい、ランド騎士隊長の言う通りです。神級精霊はもはや目前。何度失敗しても、何度でも接触を続けてください。拉致《らち》など強制的な方法以外であれば、どんな方法でも許可します」

と言っても、神級精霊を相手に強制的な方法が通用するとは思えませんが、と肩をすくめる姫様。

しかし今後の方針は決まった。

ロップイヤーが王城に来るまで、何度でも勧誘する。たとえ王都を離れようとも、だ。

そして友好的な関係を築く。

従って、武力を用いて王城に連れ帰る手段は避けて、対話により同行を依頼するのが望ましい。

「では、聖女様……再度、ロップイヤーに接触の準備が整い次第、迎えの隊員を寄越します」

「わかりました……」

やはり無感情。

同じ位の立場、そして姫様と同い年、十八歳の小娘……しかし年下とは言え、姫様と友人という説が濃厚であることから、あまり強く出られない。

扱いにくい女……という印象である。

思えばラズより年下じゃないか……。

そろそろ私が騎士隊長の座を退く時も近いかもしれない……。

応接室を出てから、人知れずため息をついた。

61話　神級精霊ロップイヤー

〈神級精霊ロップイヤー〉

「あはははは……」

笑い過ぎて腹が痛い。

俺を見失って悔しそうに王城に帰っていく騎士隊三人組を、建物の屋上から眺めているだけで、俺は笑いが止まらなかった。

夕陽に照らされるあの三人組の背中……一丁前に哀愁が漂ってやがる。

俺が国を守る？　神級精霊？

バカバカしい。冗談キツいってもんだ。

なんで精霊が国の政治の材料にならにゃならんのだ。自由気ままなこの生き方は、何人も縛《しば》ることはできないさ。

「くくくっ……」

思い出しただけで腹がよじれそうだ。俺は何度も騎士隊とのやり取りを思い起こしてはくすくす笑い、宿に戻る。

受付のボーイに軽く挨拶《あいさつ》をして、部屋に入った。二カ月も滞在していると、結局は住めば都という言葉に落ち着く。硬いベッド、ギシギシ鳴る床にも愛着が湧いた。

これまた愛らしく悲鳴を上げる蝶番《ちょうつがい》の窓を開け放ち、王都の夜風を部屋に取り込んだ。

「はぁ……」

そよそよと肌を優しく撫《な》でる心地良い夜風。

少し休んだら飯を食いに出よう。夜の商業区だ。今日くらい奮発していつもより美味いものを食べよう。

「ここにも長くはいられないな……」

今後のことを考え、明日には王都を出る決心をした。

この王都を管轄する騎士隊に目を付けられた。解放軍の侵攻を二度も退けた、この王都の栄えある騎士隊サマに、だ。

「最後にアスラ何たらの慰霊碑でも見に行くか」

王都の隣にある大きな穴ぼこ。

どうやらあの巨大な凹みは、『第二夜』で解放軍が仕掛けた爆発物を、アスラ何たらがその身を呈して王都の外まで運び、命を散らした時のものだと、王都に来て聞いたことがある……その爆発で出来たのが、王都の隣の凹みなのだとか。

その凹みには、アスラ何たらの慰霊碑が一番に建てられ、その周りは綺麗《きれい》に整備され、巨大な花畑と墓園になったそうだ。凹みは王都とほぼ同じ面積があるため、中には移動用の馬がいるらしい。

「馬は……乗ったことないな……」

一抹《いちまつ》の不安が頭をよぎる。

いや、馬なんかより自分で走った方が速い、と自分の初歩的な勘違いに気付き、一人苦笑いを浮かべた。

王都を出るにあたって、まとめるような荷物もない。俺は王都で多少重くなった財布を軽くするべく、商業区に向かった。

飲めや踊れやの飲み屋街。大阪の天満……って言葉が頭に浮かんだ。しかし悲しいかな、これも記憶した覚えのないもので、俺はこういう何の記憶かわからないイメージが浮かぶたびに、それを気にしないように心掛けるようになった。

てことで、気にしない――――いや、気にしたくなかった。それを深く考えて、また自身の『不安定』に向き合うのが怖かった。

そんな気持ちを振り払うかのように、酒臭い焼き鳥屋に、煙草臭い酒場。娼館……は通り過ぎ、色んな飲食店を転々とする。

高級な店には、この仮面が怪し過ぎて入れない。それにドレスコードもあるのだとか。この前も『ハイアットディナー』という店に入店を願い出たが、入口で断られた。二度と行かん。

大衆向けの店が、俺にはしっくりきた。

こういった下らない店は、俺の悩みを忘れさせてくれる。払拭してくれるのだ。

結局、夜中まで商業区を練り歩いた俺は、『不安定』を忘れるために擦り付けた酒と煙草の臭いを、『不安定』と一緒に服から洗い流し、宿で休み、翌日を迎えることにした。

その日――――そう、『この日』は、まさに晴天だった。

抜けるような空の所々を、真っ白な雲が泳ぐ。

まさに門出日和だと思った。有言実行。今日、王都を出ることにした。行き先は決まっていない。

二カ月世話になった宿に礼を言い、居住区を出た。居住区の東側、王都の中央に位置する商業区を横切るついでに朝食のサンドイッチを買い、王都の南側正門に向かう。

しかし、サンドイッチを食べ終わった頃だった。


「探したぞ、ロップイヤー」

ロップイヤー？　そんな風に呼ばれてるの？

俺の前に、例の騎士隊三人組が現れ……いや、立ち塞がった。三人とも騎士隊の甲冑《かっちゅう》を身にまとい、横に並んで正門までの道を塞ぐ。

「懲りないな」

大袈裟《おおげさ》に肩をすくめてみせた。

彼らの目的は、俺を王都に連れ帰り、国に協力させること。てっきり力で押さえ付けようとしてくるのかと思えば、腰に携える剣に触れる素振りを彼らは見せなかった。

「説得に来た。もう一度言うが、王城に来てくれ」

「嫌だね」

即答した。

「アンタねぇ、騎士隊長が丁寧に頼んでんだから応じなさいよ」

騎士隊長……確かランドと言ったな……彼の頼みをきっぱり断ると、昨日ラズと呼ばれていた幼女……もとい、子供らしい騎士隊員が威圧してくる。

「おやおや騎士隊には児童施設もあるのか、これは驚いた」

「キサマーーーッ！　誰が児童かッ！」

「誰もキミとは言ってないんだよ？　可愛いお嬢ちゃんには飴《あめ》をあげようねぇー」

「だからいらねぇって言ってんだろォッ！」

「そんな汚い言葉、めっ、ですよ？」

「き、騎士隊長！　こいつ切り捨ててもッ!?」

この一連の流れになりつつある会話……ちょっと楽しいかも。騎士隊長は困り顔で、ならん、とその幼女を諌《いさ》めた。幼女のフラストレーションが溜まる表情がこれまた面白い。彼女には悪いが、思った通りの反応が返ってくるのでクセになりそうだ。

彼らの後ろに目を向ける。

王都の南側正門まではあと少しの所だった。

「でも見たところ、力ずくって感じじゃなさそうだな」

「姫様のお達しよ。あくまで対話で説得しろと。もっとも、私たちは力ずくの方が楽なんだけどね」

俺に挑発的な答えを返したラズ。腰に携える剣の柄をぽんぽんと撫《な》でて見せる。

「力ずくの方が楽だって？　そう思うならやってみなよ。一度でも俺に手で触れられたら何でも言うことを聞いてやる」

俺の力を見くびられるような言葉に、少々ムキになった。

安い挑発に、幼女は腰に携える剣の柄に触れようとする。

「ラズ……」

が、騎士隊長様にもなればちゃちな挑発には乗らないか。騎士隊長は彼女を制止する。彼女はため息をついてから話を続けた。

「その申し出を受けたいところなんだけど、あんたには令状が出てるのよ」

何を言うのかと思えば、俺に令状？

何かのギャグかと笑いそうになったところで、幼女は懐から令状と言い張る紙を取り出した。

ばっと令状を俺に突き出して、内容が見えるようにし、幼女はそれを読み上げた。

「令状。対象、ウサギの仮面を付けた不審人物」

「はあ？」

思わず聞き返す。

言うに事欠いて不審人物だって？

「最後まで聞きなさい。内容は、旧ベルモンド領主及びベルモンド邸常駐兵士への暴行よ」

「は、はあ？　暴行？」

驚きを通り越して混乱した。

「あれは民意が求めた結果だろうが。というか、娘っ子を誘拐したのは向こうだ。それにやつの暴挙に騎士隊も制裁を下したんだろ？」

焦りが言葉の節々に見られた。変に早口になっている。

「娘っ子……」

「きっとソーニアさんのことだろう」

幼女の疑問に、騎士隊長が答える。

「事件の結末が、結果的に領民の民意に沿っていただけ。それにあんたはソーニアという女性とは家族でも何でもない。名前すらも呼び合わない関係でしょ。ソーニアさんも事件の後あんたの行き先を知らなかった。あんたとソーニアさんはどういう関係なのよ。客観的に見れば、あんたがベルモンド元伯爵に暴行を振るった結果、ソーニアさんがノノさんのもとに帰ることができただけ。あんたのしたことは、ただの暴行よ」

「なっ……ななな……っ！」

何を訳のわからないことを言ってやがる、という言葉は、怒りと焦りの狭間を行ったり来たりするだけで、上手く言葉にはならない。

「じゃあ証拠はあるのかよ、証拠は！」

言ってから、気付いた。

こいつら騎士隊は、俺を何らかの犯罪者に仕立て上げて王城に連れ帰る理由を作ろうとしているのだ。

しかし、もう遅い。

「証拠ならあるわよ。ソーニアさんの調書よ」

「くそ……」

やはり用意されていた。気付くのが遅かった。俺ははめられたのだ。

「それとも、騎士隊が要請している通り、王城に来る？　その場合は情状《じょうじょう》酌量《しゃくりょう》の余地はあるわ。だから最初に提示したでしょ？　説得に来たって」

「そりゃどっちにしろ王城に連れて行かれることになるんじゃね？」

「あら、本当ね。たまたま目的地が一緒だわ」

「よくもいけしゃあしゃあと……」

騎士隊ってこんなアメリカの悪徳警官みたいなことする組織なの？

昨日話した感じ、かなりマトモそうな団体に見えたんだけど……この一年、色んな土地を回ってきたけど、まだまだ世界は広いってことか。

「べ、ベル……べら、ラランドをぶちのめした結果、やつの悪行が明るみに出て、裁くことができたんじゃないのかよ！　それは俺の功績だろうが！」

焦り過ぎてベルモンドがミュージカル映画みたいな名前になる。

「そ、そう、ベルモンド……」

「ベルモンドね」

やはり指摘された。

「だから言ったでしょ？　結果的にそうなったってだけ。結果は良かったけど、方法が違うの。あんたのとった方法が、犯罪なのよ」
もはや八方塞がりである。コイツらの言葉に絡め取られた時点で、交渉に逃げ場などなかった。
俺がベルモンドの城に殴り込まず、騎士隊にその悪行を訴えていれば良かったのだと、
幼女は言う。人が誘拐されてるんだ、そんな悠長なことやってられるか、という意見は、
この状況下ではどうせ度外視なのだろう。
「こんなやり方、騎士隊として恥ずかしくないのかよ……」
俺は視線を幼女……ではなく、騎士隊長であるランドに向け、訴える。
「普段はこんな方法、絶対に取らないんだがな。言っておくがこれはラズの作戦だ。どう
も昨日話した感じ、説得でどうこうなる相手ではないのを彼女は見抜いていたんだ。なか
なかどうして、優秀だろう?」
こ、ここここ、コイツら、わかった上で……全部わかった上で俺を陥れている……?
やつら騎士隊の言葉を借りるに、どうやらこの国のお姫様は、あくまで話し合いを用い
た方法で俺を王城に連れて来るように騎士隊に命じているらしい。しかし、俺を見るやそ
れを不可能だと感じた騎士隊が、合法的で、かつ、お姫様の言い付けに反しない範囲内で
俺を強制的に連れ帰れる方法が必要だと現場判断を下した結果が、これなのだ……。
や、やられた。完敗だ。なぜここまで想定していなかった。

その理由は単純明快、俺のおごりだ。

人間相手に引けは取らないとおごったのだ。もちろん、この騎士隊三名からこの場で逃げおおせるのはワケない。しかし、それは今後人間社会では確実に生きにくくなるはず。その結果、俺は精霊らしい生き方を強いられるだろう。その辺の森とか山で神々しさをひたすら意識し、神秘の存在であるとひたすら意識作り……しまいにゃ自分のことを『我』とか呼び始めるんだぜ？

あー、やだやだ、考えただけで気持ちが悪い。

何より、夜な夜な商業区で飲み歩き食べ歩くことがこの先できなくなるんだ。その方が嫌だ。俺は精霊だが、人間の社会は好きだ。いっそのこと自分が人間だったらとすら思う。

でも、大人しく騎士隊に連れて行かれるのもごめんんだ。

いや……いっそのこと騎士隊を潰す……のは人道に反している気がする。モラルとか道徳という言葉が、俺の良心の枷《かせ》に早変わりした。

じゃあどうするか。

「あっ！」

「やはりか……！」

俺は逃げた。

「各隊員に告ぐ。対象が逃走を図った。作戦通りに動け！」

騎士隊三人組に背を向ける間際、騎士隊長が胸に付いている魔石にそう話しているのが見えた。察するに、無線機のような役割を果たす魔石だろうか。

ならばすぐに隊員が統制され、包囲網が張られるのも時間の問題。ただ走るだけでは逃げ切れない。

俺がここで逃げたということは、騎士隊は俺を犯罪者扱いするだろう……いや、そうに決まっている……！

ということは交渉による連行は不可能。騎士隊による武力行使が待っている。

が、さすがに都民の行き交う道路では走って追って来るだけ。このまま人混みに紛れようかとも考えたが、時間を食って包囲網に引っかかると事だ。包囲網が統制される前に、王都を出る……！

そのためには、俺にとっても都民の人混みは邪魔だった。自ら人気の少ない路地を選ぶ。

俺と騎士隊の追いかけっこは始まった。

さらに路地を曲がり、細い住宅地の隙間のような道に入り込んだ。

「止まれ！」

「精霊とは言え逃がさんぞ！」

他の騎士隊員が二人、控えていた。

居住区の民家と民家の僅《わず》かな隙間だ。この狭い通路を大人二人に塞がれては押し通るのは困難。

日の光さえ地面まで届かないような建物に囲まれた細い空間なのだ。

しかし、俺は足を止めるどころか、さらに加速した。

「報告書にあった通りだ！　動きが速くなるぞ！」

「構わない！　魔法で応戦するんだ！」

騎士隊員二名と俺の間の距離は百メートル足らず。俺が彼らの制止を無視する場合は魔法で応戦するとのことだ。

見たところ、二人とも火属性魔法使い。遠距離攻撃を仕掛けるはず……！

一気に加速した。

ジイさんを担いで走った時のような疾走。

通路が狭い。建物の壁面を蹴《け》って移動できそうだ。

「な……ッ!?」

「聞いてた以上に速い……ッ!!」

そのまま通路を挟む壁体を交互に蹴って騎士隊員の頭上を行く。

「なんて身軽さだ、猿かよ!?」

「屋上だ！　対象は建物屋上に行った！」

通路の騎士隊員も、騎士隊長と同じような魔石を無線機替わりにして、報告する。

が、そんな報告の必要がないと思えるほど、騎士隊の動きは速かった。

民家の屋上に辿り着くと、すでに騎士隊員が五人待ち受けていたのだ。

「らっしゃい！」

さらに、見たところ五人とも鉄銃を構えているではないか……！

警告なしに、五人の騎士隊員は一斉射撃を仕掛けてきた。

ババババババンッ!!

すんでのところで磁場を展開し、鉄銃の鉄弾をすべて受け止める。

「なんてことしやがるッ!?」

この騎士隊員たちには一切の油断がない。事前に相手が強敵だとか神級精霊だとか伝えられているのだ。

今の逃走ルートで南側正門から遠ざかってしまった。屋上から目算しただけでも数百メートルはある。

悠長に相手していると、本当に王都から出られなくなりそうだ。

俺も油断なんてしていられない。

ガキンッ!!

「なに……ッ!?」

「くっ……ッ!!」

受け止めた鉄弾を磁力で粘土のようにつなぎ合わせ、簡易な手錠と足枷《あしかせ》を生み出し、騎士隊員たちにつないだ。

体積は鉄弾五つ分だ。細い細いまるでブレスレットのような手錠と足枷になった。引き千切ろうと思えば、時間によってはできない太さでもない。

時間稼ぎに過ぎなかった。

「に、逃げられた！　やはり報告にある通り、鉄銃は利かない！　木銃にするんだッ！」

枷を付けられて建物の屋上に倒れ込んだ騎士隊員のうち一人が、さらに魔石で情報を飛ばす。

それを横目に民家の屋上に飛び移り、逃走を続けた。

この時ばかりの俺は後先考えちゃいられなかった。

逃亡犯として騎士隊に追われるのなら、人間社会では多少生きにくくなるだろう。しかし、それでも逃げる道を選んだのだ。正直、騎士隊や王国、王族のしがらみの中で生きるような窮屈な思いはしたくなかった。それならば逃亡中の精霊として生きる方が幾分かマシというものだ。

と、俺は浅はかにも思っていた。

「いたぞ！　標的の精霊だ！」

「構えろ！　俺たちの予想より速いぞ！」

屋根から屋根に飛び移ろうとした時だった。離れた民家の屋上に銃を構える騎士隊員が三人いるのが見えた。

構えている銃は、先の隊員が言っていた木銃だろうか。

「あれが木銃……？」

木銃と言うくらいだ。銃身から引き金、グリップまで全て木製の銃だった。あんなもの、火薬の込められた弾を撃てるのか……と思ったが、撃てるからこそ銃と呼ばれているのだ。

「今だ！　放て！」

隊員の号令で、三人が一度に発砲した。

プシュッ！

乾いた発砲音の鉄銃と比べて、木銃と呼ばれたあの銃は空気の抜けるような音がした。

「蒸気か……！」

そう、木銃と呼ばれたものは、水蒸気圧で木製の弾を放つ銃なのだ。

木銃の耐久圧力限界まで内部で高められた蒸気圧を、一気に解放し、弾の推進力に変える。

人間の発明は偉大だ。そんなことを屋根から跳躍しながら思う。

おそらく俺が空中で身動きを取れない瞬間を狙った発砲だ。

目にも止まらぬ速さで木銃が接近する。

しかし俺もやられてばかりではない……！

ガキィンッッッ!!

「な……なんだと……」

「あ、あれが霊基《れいき》か……」

「初めて見た……」

木弾を放った騎士隊員三人は呆気にとられる。

「ありゃ無理だ。捕まえらんねえわけだ」

「バケモンかよ……あいつ」

「木弾を受け止めやがった……」

霊基――――そう呼ばれる未知の物質で構成される、神級精霊にしか生み出せない物質。

そして神級精霊一体につき、霊基で生みだせる構成物はたったの一つ。

俺の場合は鎖鎌《くさりがま》だった。青白く淡い光を放つ鎖鎌。金属の性質を持つ。

木弾を鎖鎌から払い落とし、飛び移った先の屋根に着地する。

木銃を構えていた騎士隊員のうち一人が、さらに魔石で情報を共有し始めるのが見えた。

「た、対象はなお逃走中……」

『こちらランド。木弾を食らってもまだ動いているのか？』

「受け止めやがった……」

『なに？　音声が断続したぞ。もう一度交信しろ』

「あいつ、霊基の鎖鎌で木弾を全部受け止めやがったんです……！」

『受け止めただと？　盾か何か持っていたのか⁉』

「……ち、違いますよ、騎士隊長！　鎖鎌の鎖で、木銃全弾を一度に受け止めやがったんです！　平然とね‼　あんなの……」

無理だ、と言いながら木銃を手放し、膝《ひざ》を付く隊員。

上手い具合に騎士隊員の士気が削がれていく。いい仕事してるよ、今の木銃の隊員。

南側正門まであと少し。正門前の広場まで辿り着いた。広場にはもちろん建物はないため、地上に降りる。急な着地に周囲の都民はぎょっとしたような表情を向けるが、俺の仮面を見ると目を逸らす。

ヤバいやつが来た……とか思われてんだろうな。しかし都民の人混みのおかげで、上手く身を隠すことができた。木を隠すなら森の中ってやつだ。

人の波に流されるままに広場に入り、人混みがまばらになった。

広場には数人の騎士隊、王都を囲む城壁の上にも……近くの建物の上にも騎士隊がいる。この南側正門に集結しつつある。つまり、包囲網が完成しつつあるのだ。この短時間に……大した統率力である。

「対象を発見！　広場の噴水の近くだッ!!」

と、正門までもう少しの所で見つかった。

騎士隊員の発する大声に、都民たちははっとした顔で騎士隊員の指さす先……俺に注目を集め始める。

「都民のみなさん！　離れてください！　危険です！」

「このウサギの仮面の不審者は、逃亡犯です！」

こ、この……っ！

余計な噂《うわさ》が立つだろぉぉぉぉオイ……！

都民たちはあろうことか怯《おび》えるような声を上げて俺から逃げ始める。

「ったく、冤罪《えんざい》だっつーのに……」

誰も聞いてくれないとわかっていながらも、不満は一応のところ申し立てておく。

蜘蛛《くも》の子を散らすように俺から離れて行く都民の波。その波の発進点の俺を目掛けて、周囲の騎士隊は集結する。

集結した騎士隊員たちは俺を取り囲むように配列した。

その列の中には、幼女の姿もある。

「鬼ごっこはもうおしまい？　呆気ないわね」

「あぁ、ごめんねお嬢ちゃん、お兄さんはね、騎士隊の人たちと鬼ごっこしてたんじゃないんだよ？」

「お嬢ちゃんって言うなァッ！　ただのたとえだろうがァッ！」

「鬼ごっこは今度してあげようね」

「子供扱いしてんじゃねェっつってんだろォがよォッ!!」

「君……どんどん口調が荒くなる……」

「騎士隊長ォ！　こいつ切り捨てても!?」

怒鳴る幼女の般若のような顔に、せっかく集結した騎士隊員たちが後ずさり、若干幼女から距離を空けてしまう。

が、どうも幼女の狂気に気圧されて離れたわけではないようだ。騎士隊員たちが開けた道を、幼女に呼ばれた騎士隊長、ランドが通る。

「駄目だ。その者の身柄は拘束《こうそく》し、姫様に引き渡す必要がある」

騎士隊長のランドはそう語気を強めつつ、集結した騎士隊員たちの前に躍り出た。

再び、俺と対面する。

「どうだ、気は変わらないか？」

得意げに騎士隊員たちを見回しながら、俺に尋ねる騎士隊長。

これまでの騎士隊員の俺への攻撃は、あくまでこの正門前の広場に隊員を集結させるための時間稼ぎに過ぎなかったのだ。

手の平で転がされていたのは、俺の方だったようだ。

「……そうだな。俺の煙玉の客寄せを最後に見届けてくれたら――――」

「――見るわきゃねーだろォ！」

幼女に鋭く遮られた。

「今ここで逃げるようなら、ここにいる騎士隊総動員で君に魔法を放つ。聞くところによると、魔障壁を使えるようだな……しかし、この広場全体に及ぶ魔法の一斉攻撃を受け切るとなると、相当巨大な魔障壁が必要になるぞ。どうだ？　ここで手を打つというのは。お互い戦いは望まないだろう？」

確かに……。

この広場全体を埋め尽くす巨大な魔障壁は出したことがない。

そもそも、こうも大きな戦いに発展した場面は、この一年を通して一つとしてなかったのだ。

騎士隊長に勝機の光が差した瞬間でもあった。独特の緊張感が、一時広場に漂う。

「あんたら騎士隊の言い分や思惑もわかるよ。すべては国のため、なんだろう？」

そう理解を示した言葉を騎士隊長に掛ける。

「な、なら……」

騎士隊長の表情が晴れかけた。

しかし、それにはまだ早いと俺は手合図で制止する。

「でも、俺の望みはどうなる？」

「望み……？」

「俺はユニセフでもなけりゃ慈善団体でも、ましてや聖人でもないんだよ」

「ゆ、ゆにせ……？」

「そう、ユニセフ。俺はなんの見返りもない仕事はしたくない。あんたらもそうだろう？

騎士隊として成果を上げるとするだろ？　王国民たちから信頼や名声を得られても、給料が出なきゃやってらんないよね？　そういう話さ」

「き、君の望みとは何なんだ？」

騎士隊長は恐る恐る聞く。

まるで虎穴を覗《のぞ》き込むような、そんな慎重さが窺《うかが》えた。

「俺さ」

が、俺の返答に緊張感が切れる。

「君？」

「そう。俺の正体。それが知りたい。それを知るために、世界を回っている」

ここまで人に話す気はなかったのだけど……。

王都には俺のことを詳しく知る者がいないと決めつけて逃げるつもりでいた。が、しかし、もう一度だけ確認したくなったのだ。

これは何の気まぐれなのか、いずれにしろ俺には自分の行動原理がわからなかった。

強いていうのなら、『運命』というやつだ……と言いきれるようになるのは、まだ先のことだ。

「君は最近新たに発見された精霊だ。君自身が君のことを知らないのなら、我々には何とも……」

わかっていた。期待はし過ぎないようにしている。

「だろうね……」

と、言いつつ一気に魔力を足に込めた。

磁力で激流となる血中の鉄分、そして血流……。

「……ッ！」

その変化を見落とすような騎士隊長ではなかった。

彼の判断は早く、そして正しかった。

そう、正しかったのだが……。

「総員、放て！　号令はしない！　この者は逃走を図るぞ！　詠唱を終えた者から魔法を放つんだ……ッ!!」

途端に様々な魔法が広場に飛び交った。

広場を離れた都民たちが息を呑《の》む空気が、緊張が伝播《でんぱ》する。

無詠唱の魔法、詠唱の魔法、関係なく俺に放たれた。

「フレイムピラー！」「ウインドカッター！」「アイスアロー！」「ロックバレット！」「スターライトアロー！」「ダークフォース！」「ファイアーボール！」「アイスピラー！」

十人十色。どれかの魔法に対応すれば、どれかの魔法にやられる。

全くの抜け目がない魔法の一斉掃射。

そう、その手段は間違っていない。間違っていない。騎士隊長の指揮は正しかった。

が、しかし、それは結果として間違っていた――――。

血流促進により俺の足が広場をねじ伏せる。

一瞬にして広場を駆け抜けたのだ。

しかし、行く先々には魔法の雨。俺は、魔障壁を全出力をもって発動した。

「……ッ！」

魔障壁。

本来、特別な機器を用いて発生させる魔法研究所の技術。

属性魔法使いの魔法、そして属性魔法使い本人すらも物理的に拒絶する壁を作り出す。

しかし、無属性魔法使いはその限りではない。


「な、なんだ……この大きさ……」

騎士隊長の驚愕の声は、天に向けて放たれた。

騎士隊全員が、それだけではない、この王都にいるすべての人間が、空を見上げていた。


「お、王都全体を囲ったのか……っ!?」

「第二夜の魔障壁そのものじゃないか……」

「研究所の機械も使わずにどうやって……？」

俺の魔障壁は、俺を中心に膨張する過程で、騎士隊の魔法を全て打ち消した。

そして魔障壁は、まるで話に聞くビッグバンのように急速に膨張を続け、収まった頃には、それは王都全体を覆っていたのだ。

騎士隊が茫然自失とした隙に、である。俺は疾駆を止めることなく、そのまま広場を抜けた。

「しまった……！」

「魔障壁を抜けた!?」

「特隊が一人いただろ！　何をしている！　やつを追え！」

そう、俺は魔障壁を通過することができる。

さらに王都の南側正門をくぐり抜けた。

「待ちなさいッ！」

しかし追手はいた。

特隊と呼ばれた、騎士隊の中でも無属性魔法使いのみで構成された特別騎士隊。その隊員の幼女ことラズだった。

無属性魔法使いである幼女は、俺の生み出した魔障壁も難なく抜け出すことができる。

しかし彼女もわかっているはずだ。

俺の煙玉の客寄せパフォーマンスのタネを、仕掛けを知っていながら追い付けるだなんて、思ってやしないんだろう?

ズガンッッッ!!


一気にトップスピードに加速した。その一歩は、王都の外の草原に小さなクレーターを残す。

幼女の足音は途端に聞こえなくなる。王都がどんどん遠退いた。

そして、次に迫って来るのは、例の穴凹……。

アスラ何たらが王都を守るために持ち出した爆弾が爆発した際にできた、巨大なクレーター。

そこはアスラ何たらの慰霊碑を置いた大きな墓園になっていると聞いた。

速度を落とし、幼女が駆け付ける前に潜り込もうと思った。

墓園の中は、背丈ほどある草が生い茂っているが、綺麗《きれい》に整備されており、馬車で通れるほどの幅がある白いタイルの道がちゃんと通っていた。

しかしながら背丈ほどの草のそばを敢えて進み、草を遮蔽物《しゃへい》にして姿を隠しながら中へと駆けた。

行く先々に分かれ道があり、その道の先一つ一つに広大な墓園がいくつも見られる。それぞれ区分けされた墓園が向かい合って見えないように、背の高い草を植えてあるのだとわかった。

さらに墓園の中へと駆ける。

道に沿って綺麗な水路が設けられていた。静かながら爽やかな水の音が心地の良い雰囲気を演出すると同時に、墓石を洗う際の水源にも一役買っているようだ。植えられている草にも必要な水分なのだろう。

水路を追っていると、他の道の水路と合流し始めた。

その水路が集結している広場があり、幾本にも園内に伸びている白タイルの道の合流地点でもあるようだ。

広場の中心には、白い石像があった。

水路も、その石像の元に集束している。

近づいて見ると、どうやら少年の形をした像だった。

「『救世主・アスラ＝トワイライト、王国の地に眠る』……」

石像の台座にはそう彫られていた。

ふと見渡してみると、この広場が墓園、ひいてはこの巨大なクレーターの中心点なのだと気が付く。

この穴凹は思ったより深くはない。しかし、俺が入って来た墓園の入り口が、遠い崖の上だと思うと、すごい構造をした墓園だ。

まるでスポットライトを当てるように、日光はこの穴凹の中心に降り注ぎ、アスラ何たらの石像を照らし出している。

「そんなにすごいやつなのか？　お前……」

自分でも思いがけないことに、石像に向かって話しかけていた。

何の特徴もない少年の立ち姿が彫り起こされただけの白い石像。

白い石となったアスラ何たらからは返事はもちろんない。


「うん、『すごいやつ』だよ……」


一瞬、本当に石像から返事があったのかと驚いた。俺は精霊でありながら、霊的なオカルトには弱いんだ。

しかし、その声の主は俺の後ろから歩いて来た。

振り向くと、白い修道服を着た銀髪の少女だった。

どうやら木のバケツに水を汲《く》みに行って、戻って来るところのようだ。

それにしても……。

「……」

ため息が出るほどの美人だ。

絶世の美女とは彼女のことを言うのだろうと思う。

ここ一年、王国内各地を巡ってきたが、未だ彼女ほどの美女を目にしたことがない。

十代の幼さが残るものの、世の男が放っておかない芸術品のような気品と美貌がそこにはあった。

しかし表情という表情がなく、えらく平坦な声をしている。

彼女はおもむろに石像に近づくと、バケツの水を柄杓《ひしゃく》で石像に優しくかけた。

石像をていねいに水ですすぐと、手に持つタオルでこれまた優しい手つきで汚れと水分を拭き取っていく。

本当に、本当に優しい所作だった。その石像に対する彼女の愛が感じられる。

「その石像、そんなに大事なのか？」

「……うん」

しかし何と抑揚のない返事だろう。何と無表情が似合うのだろう。

「こいつは、どう『すごいやつ』なんだ？」

「……知らない？　王都を解放軍から守った救世主……有名な話だけど……」

「救世主ねえ……」

実のところ、このアスラ何たらという人物に対する敬意や感心は、言葉にするほど俺の中では大きくない。

なんだって爆死したことがそこまで讃えられ――――。


――あなたを、一人の男性として、愛しています――――。

――あと数十秒で王都が滅ぼうとも――――。

――アスラと一緒に過ごしたい――――。


「――――ぅぁあああぁッ！」

唐突だった。あまりにも唐突だった。

初めてだ。こんなに痛みが強いのは、初めてだ。

頭が……わ、割れる……！

「ううぅッ！　あああっ！」

吐き気がものすごい。いや、俺は吐いた。吐物ではない。胃液だろうか。唾液と胃液が混ざったやつ。

って、そんなことはどうでもいいくらいに、頭痛がひどい。

俺はついに立っていられなくなり、頭を両手で抱えて地面にのた打ち回る。

今の記憶はなんだ……、いいや、思い出さなくていい。どうでもいい。この痛みにより一瞬にして頭をよぎった記憶の断片映像は忘れ去られた。

空が回る……。

いいや、回っているのは俺の目だ。眼振するのがわかる。その度に振動が脳に伝わる。

汗が、吐き気が、頭の痛みが止まらない。

が、次の瞬間だった。

「……はあ、はあ」

痛みは唐突に消えた。

ウソップの五トンハンマーで頭を殴られたらこんな痛みがするのだというくらいに、ひどい頭痛が、一瞬にして消え去った。

「い、いや……あいつのハンマーはハリボテか……」

あまりの痛さに意味のわからないことを口走る自分。乱れた呼吸を整える。

気付けば、俺の体の周囲には緑色に淡く光る粒子が飛び交っていた。

「こ、これは……君が？」

白い修道服の少女を振り返ると、こくんと彼女は首肯した。

聞いたことがある。これは治癒魔法というやつだ。体の異常や怪我《けが》を治す力がある水属性魔法。

そう言えば、聖女と呼ばれる役職の人物は、その治癒魔法を最高レベルで使えるらしい。

しかし聖女様は王都にいると聞く。魔力量もものすごいとジイさんも言っていた。百万数値の魔力がある。俺と契約できるのはそいつしかいないと踏んで王都に来た頃が懐かしい。聖女と契約すれば、原因不明の頭痛もこうして治してもらえたのかもしれないというのに……俺は王都を離れる他ない自分の運命を呪った。

「ありがとう……たまに起こるんだ。くも膜下出血」

「くも……まく……？」

俺の意味不明な言葉に首を傾げるその仕草もまたかわゆいとときめいたのは内緒だ。

俺がときめいて返事をできずにいると、彼女は黙々と石像の作業に戻った。

が、今度は彼女から声を掛けられた。

「あなた……」

「ん？」

「私に会ったこと、ない……？」

おかしなことを聞く。

「君みたいな美人に会ってたら嫌でも忘れないさ」

それはさっきの頭痛からくる不安を掻《か》き消すための虚勢でしかなかった。歯が浮くようなキザったるい言葉を返す。

「そう……」

しかし、彼女の無表情は揺るがない。まるで、何も感じていないみたいだ。感情そのものを、昔どこかに落っことして来てしまったかのような物悲しさを感じられた。

ある程度、気分が落ち着くと先の『不安定』な状態の自分を思い起こしてしまう。その余韻《よいん》がいつも怖かった。

「しっかし……そのアスラ何たらも幸せモンだ。爆死しただけで君みたいな美女に体拭いてもらえるんだもんな。そうなるなら俺も犬死でも爆死でもなんだってするのにさ。ははははっ」

だから俺はその度に虚勢を張ってしまう。一種の癖……防衛本能と言ってもいいのかもしれない。

それはわかっていても、やめられなかった。

乾いた笑いだった。本当に自分の声かと思う程に。

「……あなたにアスラの何がわかるの」

が、それは時に人の逆鱗《げきりん》に触れることもあるのだと、今回初めて知った。

その相手がびっくりするくらいの美人なんだから余計怖い。彼女の声は、周囲の気温が何度か下がったのかと思うほど、低く、凍り付いていた。

表情がないなんて、嘘だった。これはれっきとした怒りという感情だ。表情じゃない。彼女のまとう空気が、それを物語っている。

「今言ってたじゃん。王都を守って爆死した男の子、だろ?」

「簡単に言わないで……アスラがどんな思いで王都を守ったのかも知らないくせに……」

さらに、彼女の言葉は俺の耳を凍《い》てつかせた。

「ああ、知らないさ。知りたくもないね。そんな自己犠牲大好き人間の思いなんて」

あれ……俺は何をムキになっているのだろう……。

こんなことを言うつもりじゃなかったのに。

思えば、娘っ子がアスラ何たらに憧れていると話してくれた時も、俺はなぜだか不愉快に感じて、今みたいに悪態をついてしまった。

「……」

白い修道服の少女は、言い返しては来なかった。

しかし代わりに鋭い眼光が返って来る。キッという擬態語がぴったりの怨恨《えんこん》がこもった瞳だった。

おもむろに彼女は俺に手を伸ばす。

何をする気だ……と言おうと思った時にはすでに遅かった。

はっきり言おう。油断していた。

この墓園という慎ましく厳かな場所で、まさか魔法が使われるなんて、ついぞ思わなかったのだ。

ガキン……ッ！

気が付くと、俺の全身……首から下は分厚い氷に覆われていた。

「無詠唱か……面白い魔法を使うな。さっきの騎士隊の連中とは威力が桁違《けたちが》いだ。何モンだ、銀髪？」

これも悪態。まさに負け犬の遠吠えだった。しかしそれも、首から上は氷で覆われなかったからできること。虚しい遠吠えに過ぎない。

しかし銀髪はまた無表情を貫いたまま、口を閉ざす。

ちっ、と舌打ちをしたところで、新手が現れた。

「やっぱり、ここに逃げ込んでいたのね」

騎士隊の幼女だ。ここまで追って来たのだ。

騎士隊の犬は鼻が良く効くんだな。お嬢ちゃん、ここまで来られたご褒美に飴《あめ》をあげようね。待ちくたびれて氷漬けになっちまったぜ。

などなど、下らない悪態が際限なく頭に浮かぶ。

まだ俺の『不安定』に対する恐怖心が、心のどこかでくすぶっていた。

が、次の瞬間、そんな恐怖心はどこかに吹っ飛んで行ってしまった。


「こちら特隊ラズ。聖女様が対象の精霊を確保。場所は『セイクリッド・ホール』の慰霊碑の広場。至急、応援を」

ねえ、今の聞いた？　聖女様が……だって？

俺の耳はおかしくなってしまったのだろうか。

この銀髪が、聖女様？

ラズは胸につけた魔石に話しかけ、例のごとく通信をする。

『ランドだ。今そちらに増援を送った。王城まで頼んだぞ』

「了解」

やはり無線機の役割をしているようだ。

幼女は通信を終えると、俺に向き直り、勝ち誇った顔を惜しげもなく見せる。幼女の勝ち誇った顔バーゲンセールだ。

「この『音魔石』が気になる？」

「……」

視線が合った。俺はそっぽを向く。が、幼女は得意げに詰め寄って来た。

「興味あるんでしょ？　んふふ、これはね、元は一つの大きな石だったんだけど、それを小さく分けてやるの。でね、元は同じだった音魔石の破片を持ってる人同士なら、ある程度は離れていても、魔力を通せば音のやり取りができるのよ。王都ではカップルにバカ売れよ」

俺を捕らえた余裕からだろうか、ラズは上機嫌に話す。

「だから言ったでしょ？　力ずくで捕まえる方が私たちは楽だって」

「へっ、俺を捕まえたのはあっちの銀髪だろう。君たち騎士隊は何にもしていないじゃないか」

「私たちはセイクリッド・ホールにあんたを上手く誘導したじゃない？　それに聖女様を銀髪だなんて失礼よ。言葉を慎みなさいよね」

「へいへい……」

セイクリッド・ホール……仰々しい名前の墓園だ。

この穴凹も、人間にそんなかっちょいい名前つけてもらえるだなんて思ってなかっただろうに。

魔障壁は、俺が一定距離を離れると消えてしまうという性質がある。この一年で自分自身の能力について、改めて詳しく知ることができた。王都全体を覆った魔障壁ももう消えている頃だろう。

つまり、魔障壁に閉じ込められていた属性魔王使いの騎士隊が解放される。

騎士隊の面々が、得意げな顔で捕まった俺を一目見ようとここに辿り着くのは、その後間もなくのことだった。

62話　聖女と神級精霊

聖女様、改め銀髪に全身凍らされた氷は、王城の大浴場で溶かされた。シャワーやら桶《おけ》やらで湯をかけて、王城勤めの侍女たちが俺の氷を溶かす。

銀髪の情けなのか、首から上は氷漬けになっていなかったため、会話や呼吸はできたのだが、大浴場に来て何百回にも及び、桶に汲《く》んだ湯を頭からぶっかけられた時には、もはや拷問《ごうもん》じゃないかと思った。

腕さえ氷から出てしまえば、霊基《れいき》で鎖鎌《くさりがま》を生み出せることに気が付いたのはそれから間もなくのことだった。俺を覆う氷に霊基鎖鎌の鎖部分を巻き付け、締め付けてやると簡単に氷の塊は砕けた。

大浴場を出た後は、侍女たちに風魔石で温風を当ててもらい、髪と体を乾かした。

この世には、俺が知らないだけで本当に多種多様な役割を持つ魔石が存在するのだと感心したのを覚えている。

騎士隊の音魔石やこの風を発する魔石だ。こんな状況ながら、この世の物に興味が湧いた。とまあ、そこまではよかった。

風呂って気持ちいいんだとか、女の人たちに髪を乾かしてもらうのも悪くはないことだとか、色んな発見があったのだ。

しかし、侍女たちに王城内の謁見の間という巨大な部屋に連れて来られた後は、もううんざりだった。

なんでも、国王が直々に神級精霊である俺と話したいらしいのだ。逆に王城から出たいという気持ちが反比例して膨らんでいった。

「神級精霊ロップイヤー、謁見！」

俺の背丈の何倍の高さもある謁見の間の扉が開き、内部の騎士隊員がそう号を飛ばす。

謁見の間の、体育館いくつ分にもなるだろう巨大空間には息を呑《の》んだ。床や壁、柱は白で統一されているが、所々にブルーやシルバーの宝石が嵌《は》め込まれており、その存在感は白を基調とした空間によく合っていた。天井は、小さなマンションがすっぽり収まってしまいそうな高さがあり、奥行きは陸上競技ができてしまいそうなほど長かった。その最奥に、ひときわ豪奢な椅子に座った男がいる。

国王だ。

国王まで続く広い通路の両端には騎士隊や貴族などが並び、俺を値踏みした。

「あれが神級精霊？　なんだか普通の人間みたい」

「神々しさのかけらもない」

「騎士隊はあのような存在を神級精霊と認めたのか」

騎士隊が整然と隊列する後ろに、きらびやかに着飾った男女が数十名いる。みんな、ベルモンドに雰囲気がよく似ていた。少し、嫌悪感が俺の背を撫《な》でる。嫌な感じだ。

「前へ……」

しかし、この声が貴族の囁《ささや》きを裂いた。どっしりとした威厳と重圧感のある鋭くも静かな声である。

声の主は、国王。

この用意された場で、俺は無理矢理連れて来られたのだとわめいて引き返すのも面白くない。俺はそのすごみのある声に誘われるように前進した。

この場の全員が、俺のことを国王に仕える何かだと思っている。

騎士隊に連れて来られた野良犬程度に考えられているはずだ。そして当然のようにこの国に忠誠を誓うものだとも。

しかしそれは違う。

俺は仕えるのではない。

こうして王城に連れて来られた以上、協力関係になることは覚悟した。

しかし、それは仕えることと同義ではない。同義のわけがないのだ。

騎士隊が左右に分かれて整列し、通路を作っている。その騎士隊の列の後ろに着飾った貴族たちが俺の一挙手一投足に注目するのを感じた。

あんなに遠くに感じた王座までの空間は、あっという間だった。

「……」

どうやら聖女様と呼ばれていた銀髪はいないようだ。

王座の前で立ち止まる。

「来たけど」

「……」

騎士隊や貴族が息を呑《の》むのが聞こえた。

「王に向かって無礼千万であるぞ！」

「その前にひざまずかんか！」

貴族たちの戦々恐々が面白いくらいに表情に現れていた。

この国の王はそうも暴君として恐れられているのだろうか。もしそうでないなら、なぜそう王に平伏することを強要するのだろうか。

俺は王と対等だ。

むしろ神級……神にも等しい称号を与えられている俺が人間の王と対等に掛け合ってやろうと言うのだ。

懐の広さを誉められるならまだしも、非難などされる覚えはない。

しかしだからと言って、偉ぶるつもりもないのだ。何なら貴族と対等でも、平民と対等でもいい。村人のジイさんや娘っ子とも対等な関係だと認識していたくらいだ。

俺にとっては、等しく人間なのだ。

「神級精霊ロップイヤー……ちょっといいか」

王座の脇……少し離れた位置から王座の前に出て来た人物がいた。騎士隊長であるランド＝スカイラックである。

王座の隣には武器を備えた騎士隊員たちが控えており、玉座を挟んでその反対側には、国王から少し距離を置いて王族と見られる少女が立っていた。少女は肩の位置で切りそろえられた黒髪が印象的で、慎ましくも豪奢なドレスと前掛けが王族のそれだと主張していた。

しかし少女の瞳は、どこか俺を射抜くような鋭利な光を放っている。

視線を彼女から離すと、騎士隊員たちの集団から抜け出た騎士隊長は、俺の隣で国王に向かってひざまずくと、進言した。

「恐れながら申し上げます。この精霊は人間社会の枠にとらわれない性質があるようです。どうかご容赦を」

と言うのだ。

「おいおい、それじゃ俺が世間知らずみたいじゃん。知ってるよ、王様が偉い人ってことくらい」

俺は一年間、旅をして国内各地を歩いて回ったのだ。人間社会の常識や風潮を度外視しているわけではない。

「ならなぜ礼儀を弁《わきま》えない？　目の前のお方は国王だぞ？」

「それなら騎士隊長殿の目の前の俺も精霊だぞ？」

「？」

「どっちが偉いか、なんか比べられる？」

「……」

騎士隊長は黙り込んだ。確かにその発想はなかった、と素直に言えばいいのに。

人間社会の身分の順序に、精霊は組み込まれない……と俺は思っている。

「面白い」

しかし返事があったのは思いもしない、国王からだった。

皺《しわ》の刻まれた顔には、深い思慮と興味が表れていた。

「かつて精霊とはそうも思料を重んじる存在だったたか」

顔の皺はさらに深まり、国王はにんまりと笑った。

「これまでの各地の神級精霊とは、その永久にも等しい生命から、考えることすらわずらわしく感じたと言う。よって、国が神級精霊である自らを所持するという事態にもあまり頓着しないと聞いていた。君は、そういった神級精霊とは違うのだな」

ふうん……。

王様って寛大だから王様って言われるのかな。

他の神級精霊と比べて良いイメージを持ってもらえたのは初めてだ。みんな口々に神々しさの欠片《かけら》もないだの、人間みたいだの、言いたい放題だったものだから、国王に対しては友好的に思えた。

精霊だから国力として取り込もう、利用してやろうと思っている人間の顔ではない。

が、俺はもうひと押しを踏み込んだ。

「へえ、わかってんじゃん、国王」

そこで、国王の座る王座まで、魔法で速めた足により、一瞬で駆け寄ったのだ。

足を速める原理、体内及び血中の鉄分に作用する磁場、磁力という力場、それらの仕組みがまるで過去に学んだことのように、今なら理解ができる。さらに、能力の一つである身体強化も働いて、人の目にはまるで瞬間移動をしたかのように映っているに違いない。

「な……ッ!?」

「お、おい……っ！」

そら見ろ。王座の脇、謁見の間の隅の方に控えていた騎士隊たちは息を呑《の》んだ。反対側にいた王族の少女も顔を強張らせる。俺を勧誘に来た騎士隊三人組の表情にそっくり。

俺は玉座に座る国王の肩に手を置き、国王の理解の深さに嬉しさを伝えた。

しかし一方で、俺の動向を警戒した騎士隊たちは、謁見の間で待機していた場を離れ、玉座に駆け付けて俺に槍を向け、数人で取り囲んだ。

そして騎士隊長は頭を抱えている。

そう、これだ。

王国に俺、つまり神級精霊を取り込もうという輩が、俺に槍の矛先を向けるのだ。

やはり、人間とは違う。俺はこの人間や国にとって、国防の道具でしかない気がした。

「俺の動き、目で追えないと意味ないじゃん。もし俺が刺客だったら、このまま王様が殺されてるよ？　どうするの？」

騎士隊員たちの表情は明らかに曇り、俺の言葉に怯《ひる》んだ様子を見せた。

「き、貴様が国王様に手を掛ける前に仕留めてやるっ！」

俺を取り囲む隊員のうちの一人が、なけなしの意地で食い下がる。

はっきり言おう。

俺はこの場の全員に自分の力を誇示しておきたかった。

その理由は一つ。この王国、この国王、この騎士隊に力を貸す状況を強要される以上、その協力関係の範囲内に限り、俺の力を知らしめておく必要があったからだ。それも全て、今後の方針や対話を優位に進めるためである。

「もうよい」

国王が手を挙げると、騎士隊員たちは槍を下ろした。

謁見の間は一時、騒然とした。貴族の動揺。貴族の前に整列していた騎士隊員たちの列が乱れている。

「我々が彼を招いたのだ。それに彼の言い分も然り。神級精霊ロップイヤーと王族は対等だよ」

国王は騎士隊を退かせる。俺の立ち位置は定まった。

別に神級精霊をモノや兵器として扱う他国や風潮を否定もしていなければ、俺に槍を向けた騎士隊を弾劾《だんがい》するつもりもない。

ただ生きにくい環境にだけはいたくないのだ。

ひいては、俺の目的とは自身を詳しく知ることにある。

それを、国の力を用いて調べてもらいたい。もし、俺に王国の力になってほしいと言うのであれば。

「国王って話もわかるんだね。助かるよ」

国王の背中をこうしてポンポン叩けるのはこの国でも俺だけだろう。

「しかしいささか馴れ馴れしいな」

が、いくら器の大きい国王とあってもいきなり距離を詰められるのは慣れないらしい。

国王は俺の手をどかしてから、立ち上がり、改めて名乗った。

「私はラトヴィス＝エアスリル。そこにいるのは私の娘、ネブリーナだ」

ラトヴィスと名乗った国王は、さっきからずっと近くに立っている少女も紹介した。やはり、王族の娘だったのだ。

「ネブリーナ＝エアスリルです……」

彼女を振り返ると、小さくお辞儀をした。

「二人とも初めまして。俺には名前がない。ロップイヤーとか呼ばれてたみたいだけど？まあ好きに呼んでくれ」

俺は国王と握手をする。国王も快くそれに応じてくれた。

「ここに連れて来られたからには、一応、国との協力関係を持っておこうかな」

「ロップイヤー、それは助かる。周辺各国が次々と神級精霊を国に取り込んで、国力を増していく中、このエアスリル王国だけが神級精霊と巡り会えていなかったのだ。こうして君と握手ができる日が来たことを嬉しく思う」

国王は、国王という肩書から想像できる厳格さは最初だけで、こうして握手をして自己紹介をし合ってみれば、気の良い老人という印象を強く与える人物だった。

「ラトヴィス国王様……あのような下賤《げせん》な精霊と……」

「神級精霊とはもっと神々しい存在だ」

「あのような品のない精霊……神級精霊かどうかも怪しいものだ」

しかし、俺と国王の握手を良く思わない者たちもいる。

国王の目に懸《か》けてもらおうと目論んでいる貴族たちだ。聞こえるように囁《ささや》かれた彼らの言葉は、国王に苦笑いをさせた。

と、そこで意見が飛んで来たのは俺の後ろからだった。

「少しよろしいでしょうか」

今しがた、ネブリーナと名乗ったお姫様だ。

俺はお姫様を振り返り、国王は意外そうな顔をした。

「貴族の方々が疑問を持つのは当然です。私も、来るなりいきなりお父様……国王様に接触したりする言動はどうかと思います。各国の神級精霊は、いつどんな時も冷静沈着、勇ましさと荘厳さを兼ね備えた完璧な存在だったと言われています」

そうだそうだ、と貴族たちの中から声が上がる。

要はこういうことだ。

いくら国王が俺を神級精霊と認め握手を交わしても、話に聞いた神級精霊と違い過ぎて、俺の力や、神級精霊という格付けに相応《ふさわ》しいのか疑問に思っているのだ。

お姫様は今一度、ショートの黒髪を耳にかけてから俺を見据え、進言した。

「どうでしょう……神級精霊ロップイヤーの力が本物なのかどうか……模擬戦などをしてみては？」

「はぁ？」

「な……!?」

俺は素《す》っ頓狂《とんきょう》な声を上げ、騎士隊長は玉座の前で驚愕した。

「ネブリーナ様っ！　以前彼と接触した時のことをご報告したはずです！　この精霊の力は間違いなく本物！　模擬戦など、意味がありません！」

騎士隊長は焦ったように訴える。

貴族たちも徐々に騒がしくなってきた。

「そうだ……姫様のおっしゃるとおりだ！」

「我々も王国民の一人として、王国を担っていく精霊の力を確かめておきたい！」

が、騎士隊長は依然として納得できていない様子である。まるで、姫様はそんな人であったか、と疑問をぶつけるような表情だ。

上手く貴族を味方につけたお姫様は、国王のやれやれと申し訳なさそうに俺を見る表情を引き出した。

「こういうことばかり上手くなりおって……すまないが、娘の提案を受けてくれないか」

弱い。もう一度言おう、弱いと。この国王、娘に弱すぎる。いくらお姫様が可愛いからと言って、国王はあまりにも弱かった。

申し訳なさそうな表情で顔の皺《しわ》を深めるも、俺を対等な関係と言い張った直後にこれだ。

国王といえど人の親なんだ。

「そんなに力が見たいならここで見せてやるよ」

だが俺もただ従うだけではない。そのためなら一悶着《ひともんちゃく》だろうが二悶着だろうが、起こしてやろうじゃないの。

俺は霊基《れいき》で鎖鎌《くさりがま》を出現させた。

「────ッ!!」

「あッ……あれが霊基……ッ!?」

「鎖鎌の霊基……ッ!!」

騎士隊長や一部の騎士隊員を除き、この謁見の間のほぼ全員が息を呑《の》んだ。

そんなに珍しい代物か、と自分の力に首を傾げたくなるも、次の行動に移した。

「俺はここにいる全員を十秒で伸《の》すことができる……お望みなら実践してやろうか?」

模擬戦を提案したお姫様を睨《にら》むと、彼女の表情は一瞬強張った。

が、すぐに勝ち誇った笑みを……余裕の笑みとでも言おうか、そんな薄ら笑いを浮かべる。

「その霊基の鎖鎌で私を脅しますか？」

「これは脅しの道具じゃないさ。試してみるか？」

そう言ってこちらも歯を覗《のぞ》かせると、国王がさすがに焦りを見せる。

「ま、待てっ、それでは――」

「――それでもッ！」

国王の焦りを、お姫様の言葉が掻《か》き消した。

黙り込んだ国王が、玉座に座り直すのを見届けてから、お姫様はさらに続ける。

「……それでも構いませんが、模擬戦をした方があなたにも優位に働くのでは？」

随分と肝が据わったお姫様だ。この俺の殺気……とまでは言わないが威圧が怖くないのか？

「どういう意味だ」

「ここで私たち全員を倒して、力を証明するのでも結構です。全員あなたの力を嫌でも認め、恐怖で支配することもできるでしょう。けど、あなたはそれを望みますか？」

お姫様は間を置いた。

決まってる、答えはノーだ。

理由は簡単。俺の倫理がそれを許さない。

霊基《れいき》の鎖鎌《くさりがま》を脅し道具じゃないと言っておいて、結局はその言葉も含めてただの脅しに過ぎない。この国のお姫様は余程おつむの出来が良いらしい。

「続けて」

「ありがとうございます。模擬戦は、あなたの力の確認にもなります。あなたと契約できる魔法使いを見つける手掛かりになるのかもしれません」

「ほお」

この言葉には素直に感心した。

彼女の先見の明は、かなり的を射ている。特に、俺の目的である、自分の正体、いわばアイデンティティーを追い求める上でも情報収集に一役買うことにつながるかもしれない。

「他国の神級精霊は契約者がいます。しかし、あなたはそうじゃない。精霊契約をした際の力も私は気になります。是非、力を貸していただきたいのです」

このお姫様……人を動かす才能に関しては国王以上なのかもしれない。あくまでこの短い時間内での評価に過ぎないが……。

俺の身を襲う原因不明の『不安定』の正体。

それを解明して、この状況を脱する手立てが見つかるかも。

彼女の言葉は、俺にそう思わせる光があった。

正直に言おう、俺はお姫様に言い負かされたのだ。

「上手だね……」

「恐れ入ります」

お姫様は俺に深くお辞儀をした。

俺は霊基の鎖鎌を消失させる。パラパラと舞う青白い霊基の残滓《ざんし》は、綺麗《きれい》だった。

◇◆◇

〈ネブリーナ〉

模擬戦は、王城の敷地内にあるという、訓練場で行われた。

さっきの神級精霊ロップイヤーとの口論……彼の威圧感はやはり神級精霊のそれだった。

仮面に顔を隠そうとも、その鋭い眼光に捕らえられて、私の体は動くことも忘れてしまったようだった。頭の回転と口を動かすことだけは必死に途切れないようにしたが、それでも足はすくんだ。広がったドレスのスカートの中で、誰にも見えないように足は震え上がっていたのだ。

あのまま続いていれば私が先に崩れ落ちていたことだろう。

　しかし、結果から言うと、謁見の間にいた貴族や騎士隊たちは、模擬戦に際し、意外と乗り気だった。

　謁見の間から訓練場まで向かう間、口々に囁《ささや》かれる。

「あの精霊の力、どこまでが脅しでどこまでが本当なのか……」

「決まっている。この王国の洗練された騎士隊に敵うものか」

「そうだ。ただでさえ訓練場には王宮近衛隊のクシャトリアとアルタイルがいるそうじゃないか。姫様もお人が悪い。あの二人と対戦させるんだろう？」

「ああ……二年前に設立された王宮近衛隊。二人にどこまであの精霊の力が通用するか見ものじゃないか」

「アルタイルは正真正銘の王級精霊。彼女に勝たないことには神級とは言えんな」

「まったくだ、くくく……」

　おおかた、ロップイヤーが騎士隊やクシャトリア、アルタイルに下される姿を楽しもうという腹積りだろう。王族や貴族の前で、あれだけ不遜な態度をとられれば、相手が精霊であろうと面子《メンツ》というものが立たない。貴族たちはそれを快く思わないのだ。

「陰でコソコソと鬱陶《うっとう》しいなぁ。俺に直接言えないのかね」

　私に愚痴るように言いながら、神級精霊は私の横に付いて歩き出した。

「最近の貴族は、安全地帯から相手を評価するのが好きなのです」

「気に障って仕方ないよ。何とかしてくれ」

ロップイヤーは、私の説明に嘆息する。

「お姫様は俺の能力が知りたいんだっけ？」

しかし貴族の態度はどうすることもできないことを彼は知っているようだ。すぐに話題を変える。

「ネブリーナです。能力を知りたいというか、この目で見て見定めたいのです」

「ふうん……」

彼は、訓練場に移動しながら、私の横で自身の能力である無属性魔法についてざっと説明をしてくれた。

「どう？　お姫様。役に立った？」

「だからネブリーナと……」

「ん？」

「もう……」

神級精霊ロップイヤーは、私たちを、いや、人間を誰一人として名前で呼ばない。

これが、彼の彼なりの距離感なのだろうか……。

とぼけたようにそっぽを向くロップイヤーだったが、やはり彼の能力はまさに神級と言うに相応《ふさわ》しい。

この神級精霊の示す将来は、この王国にとって、きっと想像もつかない未来に違いない。

私の勘はそう言っている。

伊達《だて》に解放軍の反乱を二度も受けていない。二度も死線をくぐり抜けてきたのだ。土壇場で培われた私の勘は馬鹿にはできないはずだと、あくまで自負しているに過ぎないが、いわば希望的予測に近い。

神級精霊ロップイヤーのもたらす未来は明るいと、私の何かがそう望んで、未来はそうであると強く確信している。

貴族たちは、神級精霊ロップイヤーの鼻につく態度で目が霞んで、もっと先の将来を見ようともしない。そんな考えより、私の希望の方が幾分か将来性があるというものだ。

それに、クシャトリアとアルタイルを王城の訓練場に待たせてあるのも私の意地が悪いからではない。あの神級精霊なら、きっと渡り合えると思っているからだ。

しかし結果がどうであれ、ロップイヤー……彼を貴族たちの矢面に立たせることだけは、彼をここに呼び寄せた王族として、それを彼から遠ざけ、彼を守らなければならない。一応、そのくらいの覚悟をもってここに彼を招いたのだ。

私としても、彼の力が本物であってくれと願うばかりである。

王城の敷地には、王都に面している方に王都のシンボルとも言える王城がどんと構えており、その裏手には中庭がある。中庭を挟んで王城とは反対側に、訓練場の建物があった。

訓練場はドーム型の建物で、中には観戦できる座席も設けられている。彼にはその観戦席に丸く囲われた対戦フィールドで、模擬戦を行なってもらう。

「うわぁ、すっげえな。人間ってこんなの作っちゃうわけ？」

神級精霊ロップイヤーは、対戦フィールドに入るや否や、訓練場の天井を見上げて唖然《あぜん》としていた。訓練場の天井は、対戦フィールドの直上部分のみ穴が開けられており、空を眺めることができる。気候を取り入れた訓練をするために設けられた吹き抜けなのだとか。

そして対戦フィールドは直径三百メートルもある巨大な円状で、精神ダメージ変換機能も働いているという訓練には持って来いの施設なのだ。

さらに、対戦フィールド上には、先客がいた。

「そいつが神級精霊か？　普通の人間みたいだ」

「ええ。新大陸でお見かけした神級精霊からすると、随分と見劣りしますね……」

クシャトリアとアルタイルだ。

二年前の第二夜の後、王城が匿《かくま》うことになったアスラの元契約精霊たち。事情はある程度聞いていた。クシャトリアは、解放軍の手によって王級精霊から人間にされた……いや、人間に戻った少女。アルタイルはかつてのクシャトリアと同様に、解放軍の手によって人間から王級精霊に変えられた人工精霊だ。

クシャトリアは人間に戻ってから、精霊だった時の能力を引き継ぎ、無属性魔法とされる身体強化と魔力提供を扱える。

アルタイルは、王級精霊としての無属性魔法、属性魔法の完全複製《イミテーション》ができる。

そして人間に戻ったクシャトリアは、王級精霊アルタイルと精霊契約できるほどの大量の魔力量を誇る、稀代の無属性魔法使いとなり、今は王宮近衛隊として王城に留まってもらっていた。

これらの情報は、アスラのかつてのクラスメイトに聞いたものだった。

「おいおいおい、可愛い顔して君たち、随分な挨拶《あいさつ》じゃないの？」

そう、クシャトリアとアルタイル、そして聖女ミレディも気付いているはず……気付いていなくても、勘付いていてもおかしくない。

この神級精霊ロップイヤーは、二年前に精霊祭で姿を現した英雄ウサギに容姿が酷似している。

ウサギの正体がアスラだと知っているのは、私と限られた人たちだけだが、この精霊の話し方や態度、仕草、言葉遣い、どれをとっても二年前に死んだアスラ＝トワイライトにどこか似ていた。

まあ……これもあくまで希望的予測に過ぎないが……。

「見ろアルタイル、話し方にも品がない」

「クシャトリア様、そのような声で話されるとご本人に聞こえてしまいます」

「もう聞こえてるから安心しろ、バカヤロー」

人の型をとっていても、王級精霊とその契約者だ。それも王宮に仕えている、しかも近衛騎士隊。このクシャトリアとアルタイルに、こうも挑戦的な態度を取れるのも、この国で彼くらいだろう。

「神級精霊が馬鹿野郎などと……ッ！」

「自分の立場を自覚しろ！」

「神級精霊にあるまじき態度！」

この一悶着《ひともんちゃく》に、観戦席に陣取った貴族たちの野次が投げられる。

「いちいち反応するな！　うるさいなぁ、もう！」

さすがにロップイヤーにも苛立《いらだ》ちが見られた。

彼は氷漬けで王城に運び込まれ、王国の協力を渋々請け負った状態である。苛立つのももっともというものだ。

「で？」

「なに？」

クシャトリアがロップイヤーに話の続きを促すが、ロップイヤーはクシャトリアを面倒臭そうに睨《にら》むだけ。

「模擬戦をすればよろしいのですか？」

代りにアルタイルが話を進める。

「ああ、あっちのお姫様は模擬戦って言ってたな。けど実際は俺の力のお披露目会に君らを付き合わせるだけさ。迷惑かけるね」

ロップイヤーは、貴族と同じく観戦席に座る国王の父と、私に視線を投げて、なおも苛《いら》立《だ》たしげに答える。

が、その言葉は彼女たち二人に、挑戦状として受け取られたようだ。

「ほう……？　模擬戦にすらならないと？」

「……ん？　模擬戦になるの？」

「面白いやつだ……！」

クシャトリアとロップイヤーの威圧感が一気に増した。和やかな挑発合戦から雰囲気は一転。二人がお互いを威圧する重圧が、観戦席にいる私たちにまでビリビリと伝わってくるではないか。

「ネブリーナ、始めよう」

クシャトリアが、私に視線を合わせずに言い放つ。

「はい……お互い、準備ができたら始めてください。勝敗は、どちらかの模擬戦続行不能及び降参の宣言で決めるものとします」

「精神ダメージ変換？」

「戦闘によるダメージを痛みだけにして実質的な怪我《けが》なんかを防いでくれる機能さ」

「へぇ、進んでるんだなあ。じゃあ思いっきりしてもいいってわけだ」

「お前が思うように戦えたらの話だ」

「……やってみるさ」

模擬戦の始まりは突然だった。

貴族たちが訓練場に入って、まだ観戦席に着き終わっていない頃合い。対戦フィールドにいる騎士隊たちも、まだ始まらないだろうと気を抜いていた頃。

神級精霊ロップイヤーは、唐突に動き出した。

今しがた、訓練場に来るまでの間、彼が持つ魔法の能力についての説明を、少しずつ思い返す。

『まずは磁力操作だ』

『ジ……リョク、ですか？』

『わかるよ。知らないってんだろ？　ジイさんも娘っ子も似たような反応だった。いいか？　磁力ってのは――――』

ロップイヤーは、磁力というものを初めて聞く私にもわかりやすいように説明してくれた。

磁力とは、金属や電気を操作することができる力だという。そして、人の体の中にも小さな金属、鉄分と呼ばれるものがあり、その働きを磁力で速めてやると、体が速く動くのだとか。

私は言われるがままに、その情報を鵜呑《うの》みにしたが、なるほど、確かにロップイヤーの動きは目にも止まらない。

身体強化の無属性魔法の使い手であるクシャトリアの懐にあっという間に潜り込み、間合いを詰める。

「なにッ!?」

クシャトリアは、ロップイヤーの動きに驚愕する。しかし、それは彼の速さに対する戦《せん》慄《りつ》ではなかった。

「なぜ貴様がその動きを……ッ!?」

見覚えでもあるのだろうか。

彼女の言葉には耳を貸さず、ロップイヤーの俊足が蹴《け》りを繰り出した。

が、それにやられるクシャトリアではない。彼女の身体強化は王国内トップレベル。片手で蹴りを受け止めた。

クシャトリアは、かつて精霊だった時には、彼女の能力で黒い鎧《よろい》と刀をまとうことができたようだが、今となっては素手の肉弾戦のみ。それでも彼女に組み手で勝てた者は、騎士隊はおろか、王国内で誰一人としていない。

しかし、ロップイヤーの能力は磁力操作だけではない。

『身体強化もできるみたいなんだ』

ロップイヤーがそう言ったのを思い返す。

『身体強化の魔法を使うことで、体内の鉄分を無理矢理動かした時の負担に体が耐えてくれる』

ロップイヤーの俊足と、身体強化の強靭《きょうじん》さが加わることで、彼の拳や蹴《け》りには、想像もつかない重みと威力が加わる。

「ぐっ……ッ！」

クシャトリアは、次第にロップイヤーに押され始める。彼の拳速はより速さを増し、脚技はより苛烈《かれつ》さを極めた。

が、そこでやられる王宮近衛隊ではない。

アルタイルが魔法で応戦したのだ。

「火の精霊よ、我に従いなさい。フレイム・スピア」

彼女の無属性魔法、完全複製《イミテーション》だ。

他者が使った属性魔法を記憶、コピーして自身のものとし、属性魔法を使えるようになる魔法である。

しかし、そこでやられては神級精霊の名が廃る。ロップイヤーは、またもそれを攻略した。

『魔障壁、ですか……？』

『そう、それで属性魔法を防げる』

『し、しかし、魔障壁は特別な機材が必要な魔力の建造物です！　それをただの無属性魔法というだけで作ってしまうのですか？』

『ああ、そう言ったろ？』

アルタイルは、ロップイヤーに炎の槍を放った。

しかしロップイヤーはクシャトリアを攻める手を止めはしない。彼はアルタイルの魔法を阻む手をすでに打ってあるのだ。

「な……ッ!?」

アルタイルの炎の槍は、ロップイヤーに届く前に突如として消滅した。

「ま、魔障壁……ッ！」

が、ロップイヤーの攻撃は勢いが衰えるどころか、さらに加速した。

『完全複製《イミテーション》を、あなたも使えるのですかッ!?』

『ん？　ああ、他にも使えるやつがいるのか？』

『え、ええ。これから模擬戦の相手をしていただく王級精霊アルタイルが、その能力を使えます』

『へえ、これが使えるってことは相当強力な精霊なんだろうな』

『何を言うのですか！　それを言うなら、あなたは完全複製の他に三つも能力を持っているではありませんか！』

その説明の通り、ロップイヤーはアルタイルの炎の槍をコピーし、アルタイルに返したのだ。

「火の精霊よ、我に従え。フレイム　スピア」

「な、なぜあなたがその魔法を……！」

アルタイルは驚愕のあまり、ロップイヤーの魔法を避けるタイミングが一瞬遅れた。しかし、その一瞬がアルタイルの命取りとなったのだ。

ボウンッ！

炎の槍はアルタイルに直撃。激しい炎を散らし、爆風が対戦フィールドに吹き荒れた。

「アルタイル……！」

クシャトリアの心配も虚しく、アルタイルは精神ダメージ変換により無傷であるものの、気絶しているようだ。

「ふん……やるじゃないか」

「どうも……っ」

クシャトリアの掌底も、かかと落としも、ロップイヤーの速さと身体強化の前では、軽々と流され、受け止められる。

しかしロップイヤーの拳や蹴りは、クシャトリアに入りつつあった。さらに、ロップイヤーには一抹《いちまつ》の余裕さえ垣間見られる。

「おいおい、どうした、そんなもんか。王宮近衛隊」

「くっ！　舐《な》めるな！」

クシャトリアが熱くなるなんて珍しい。アルタイルがやられて、頭に血が昇っているのか。だけど、クシャトリアが熱くなったところで、ロップイヤーにはまだ奥の手がある。まだこの模擬戦では使われていない技。彼を神級精霊たらしめる奥義。さっき謁見の間で見せた鎖鎌《くさりがま》型の霊基《れいき》だ。

『それに、神級精霊ロップイヤー、あなたは霊基も使えますね……？』

『ああ、さっき見せたやつな』

『はい』

『あれは俺にもよくわからない。ただ、霊基でできているけど、性質は鉄だ。だから磁力操作との相性も良い』

そう説明していたロップイヤーは、クシャトリアとの交戦の幕をそろそろ閉じようとしているようだ。

私は見た。

そしてクシャトリアも、戦闘フィールドで戦闘を見守っている騎士隊、観戦席の貴族たちも、しかとそれを目に焼き付けた。

「……。ほう。それが貴様の神級精霊と言われる所以《ゆえん》か」

クシャトリアに指摘されたのは、まさに、ロップイヤーの手に突如として出現した鎖鎌の形に集束する青白い光。全く新しい未確認の物質、霊基であった。

私はロップイヤーのさらなる力を見られると、その瞬間に感じた。

皆が言う神級精霊の神々しさ。ロップイヤーに足りないと言われるそれは、霊基を出現した今の彼からは、十二分に感じられる。

私は騎士隊に、クシャトリアに加勢するように命じた。

「騎士隊！　構いません、クシャトリアに加勢し、ロップイヤーを倒しなさい！」

「な、なに？」

彼は彼で、王宮近衛隊の二人と模擬戦をすれば良いと思っていたのだろう。

が、私は彼の実力の底を見たいのだ。

そして、彼の強さを、神級精霊である証明を、貴族たちに知らしめて、認めさせなければならない。

それが、ロップイヤーを王国の一部に引き込んだ王族として、現時点で私が彼にしてあげれる唯一のことだった。

彼なら、必ず打ち勝ってくれると私は信じていた。

なぜだろう。彼には、生前のアスラのような、どんな困難もものともしない強さを感じる。見た目が英雄ウサギと似ているから？　遠慮のない言葉遣いが似ているから？

決定的な理由はない。しかし、どこか強くアスラの存在を感じざるを得なかった。

「姫様のお許しが出た！　神級だかなんだか知らないが、騎士隊の力を見せつける時だ！」

「さっき国王様に失礼を働いた分、ちゃんと躾《しつけ》してやらないとなぁ！」

騎士隊員たちは、武器を持ち、一斉にロップイヤーに襲いかかる。

日々の訓練の厳しさが目に浮かぶような、統率の取れた効率の良い動き。洗練された武器の扱い。槍はまるで弾丸のように突き、剣は空間すらも切り裂いてしまいそうな鋭い動きがあり、鉄銃の代わりの木銃は、近年開発されたばかりの武器だと言うのに、長年扱い慣れたような手付きで構えられる。

「嘘でも国王にへりくだっとくんだったな」

が、やはり。

素晴らしい。

神級精霊ロップイヤーの余裕は、王宮近衛隊と騎士隊の前でも、霞むことはなかった。

ビュンッ！

霊基《れいき》の鎖鎌《くさりがま》の動きが見えなかった。

「ぐぁっ！」「がっは！」「うぁあっ！」

精神ダメージ変換が適用された騎士隊員の倒れる位置関係と動きを見て、ようやくロップイヤーが鎖鎌で一帯をなぎ払ったことがわかった。

「面白いのはここからだ」

ロップイヤーを取り囲んだはずの騎士隊員たちが放射状に飛ばされ、残った騎士隊員たちはロップイヤーを警戒する。飛ばされた騎士隊員たちは、気絶しているようで動かない。

一瞬、騎士隊とクシャトリアはロップイヤーの動きを警戒し身構えるが、騎士隊員のうち一人の雄叫びで弾かれたように一斉にロップイヤーを襲った。

木銃から放たれた木弾は迷うことなくロップイヤーを狙い、槍は四方八方から突き出され、騎士隊員の属性魔法は多種多様に折り重なる。クシャトリアの拳は拳速で熱を帯び、剣は彼の体を切り刻もうと乱戦にもつれ込まれていった。

もちろんどの攻撃が当たったところで痛みはあるものの、体に傷を負うことはない。

が、しかしだ。

どの攻撃、どの魔法、どの拳も、ロップイヤーにはかすりもしなかったのだ。

観戦席の貴族たちが息を呑《の》む音が聞こえた。私は呼吸することも忘れて、彼の……神級精霊の神業に見入ってしまっていた。

木弾はことごとく霊基《れいき》の鎖鎌《くさりがま》に叩き落とされる。まるで鎖鎌はロップイヤーと共に舞って踊っているように見えた。ロップイヤーがリード、鎖鎌が青白い光を撒《ま》きながらフォローして回る。

ロップイヤーはクシャトリアとの肉弾戦をメインに、魔障壁で騎士隊員を弾きながら戦った。

魔障壁は属性魔法だけでなく、それを使う属性魔法使いをも物理的に阻む性質を持っている。

特別騎士隊以外の騎士隊は、属性魔法使いだけで構成されていた。騎士隊の中には、無属性魔法使いで構成される特隊を毛嫌いする隊員も、まだいる。神級精霊と対面するという大事な場に、特隊の無属性魔法使いを呼ぶことをよく思わない者は、騎士隊にも貴族にもいた。そのため、特隊の隊員はこの場にはいない。

が、それが仇《あだ》になっているのは自明の理である。

騎士隊は誰もロップイヤーに近付けないでいる。

クシャトリアは無属性魔法使いであることから、こうしてロップイヤーに接近戦を挑んではいるが……。

「くっ、はっ……！」

苦しそうだった。息が上がっていた。

対してロップイヤーは涼しい顔でクシャトリアの拳をいなし、蹴《け》りを足で受け止めている。

ズシンと鈍く響いたクシャトリアの蹴り。

訓練場自体が揺れたようにも感じる轟音《ごうおん》。このような重い蹴り……岩をも砕き、大地すら割るかのような破壊力を持つ足を、誰が受け止められるだろうか。

いや、彼はやってのけてしまうのだ。

汗一つ見せず、表情も涼し気に、クシャトリアの高く上げられた足を、同等の威力をもって足で受け止めていた。

身体強化の強度も、国内最強クラスの身体強化を使うクシャトリアに劣らない。

属性魔法を放たれても魔障壁でそれを難なく掻《か》き消し、それらをコピーまでして反撃のきっかけとするその魔法の攻防戦に徹した鮮やかさ。

彼の能力の多彩さたるや、王級精霊アルタイルをも下すほど。

現に、クシャトリアと騎士隊を相手に、多対一の状況で、傷一つ負わないのだ。

クシャトリアの足を弾いた後、クシャトリアからは見えないような自身の体の陰になる位置に、霊基の鎖鎌を持つ手を運び、その瞬間だった。

鎖鎌の分銅がまるで意志を持ったように動き出し、クシャトリアの腹部に突撃する。

「う……ッ！」

クシャトリアが後方に飛ばされ、その瞬間に、ロップイヤーは魔障壁を急激に広げ、魔障壁に阻まれる属性魔法使い、つまり騎士隊員たちは、その勢いに弾き飛ばされた。

「うわあああああッ!!」

ロップイヤーは、もはや属性魔法使いなど相手ではないのだ。

唯一対抗できるのは無属性魔法使いのみ。

クシャトリアを遠ざけることによって、彼女の行動範囲を小さくするほど密集していた騎士隊を吹っ飛ばすために魔障壁を広げる。

クシャトリアが近くにいるまま魔障壁を広げても、魔障壁の影響を受けない無属性魔法使いである彼女にとって、戦うスペースが広がり動きやすくなるだけだと、ロップイヤーはわかっていたのだ。

魔障壁の拡大によって飛ばされた騎士隊員たちの中には、気絶している者も多い。

ロップイヤーを囲む人の布陣が、一気に崩れた。

彼にとって一番の障害が、魔障壁の影響を受けないクシャトリアと判断したのか、起き上がろうとするクシャトリアに追い打ちをかけた。

ドンッ!

ロップイヤーの踏み込みは、まるで鉄銃から放たれる鉄弾のようだ。

爆音を伴って地面を蹴《け》り、地面をえぐるほどの速度をもってクシャトリアに急接近する。

クシャトリアもそれなりに構えはするものの、飛ばされた直後で立ち上がろうとするところをロップイヤーは狙った。

ロップイヤーの駆ける勢いを乗せた横なぎの蹴り。クシャトリアは腕で受け止めようとするも、その瞬足のあまり、彼の足にはとんでもない重さが加わる。クシャトリアは横に飛ばされた。

が、彼女は飛ばされる直前にロップイヤーの振り抜いた足を掴《つか》み、身体強化を目一杯に発揮し、道づれにする。

さらに、それだけに留まらず、ロップイヤーを飛ばされる方向に空中で投げ飛ばした。

ロップイヤーもただ投げ飛ばされるだけではない。霊基《れいき》の鎖鎌《くさりがま》を地面に突き立て、勢いを殺す。

しかし、その一瞬の隙を見て、騎士隊員たちがロップイヤーを取り押さえた。

「これで動けまい！」

「いくら速く動けたところで大の大人を何人も引っ張ることはできないだろう！」

騎士隊員たちはまだ勝つつもりでいるようだ。諦《あきら》めちゃいない。

でも彼らの闘志に隙を突かれ、黙っているロップイヤーではない。

彼は神級精霊なのだ。

絶対的な瞬間を私は目にした。

訓練場内を眩《まばゆ》い閃光が埋め尽くす。

眩《まぶ》しくて彼の使った魔法の全容は捉えられなかったものの、はっきりとわかった。

彼の両手から電撃が放たれたのだ。

バリバリバリ、と訓練場に轟音が響き渡り、圧倒的な力量を見せ付けた。

まるで落雷が横方向に放たれたようで、戦闘フィールドにいる彼以外すべてに電撃は襲いかかった。

「な、なんという……」

「今のは落雷の……？」

私を含め、観戦席の貴族たちは唖然《あぜん》とした。

その圧倒的な威力たるや、戦闘フィールドに立つことを神級精霊ロップイヤー以外に許さないと言わんばかり。

彼、神級精霊とは、神々しさや華やかさなど必要としないのだ。

散々、ロップイヤーは神級精霊の神々しさがないと言われてきたが、この場の彼の圧倒的なまでの力は、神々しさなどなくても、神の絶対的な強さを感じさせた。

クシャトリアも、騎士隊員たちも、神級精霊ロップイヤーを除いて、戦闘フィールドには誰も彼もが倒れていた。

激しい閃光に一時視界を潰されて、戦闘フィールドに唯一ロップイヤーが立っていることを視認したのは、しばらく経ってからのことだった。

フィールドには、未だ稲妻の発生を思わせる、小さな電撃がチリチリと残留している。

やはり、彼は稲妻を使うことができるのだ。

「な、な……なんてことだ……！」

「騎士隊はおろか、王宮近衛隊まで……！」

稲妻の直後、騎士隊と王宮近衛隊のクシャトリア、アルタイルが倒れて気絶している状況を理解できない時間が、私たちにはあった。

想像もしなかった圧倒的な実力差。

その理解が追い付くには時間を要した。

貴族が騒然とし始めたのは、その後のことである。

「貴族の皆さん、やはり彼は間違いなく、神級精霊だと私は確信しています。皆さんは、いかがですか」

私が観戦席で貴族に向かって放った言葉には、ロップイヤーも戦闘フィールドで反応を見せた。

「み、認めるほかありません。このような状況では……」

「ええ、疑いようもない強さ……」

「アルタイルだけでなく、クシャトリアまで……」

貴族はロップイヤーは神級の精霊だと、渋々頷《うなず》いた。渋っている理由は、やはり先のロップイヤーの神級精霊には珍しい型破りな言動が尾を引いていることにあるだろう。

しかし、目的は達した。

私が指揮した騎士隊が見つけ出した神級精霊……。その精霊が我が王城に来て、少し予想外の事態に見舞われたが、こうして力が認められたのだ。

かくも達成感とは心地良いものだっただろうか。第二夜で王都が襲われて、一つの尊い命を失ってから、王族の仕事で達成感を味わうことはなかった。

新大陸の発見や鉄銃の開発と、功績は打ち立ててきたものの、このような達成感は初めてだ。

ようやく、私が、王国が、前に進めそうな気がするのだ。

戦闘フィールドではロップイヤーが、気絶したクシャトリア、アルタイル、騎士隊員たちを壁際へ運び、座らせて休ませる。

苛烈《かれつ》な戦いとは対照的に、優しさを覗《のぞ》かせるその仕草。

貴族たちの模擬戦の結果に依然として得心がいってなさそうな表情。

それらを見ると、この達成感、そして高揚感が本物なのだと教えてくれた。

63話　精霊契約

〈神級精霊ロップイヤー〉

模擬戦の後のことだ。

少し休んだ。模擬戦で疲れた体に休養をとのことだったが、特にこれと言って疲労感はない。

気を落ち着かせる時間となった。

その間に、模擬戦で気絶した王宮近衛隊、騎士隊が回復したのだと、今しがた聞き及んだ。

場所は王城の応接室。

聞くところによると、騎士隊長と特別騎士隊の幼女、もう一人の女騎士隊員の騎士隊三人組が俺に接触する前、娘っ子がここで俺についての事情聴取を受けたのだという。

娘っ子め……恨《うら》むぞ。

娘っ子とジイさんの街は、フリーデンスという名前に改名され、平和で治安の良い王国内でも人気の街になったそうだ。

娘っ子を恨《うら》む反面、その街で幸せに暮らしてくれと思っている自分がいた。まったく俺という男……いや精霊は、どうも人の幸せを願わずにはいられない性分のようだ。聖母のごとく優しい自分の心性と懐の深さが末恐ろしい。

とまあ、冗談はさておき。本題はこれだ。

「つまり要約すると、あなたは独自の無属性魔法に加え、クシャトリアとアルタイルの能力を付け足した能力を使えるということですね」

そうまとめたのは、エアスリル王国の王族で、ネブリーナというお姫様だ。俺に模擬戦に参加するよう発破をかけた人物でもある。どうにかして俺の能力値を推し量りたかったようなのだ。

彼女は応接室のローテーブルを囲んだソファの上座に座り、俺は三人掛けソファに一人。対面のソファには先ほど模擬戦の相手になってもらったクシャトリアという王宮近衛隊の女性隊員と、その契約精霊のアルタイルが座っている。

そしてその場を遠巻きに見ているのは、王都で暮らしている俺を勧誘に来た騎士隊三人組。騎士隊長、幼女、幼女の上司の女隊員。

さらに俺たちに全くの無関心な無表情を顔に貼り付けて、窓の外を一人眺めている銀髪。この王国では聖女様と呼ばれている……名前はミレディ＝フォンタリウスとか言ったかな。

計八名が応接室に集まっている。

「俺の能力について理解できたようだし、そろそろ王城の外に出てもいいかな、お姫様？」

この話を始めてまだ数分。俺は長い拘束《こうそく》時間が、またさらに伸びるのではとげんなりしていた。

「まだここに来て二分と経っていませんよ？　あなたのこれからの処遇を決めるのですから、もう少し話し合いに興味を持ってください」

数分と言ったが、二分も経っていないのだと。

「この王国の手助けにはなってやるよ。それ以上に何を望む？」

「この王城に常駐してください」

「なに？」

「騎士隊長ランドの方から聞いています。あなたは自分自身について知りたいのでしょう？」

「あ、ああ……そうだが」

くそう、逃げ際で騎士隊長にペラペラと喋るんじゃなかった。こうして捕まるのがわかっていれば絶対にああは白状しなかったのに。

と言ってもあとの祭にしかならないか。

「でしたら、こちらに提案があります。それについて、ここではお話しましょう。いいですね？」

やはりこのお姫様は賢《かしこ》い……というか、賢《さか》しいのだ。聡《さと》いなどと綺麗《きれい》な賢さではないのは確かである。会話の上でこちらの逃げ道を着実に潰して話を進める。相手を絡め取るような会話運びだ。

「ああ。好きにしなよ」

「そうさせてもらいます」

そう言い、お姫様はローテーブルに置かれている紅茶を一口含んだ。

「あら美味しい。神級精霊さん、この紅茶はアルタイルが淹《い》れてくれたのですよ？　彼女は都市ウィラメッカスにある魔法学園の学園長さんから特別な紅茶を頂いては王城で振舞ってくれるのです。本当に美味しい。ロップイヤーさんもいかがですか？」

「あのさ、そのロップイヤー『さん』ってのやめてくれないかな。むずむずする。名前なんてどうでもいいんだ。呼び捨てしてくれよ」

お姫様は、さらに紅茶を飲み、ではそのように、と笑顔を返してくる。

その笑顔と視線を合わせているのが居心地悪く、俺は出された紅茶に口を付けた。

紅茶は、確かに美味しかっ――――。

――ここは私の部屋ではありませんが、この三日間ここで過ごして、一つわかったことがあります――。
――ここのお茶はとても美味しいということです。アスラ様も一杯いかがですか――。

「――ッぅあ……あぁぁッ!!」
またきた……ッ！
あの記憶だ。頭痛が……頭が割れそうだ……！
俺は頭を押さえてソファの上から崩れ落ちた。
この霞んだ映像記憶に映り込んでいる赤毛……！
さっきの模擬戦で戦った王宮近衛隊の女隊員と契約している精霊ではないか。
「ど、どうしたのですか!?」
お姫様の声が聞こえる。
すぐに俺に駆け寄ってくれるとは、お優しいことで。
しかし皮肉にも頭痛は強くなる一方だ。
あーあ、紅茶の入ってたカップが応接室の絨毯《じゅうたん》の上に落ちるのが視界の端に見えた。
飲みかけの紅茶が絨毯をぐっしょりと濡ら――。

——お前を信じてみることにするよ。

——え……？

——ああー！　お茶がー！

——な、なんだよ。カップ割れてるんだけど……。

——あ、アスラ様……なぜ、急に信じる気に？

こ、この記憶は……!?

この記憶の持ち主が『アスラ様』だと……!?

「があ……ッ、うぐ……っ！」

さらに記憶が頭に流れ込み、頭痛が悪化する。手足が小刻みに震え、涙が止まらなくなる。

俺の顔を覆う木製のウサギの仮面を涙が伝い、絨毯《じゅうたん》の上に流れ始めた。

激痛に耐えながらも、俺は混乱する。

この記憶は最初からアスラ何たらの物だったのか？

し、しかし俺はアスラではない。アスラなどでは決してない……！

これは何かの間違いなのだ。この記憶は俺のものではない。アスラと呼ばれる人物の一

人称視点で描かれた記憶なのだとしても、俺の知るものではないのだから。

「ぁ……っ、ぐぅう……ッ」

頭痛は耐えるしか対処法がない。

俺は無様に涎《よだれ》を垂らしながら、絨毯《じゅうたん》に這《は》いつくばった。

「き、騎士隊長、医務室で先生を呼んできてください！」

「はっ」

お姫様が騎士隊長に指示を飛ばす声が聞こえる。

「お、おいお前……大丈夫か」

「……」

さっき模擬戦の相手をした王宮近衛隊の黒髪の女隊員と赤毛の精霊が、俺に寄り添ってくれたのを感じた。

俺は痛みに度々持って行かれそうになる意識を保つのが精一杯だった。

そばに立っていた女騎士隊員と幼女が、うろたえている。

この痛みは……いつ治まる……？

数十秒にも、数分にも、数十分にも感じられる訳のわからない痛みの体感時間。

応接室はにわかに騒然とし始めた。

誰にも俺の現状がわからない。予測がつかない。なんてったって俺自身にも何もわかっちゃいない。お手上げだ。

残された騎士隊の二人も右往左往する中で、しかしただ一人だけ、唯一彼女だけがしっかりとした力強い足取りで俺に近付いて来た。

聖女と呼ばれていた銀髪だ。

窓際で外を無感情に眺めていた表情はそのままに、俺の前で立ち止まる。

「ミ、ミレディ……？」

「ミレディ＝フォンタリウス、何とかできるのか？」

お姫様と王宮近衛隊の黒髪の問いかけに銀髪は、離れてて、とだけ言って魔法を俺に施してくれた。

セイクリッド・ホールと呼ばれていた墓園、アスラ何たらの慰霊碑の像がある広場で銀髪に出会った時と同じ魔法だ。

緑色に淡い光を放つ粒子が俺を包み込み、柔らかな感覚が頭痛を取り除き、温かな気分になる。

嘘のように頭の痛みが引いた。

「……」

馬鹿みたいな頻脈。過呼吸気味に息が切れる。痛みはもうない。

「だ、大丈夫ですか、ロップイヤー……？」

「ああ……ありがとう……」

お姫様に返した返事は、随分とどんよりと曇っていた。

のろのろと起き上がり、ソファに座り直す。応接室にいる全員と顔を合わせるのが辛い。

……仮面をしている分まだマシか。

仮面は、冷や汗でじっとりと肌に貼り付いていた。

「……」

まあ、どうせ外せない仮面か。

どっこいせとでも言わんばかりの勢いでソファに座り込んだ俺に、この場の誰もが注目する。

言いたいことはわかった。今のは何だったのか、である。

説明したいのは山々なのだが……いや、嘘だ。俺がこの世に生み出されてから約二年。たまに先ほどみたいな現象が起きる。

誰かの記憶が頭に流れ込んで来るのだ。激しい頭痛を伴って。

そしてその誰かの記憶と思われていたものは、今の頭痛で、もしかするとアスラ何たらの記憶ではないのか、という可能性が俺の考えの中に生まれた。これまで俺を悩ませたこの誰かの記憶には、王宮近衛隊の黒髪も、その契約精霊の赤毛も登場したことになる。

こいつら二人は、アスラ何たらと関係があるのか……？

「あ、あの……頭を押さえていたようでしたけど……」

ソファに座り込んだまま何も話さない俺に、お姫様は尋ねる。

「ああ、ちょっと頭痛がな」

「ちょっと？　ちょっとやそっとの痛がり方じゃなかったろ。なぜああなった？」

「……」

俺の違和感にいち早く気が付いたのは王宮近衛隊の黒髪だった。

黒髪の問いに、俺は答えられない。隠したいんじゃない。原因は俺にもわからないのだ。

「……わからないのですね」

黒髪の契約精霊である赤毛に見抜かれる。

俺は沈黙で返事をする他になかった。

俺の座るソファを囲むように、お姫様、黒髪、赤毛が並んでいる。まるで俺に何かを問い詰めるような陣形だ。

逃がさないと言わんばかりの……。

銀髪は、俺に治癒魔法を施すだけ施して、その輪から少し離れたところに立ち位置を変えていた。無表情はそのままだ。

「姫様。医務室から戻りました。医者は不在のようで……ん？」

騎士隊長が戻った。俺の様子が元に戻ったのに気が付く。

「ランド騎士隊長、あなたもこちらへ」

騎士隊長が応接室に戻って来るやいなや、お姫様は彼を呼び寄せた。

このお姫様は、何か決定的な話をする気のようだ。でないと騎士隊長を話に混ぜたりしない。なにより、彼女の強い意志の灯った瞳がそれを物語っていた。

「神級精霊ロップイヤー、あなたが自分自身について知りたいというのは、この原因のわからない頭痛のことですか？」

「……」

俺はお姫様から目を逸らす。

「正直に答えてください。力になれるかもしれません」

もう一度、彼女の目を見た。

鋭い真っ直ぐな目だ。嘘偽りが介在のしようもないくらいに、一直線に俺を射抜いている。

その曇り一つない瞳には気圧された。だから目を逸らしたのだ。

俺の秘密を、俺が必死に周囲に隠していた『不安定』を、今にも暴かれてしまいそうで、俺は恐れている。そうに違いない。

俺の処遇を決める話合いの場だった応接室が、これでは尋問室である。

しかし彼女らは俺の力になると言う。少なくともお姫様の瞳を見る限り、そこに偽りはなさそうに見える。これまでの一連の言動を鑑みても、俺を陥れる意志はないだろう。

「……」

話してみるか……？

「ああ……」

最初の一言目は、ものすごく言いにくかった。

しかしその後の言葉はすらすらと出てき始めた。

「誰かの記憶が流れ込んで来ることがある。それが起こった時、激しい頭痛が出る。原因……わかるか？」

お姫様は、申し訳なさそうに肩を落とし、首を横に振る。

「その記憶とはどんなものだ？」

騎士隊長が真剣な顔をする。しかし表情には戸惑いも見られる。他の三人も同じだ。神級精霊というただでさえ初めて見る存在なのに、聞いたこともない現象に悩まされているという相談を受けて、誰が戸惑わずに聞けるだろうか。無理もない……。

「いつも違う記憶だ。誰の記憶なのかはわからない」

俺がわからないことは、誰もわからない。この王国には、つい先日まで神級精霊がいなかった。神級精霊の専門家などいる方がおかしい。

「でも、今の流れ込んで来た記憶には、赤毛……お前が映っていた」

「わ、私ですか……」

「ああ。それから、『アスラ様』って呼んでた……」

「あ、アスラ様……？　あなたはアスラ様をご存知なのですか？」

「いいや、見たこともない。そいつの話を聞いたのもつい最近だったもんだか——」


バンッ!!


「うわっ！」

急に目の前のローテーブルが叩かれた。大きな音に一同が驚く。

俺の座るソファを取り囲んでいるお姫様たちが振り向くと、今の今まで話に参加すらしていなかった銀髪が、ローテーブルの上に両手を置いていた。

今の音はこいつがやったのか……？

「アスラ……アスラは生きているの……ッ!?」

あまりに唐突な詰問《きつもん》だった。そして驚いた。

表情がない。もしかすると感情もないいんじゃないかとすら思っていた銀髪が……。

感情がないなど、とんでもない。今、目の前にいるのは、大切な誰かの無事を懇願する一人の少女ではないか。

彼女の必死な表情に、俺を囲んでいたお姫様、騎士隊長、黒髪と赤毛の四人の列が割れる。

「いや……わからない。俺がこの世に生まれたのは、『第二夜』ってやつの後だ」

「……そう」

「悪いな、力になれなくて」

「……こちらこそ、取り乱してしまってごめんなさい」

そう言って銀髪は俺の対面側のソファに力なく座り込んだ。

思えば、こいつはアスラ何たらの慰霊碑の像も綺麗《きれい》に磨いていた。

こいつにとって、アスラ何たらとは一体何なのだろう。

「とにかく、今の記憶が流れ込んで頭痛がする『発作』に関して言えば、わかることはそれくらいだ」

思わず『発作』と要約してしまったが、まるで持病があるみたいで少しげんなりした。

そして俺が肩を落としたことで、『発作』への対策が見当たらず、目の前の四人が目を伏せるのがわかった。

「で……、ですが、そういうことなら、その『発作』のようなことが起きてもすぐに対処できるように、ミレディ……この王国が誇る聖女と行動を共にしてはいかがでしょう？」

「え？」

「名案です、姫様。それならお前は記憶が流れ込んで来るという現象を恐れずとも済む」

二人とも、俺のことをそんなにも……と思ったが二人が目配せするのをたまたま見てしまった。

「あんたら……体良く俺を王城に置こうとしていないか？」

「な、なにを言う、ロップイヤー。私たちはお前のことを思ってだな」

騎士隊長……目は口ほどにものを言うということわざを知っているだろうか。

ことわざのお手本のような表情をしている……が、この際、俺としても好都合だろうか。

こっちもこっちで都合よく銀髪の美少女をそばに置けるのだ。体良くそばにいる銀髪……夏川真涼みたいな感じだろうか。俺の『発作』症状と彼女の治癒魔法が修羅場を繰り広げてくれるのを期待しておくとしよう。

「……」

と思案する一方で、こういったどこで得たかわからない知識の謎も、ぼちぼち解決しなくてはならない。

　でも、まず今は記憶が流れ込んで頭痛がする現象を何とかしたい。なぜあるのかわからないこの世界のものではない知識、磁力などの説明ができる辺りが、まさに謎な部分だが、その謎は後回しで良い。いつ起こるかわからない頭痛の方が何倍も辛い。

「迷っていても仕方ない。行動を共にするくらいなら、精霊契約を頼みたい」

　頭痛解決の第一歩だ。頭痛と一言で言ってしまえば軽症に思えるが、実際の症状は劣悪すぎる。俺にとっては死活問題なのだ。

　そこで精霊契約だ。

　契約すると、契約主と契約精霊である俺にもたらされるまだ見ぬ能力があるはず。今はそれを頼りにしたい。

　頭痛が解消せずとも、原因が見えてくるかもしれないのだ。まさに名実ともに頭痛のタネ。

　それができれば、俺の『不安定』のうち一つは解決される。現時点での『不安定』とは、『発作』と限りなく同義なのだ。

　あとの出所のわからない知識と、起床時に泣いている現象は追々解決を目指すとして、目下痛みを伴う『不安定』から取り除くとしようじゃないか。

「聖女のミレディと精霊契約を？」

「ああ、そう言ったろ？」

お姫様が予想外の申し出に目を丸くしている。

「色々と便利なんだよ。もしかすると自分について何かわかるかも」

「し、しかし……あなたはノノさんと仮契約していた時、必要魔力量が多すぎて契約できなかったと聞きましたよ？　契約に必要な魔力量はいくらですか。それにミレディ本人の意志も……」

お姫様は、俺の提案を慎重に受け取る。そして遠慮気味に銀髪に視線を向けた。

対面のソファに掛けていた銀髪はと言うと、無表情に戻っていた。しかし、どこか気迫があった。そして貪欲《どんよく》な目をしている。

「……いい。気を遣わなくて。契約するわ」

「ミ、ミレディ、良いのですか？」

銀髪は、念を押すように尋ねるお姫様に、一度だけ首肯してみせた。

「そ、そう……で、ロップイヤー？　必要になる魔力量はいくらなの？」

「百万」

「そう、百万ね。それじゃあ契約に必要な作業を……って百万ですかっ!?」

見事なノリツッコミだった。

「ああ。ジイさんの時は仮契約だったから十万。本契約なら百万だ。それに、本契約の場合、百万の魔力は定期的に必要になる」

と、そこまで説明したところで一同の表情が固まっていることに気が付いた。

「本当に私とアルタイルの能力を集めたような精霊だな」

「ええ、それも精霊だった時のクシャトリア様と、私ですね……この調子だと『魔力提供』の能力もありそうですね」

黒髪と赤毛が深く考え込むように顔を曇らせる。

が、銀髪の一言が空間を切り裂いた。

「大丈夫。契約する」

相変わらずの無表情だ。でも、さっき感じた通りの気迫があった。

抜け殻のような感情が空っぽに見えた彼女の中を、何かが満たしつつある。そんな無表情に見えた。

「本当にいいんですか？　百万ですよ？　それに定期的に……」

今一度、お姫様が引き止める。

「いいの。百万とあと少しの魔力ならあるし。定期的に魔力を取られる前に魔力を回復すればいい」

さらに、銀髪は続けた。

「それにアスラもクシャトリアと契約して、それだけの魔力を払ってた。私にもできるはず」

無表情で、どこまでも平坦に、無感情にそう言ってのけた。

銀髪にとって、アスラ何たらという男は、そこまで大きな存在だったのか？

その強固な意志は、誰の意見も受け付けなかった。いや、意見など、ましてや反対など、許さなかったのだ。

この場の一同は、不安が残るものの、銀髪の意志の強さに何も言えずにいるのがわかった。お姫様も、黒髪と赤毛も、騎士隊三人組だって、誰もだ。

もはや俺と銀髪の契約に介入する者など、いなかった。

「決まりだな」

俺は立ち上がり、銀髪のもとへ。銀髪もソファから立ち上がった。

「どうすればいいの？」

「何も。ただ俺を契約精霊だと認識してくれるだけでいい」

「わかった……」

そう言うと、すぐに俺と銀髪の足元に赤い唐草模様の魔法陣が出現した。

唐草模様は眩《まばゆ》く輝くが、視界を赤い光で覆ったかと思うと、直後には消失していた。

そうして、すぐに銀髪から魔力が消えた。

「……うっ……っ」

銀髪はその場に崩れ落ちた。

「お、おい！」

「ミレディ！」

すぐにお姫様と黒髪が駆け寄った。

「アスラは化け物じみた魔力量があったから私と契約できていたんだ。聖女になったからと言って無茶できるわけじゃないんだ」

「で、でも……」

黒髪の肩を借りた銀髪は、ソファに座り直す。

「やっぱり百万の魔力だなんて……無茶だったんですよ」

「無茶じゃない……できる……」

魔力減少の倦怠《けんたい》感に耐えながらも、銀髪はお姫様に言い返した。

しかし言い合いになるかと思いきや、お姫様は柔らかな笑みを浮かべる。

「初めてですね。あなたが自分で何かをしようと見せてくれたのは」

「……」

「あなたがそんなにまでして望むと言うなら、応援します」

「ありがとう……」

「だいぶ顔色が良くなりましたね」

すると、銀髪は笑った。

「……」

微笑んだのだ。

ただそれだけなのに、俺の胸は急に苦しくなる。

あの無表情からは想像もつかない、まるで花がそっと咲いたかのような優しい笑顔。

はっきり言って見惚《みと》れた。それと同時に、俺の中で何か大事なものを忘れている感覚が湧き起こる。

いや、忘れているのではない。はっきりとこの瞬間、忘れていたものを取り戻した感覚があった。

また記憶の流入と頭痛が起こるかと思えば、そんなことはなく、ひたすら何か忘れていたものを取り戻した感覚の正体に首をひねった。

が、銀髪の微笑みはすぐに消えた。

本当に、顔色が良くなっている。そして、俺に顔を向けて言った。

「明日、付き合ってほしいことがあるの」

◇◆◇

俺は部屋を与えられた。

王城にはたくさんの部屋があった。

国王と会った謁見の間をはじめ、銀髪と契約を交わした応接室、銀髪に氷漬けにされた時に湯をかけてもらった浴場などだ。

他にも騎士隊の宿舎の役割を果たしている部屋や、王宮近衛隊の部屋がある。聞けば、王宮近衛隊とは、黒髪と赤毛だけが構成員らしいのだ。用意された部屋も一部屋だけ。二人では隊としていささか不安が感じられるが、彼女らの手腕は相当なものらしい。王族の護衛は当たり前、新大陸発見の功績や神級精霊との接触でも名を上げているのだとか。

模擬戦をした時には……まあ、ベルモンドの屋敷に攻め入った時の兵士と比べればそりゃあかなり強いと感じたがしかし……とまあ、察してもらった通りだ。なんせ俺は勝者だ。何とでも言えるんだな。うははははは。

と、話が逸れた。

えーっと、あ、そうそう、俺は部屋を与えられたんだったな。

部屋というのは、もちろん一人部屋。王城には部屋がたくさん余っており、俺は銀髪の契約精霊ということで、銀髪の部屋の隣に一室もらった。

王族の部屋はかなり大きいと聞く。そして聖女である銀髪の部屋も、大した広さがあった。その関係でか知らないが、銀髪の契約精霊と神級精霊という肩書だけで、俺にもかなり良い部屋が与えられている。

広さだけで言えばテニスコートに匹敵するだろう。テニスの王○様ごっこ、いや、舞台だってできちゃう。床面はツルツルの大理石。天井はドーム型で、より広さと開放感を視覚的に感じられる。

しかし家具はシンプルで、天幕のあるキングベッドが一つ、あとはお茶が用意された小さなテーブルにクローゼット。余計な物は一切ない。広く綺麗《きれい》な空間を目一杯体感できる。何よりバルコニー付きで、そこに面している出窓が大層なもので、巨大な白いカーテンを揺らして内側に流れ込んで来る夜風は、部屋の美しさをより際立たせる。宿とは大違いだ。こういった点で言えば、王城に来て良かった。

銀髪と契約した後、もう日が暮れそうだったので浴場で湯を借り、食事をした。

夕食は王族、そして銀髪、王宮近衛隊の二人とともに食卓を囲んだ。食い物が美味すぎて食べてた記憶しかないのが、王城で初めて摂った食事の感想である。

食後は部屋のベッドで寝っ転がることにした。

銀髪は、契約時に消費した魔力を取り戻しつつあるようだ。夕食の時にはいつもの元気な表情……は嘘だ。無表情である。しかし契約時の青白い顔貌は見られず、健康的で美しい白い肌色に戻っていた。

「明日付き合ってほしいってなにかな」

ベッドで仰向けになり、天幕に向かって呟《つぶや》く。

明かりを消して寝ようとした……その時だった。

かすかに……かすかだがうめき声が聞こえた。

どこ……いや、隣の部屋だ。

「銀髪……ッ」

すぐに隣の部屋に向かう。

うめき声の原因は一つしかない。俺との契約だ。部屋の鍵は開いていた。中に押し入ると、ベッドに背を預けて床に力なく座っている銀髪がいた。

「お、おい……っ」

「はぁ……はぁ……」

彼女の苦悶《くもん》に歪《ゆが》む表情を見て焦った。額にはびっしりと汗が浮かび、まるで全力疾走をした後のように息が途切れ途切れだ。

銀髪に駆け寄り、体重を自分に預けさせた。

体には全くと言っていいほど力が入っていない。脱力し切っていた。

床に座っていると言うより、立てなくなって崩れ落ちた先がここだったんだろうな……。

何とかできないかと自分の能力を見返すも、現状を改善できそうな能力は……いや、一つだけある。

黒髪と赤毛が言っていた通りだ。

俺の能力は、どうやら二人の能力を掛け合わせたものが含まれているらしい。

「魔力供給……」

精霊契約して生まれた能力だ。これで六つ目の能力になる。切羽詰まった使い方になるが、現状を改善できる能力だ。使う他なかった。

「はぁ……はぁ……ありがとう……」

銀髪の表情は、徐々にではあるが、和らいでいく。

目に見えて汗は引いていき、肌は依然白いままだが、顔色の悪さはなくなった。

「立てるか」

「……っ」

銀髪に手を差し伸べる。銀髪は俺の手を掴《つか》むものの、足には力が入らないようで、少し表情を険しくして膝《ひざ》が震えていた。

「仕方ないな……」

俺の肩を銀髪に貸し、ほぼ俺の力でベッドに乗せる。銀髪はその勢いでベッドに体を倒した。

ぼふっとベッドは柔らかそうに沈み、綺麗《きれい》な銀髪が踊る。枕を手繰り寄せて顔を埋めるように銀髪は目を瞑《つぶ》る。

「……意外と無防備なんだな」

「だって……あなたは契約精霊なんだもの。信用しなきゃ始まらないでしょ……」

それもそうかと肩をすくめてみせる。

「もう、話して大丈夫なのか」

見たところ息切れは治まっているようだが。

「ええ。そう言うあなたも意外……」

「なにがだよ」

「あんなに大きな態度をしている割に人の心配はするんだね……」

その言葉に対して、俺は何も答えはしなかった。

人が倒れていたら手当てくらいはするさ。当たり前だろう。しかしそういう考えと人助けの概念があることを意外に思われるほどには、俺という個人は信頼も理解も得られていないのだと同時に思った。

やがて銀髪は自分で足を動かせるようになり、完全にベッドに寝転ぶ。

「布団を」

そう甘える銀髪に、掛け布団を掛けてやった。

「……魔力がなくなれば、俺の魔力供給の能力経由で自分で魔力を増幅させろ。補填《ほてん》できるはずだ」

「そうね……あなたに魔力を渡す定期が来れば、魔力供給をお願いね……」

銀髪の声は急に眠そうになる。

「ああ……」

そのつもりだよ。てめえの契約者を魔力切れで殺すようなことはしない。ようやく見つけたちゃんと本来の精霊契約ができる限られた人間なんだ。必要ならベッドに寝かせたり布団を掛けたり、魔力提供くらいはするさ。

銀髪は静かに寝息を立て始めた。

ランタンの灯りを吹き消し、そっと扉を閉めて自室に戻った。

次の日の朝。俺は王城の誰よりも早く目覚めたんじゃないだろうか。

大きな出窓を両開きにし、バルコニーに出ると朝日でオレンジ色に輪郭を象られた稜線が遠くに見えた。

ベッドの寝心地が合わなかったわけではない。

こんなにも早起きするのは、目覚めた時に仮面の両目の穴から涙を流している姿を誰にも見られたくないからだ。

「また泣いてんのか。クソ……」

仮面を触ると、少し濡れている。

この現象の原因は全く見当がつかない。半ば諦《あきら》めつつもある。

朝の心地良い風で涙を乾かしてから朝食を取ろうと思い、バルコニーの手すりに腰かけて足をぶらつかせていると、隣のバルコニーの出窓が開いていることに気が付いた。

隣の部屋の内部からカーテンが大きく外になびいている。

そのカーテンの隙間から顔を見せたのは、当然隣の部屋の持ち主。銀髪の少女だ。

「お、おはよう……」

咄嗟《とっさ》に仮面の目にあたる穴から流れる涙を手で拭き取る。

いつになく焦った。まさかこんなにもあっさりと見られるだなんて。完全に気を抜いていた。

「……泣いてるの？」

泣いているのがバレた。

「あ、いやこれは……」

そう言いつつも、声はどんどん鼻声になり弱々しくくぐもる。涙はどんどん溢《あふ》れ始めた。

どうしちまったんだ、クソ……いつもは普通に収まるのに……っ！

「どうしたの？」

いやほんとにな。どうしたんだろうな、俺は。

しかし冷静になれなかった。溢《あふ》れ続ける涙。堪《こら》えようとしても漏れ出す泣き声。俺はたまらず自分の部屋に戻った。

床に膝《ひざ》を付き、ベッドに上半身を預ける。

こんなにもあっさりと？　こんなにも簡単に見られてしまうのか？

これまで一切誰にも見せなかった自分の『不安定』な姿を見られたのだ。王城で自分の部屋が与えられていたことで安心したのか。こんなにも早起きした時間帯で気を抜いていたのか。

いいや違う。

あの銀髪に対して、なぜか、なぜだか俺の警戒心が異様なまでに低いのだ。

セイクリッド・ホールという墓園で氷漬けにされた時もそうだ。あの銀髪には最初から油断しまくりの隙だらけだった。

契約者だから？　美人だから？　なんなのだ、俺はあの女をどう思っているのだ……。

この後どんな顔をして会えば良いんだ。まともに顔なぞ見られるわけがない。

何も考えられない。自分はこうも弱かったか。こうもすぐに瓦解《がかい》するのか。

そう、だからなのか、この部屋に入って来る足音にも気が付かなかった。

気が付いた時には、すでに後ろから腕を回されていた。

そしてすぐに感じる抱きつかれた感覚。人の体温。女性の甘い香り。柔らかな感触。相手が寝間着だからそれは顕著だった。

「ごめんね……」

「な、なにが……」

しかし気が付けば涙は止まっていた。

あんなに堪えようとしても止まらなかった涙が。

「ここに無理やり連れて来たから？」

「だから、なにがさ……？」

後ろから抱きついたのは銀髪だ。

俺が部屋に引っ込んだものだから、気にして俺の部屋まで来てくれたのだ。

「……あなた、さっき泣いてた。何かすごく悲しいことがあったの？」

「あ、朝起きた時は、いつもなぜだか泣いてるんだ……人に見られるのが嫌で……」

ここまで……ここまで誰かに自分の『不安定』を打ち明けたのは初めてだ。

銀髪の俺の胴に回された腕は、さらにきつく締まった。

「ほんとう？」

「ああ……それにほら、もう泣き止んでる」

言葉ではもう大丈夫だと訴える。

しかし、ふと気が付いた。俺の手が、胴に回された銀髪の腕をしっかりと掴《つか》んでいた。

まるで離さないでくれと叫んでいるかのように。

ハッとした俺は、すぐに銀髪の腕から手を放す。

それに合わせて、銀髪はゆっくりと俺から離れた。

「心配してくれてありがとう。でも、誰にも言わないでくれ」

「言わないよ……」

なぜか、その平然としたように見せる彼女の無表情に安堵《あんど》した。

俺の『不安定』をどうとも思っていない。気にしていない。受け入れてくれている。そう感じて、安心した。

「そっか、ありがとう……もう大丈夫だ。朝からすまない」

「ううん……平気なら、よかった……」

銀髪の表情こそ変わらないが、頬がやや赤い。

そりゃ俺も朝っぱらからおなごに抱きつかれりゃ恥ずかしくもなる。銀髪の咄嗟《とっさ》にとってくれた行動と気遣いには感謝するが、いかんせん恥ずかしかった。また別の理由で、銀髪の顔をまともに見られない。

「……朝食、いこっか」

「あ、ああ」

妙な距離感だ、契約者と契約精霊という関係は。


朝食は、当然王族が起きてから出された。

食堂に俺と銀髪が向かったのはその随分と前だった。

国王や王女は国務で忙しいのか、自室で食事を取ることが多いのだそう。しばらくはお姫様や王宮近衛隊の二人との食事になると聞かされた。

銀髪は一言も朝の俺の様子を話さなかった。

もともと口数が少ないということもあるのかもしれないが、神級精霊という珍しい精霊の調査として俺の動向を誰かに言う素振りも、またその気も一切見られないのだ。

俺のいない場所や時間を見計らって、俺の異常を報告する気配すらない。

こうやって銀髪の動きを気にしている時点で、俺は彼女を信頼しきっていないのだろう。しかし彼女はどうだ。俺が銀髪の動向を窺《うかが》っていようがなかろうが、俺の異常……つまり俺が抱えている『不安定』を探ろうとはしない。俺という神級精霊の存在を解明しようだとか、調査や研究の対象として観察しようだとか、一日経った今もない。その素振りすら見せない。

たった一日という短い期間しか見ていないが、されど一日と思えた。

朝、唐突に泣く俺の涙を見て心配してくれた。

あれは、本当に人間が他人を案じた時の声だった。

ジイさんが娘っ子の身を心配したように、謁見の間で騎士隊員たちが国王を守ろうとしたように、訓練場で王宮近衛隊の黒髪が赤毛の無事を祈ったように……銀髪のそれは、まさしく彼らと同じ声色に思えたのだ。

「信用してもいいのか……」

朝食を終え、昨日銀髪が『付き合って』と頼んできた用事の場所へと向かう道中、俺は独《ひと》り言《ご》ちた。

銀髪が俺と二人だけで良いと食堂でお姫様に伝えたのだ。最初こそお姫様や騎士隊長は騎士隊員を同行させようと申し出はしたが、俺が神級精霊で、彼女はその契約者という安定感抜群の呪文を銀髪が唱えると、あっさり許しが出た。

従って、移動中は二人きり。銀髪の身分は聖女様と極めて高いことから、その辺をぷらぷら歩くはずもなく、馬車を走らせている。

王城は王都の北端に位置しており、王城の北側からそのまま王都を出ることができる。

前述のとおり二人きりであるため、馬車の御者は俺が務めた。

「……」

春の陽気を感じられる良い天気だった。

馬車がガタゴトと揺れる音が、またのどかな気分にさせる。時折吹き抜ける草原の風が、俺の後ろに座る銀髪の髪を揺らしていた。

ふと、小鳥が俺のウサギの仮面から生える耳の先端で羽を休めようと止まる。しかし耳は小鳥の予想に反して柔らかかったため、小鳥の重みで前に傾き、小鳥は落ちそうになり慌てて羽ばたきだした。

「……くすっ」

後ろで銀髪が小さく笑う。

「なに笑ってんだ」

「……あなたって人にはぶっきらぼうなのに、小鳥には好かれるんだなって……」

「意外ってか？」

「うん……」

「意外と言えばお前が笑っているのも意外だよ」

「？」

銀髪は小首を傾げた。

「それだよそれ。お前って全然感情が表に出ないのな」

『感情がない』とは言いたくなかった。例えば突然朝起き抜けに泣き出すやつがいたとしよう。あくまでたとえだ。誰とは言っていないが、例えばそういうやつがいて、そこで心配して抱き締めて安心させようと思いやれる少女に、感情がないわけがないのだから。

「昔からだよ。上手く気持ちって顔に出ないから」

「ほお、そりゃあ人付き合い大変だろうよ」

「……」

銀髪は答えなかった。

「……仲良くなったら私の気持ちも出しやすくなるんだろうね」

「そんなやつ今までにいたのかよ」

「……ええ、一人だけね」

「ふぅん……」

「その人、誰に対しても取り繕ったりしない人だったから」

「へえ、俺みたいじゃないか」

「あなたみたいに下品じゃない……」

無表情にえらく平坦な抑揚で言われるとその言葉は思いのほか刺さった。

「それって……お姫様か？」

「ううん、違う」

「じゃあ誰よ？」

逆にお姫様じゃないなら、気持ちを出しやすくなるほどには、お姫様はまだ仲良くなっていないと言われているようなもんだ。

「……もういない」

「………そっか」

銀髪の表情が途端に曇った。無表情は変わらないが、明らかに影が下りている。俺はそれ以上の追及を差し控えた。

しばらく無言で草原を進む。小鳥のさえずりと馬車の車輪が転がる音だけが聞こえた。話が盛り下がったところで会話を終えたものだから、無言が妙に苦痛に思えた。

「なあ、用事ってなんだよ」

とうとう耐え切れず、俺から口を開いた。

「いいから進んで」

が、冷たい一言が背中に叩き付けられ、俺は馬の手綱に向き合った。

なに焦ってんだ……なぜこの銀髪に対してだけ平常でいられないのか。機嫌悪くしたかな……あんまり聞かない方が良かったのかな、仲の良かったやつのこと。

機嫌が治ったら向こうから話しかけてくるかな……と普段、人に対して考えないような気遣いが俺の中に生まれる。結局、銀髪が俺に声をかけるまで、なにも話さないままだった。

「止まって……」

唐突である。手綱を引き、馬を止まらせた。

「ここがそうか?」

馬車を降り、馬の手綱を近くの岩につないだ。丁度いいから岩に登り、辺りも見回してみる。

なんもないじゃん……。

見渡す限りの草原をだった。

来た道も草原。進行方向にも草原。そして右手に見えますのが、草原。ところが左手に見えますのも、当然草原だ。あと馬。

「草でも食べて待ってな」

岩につないだ馬に水をやり、馬車の荷台から降りた銀髪に尋ねる。

「なあ、ここに何があるのさ」

「何も……」

そう言ってさらに歩き出した銀髪。

わけわかんねえ女だな……朝はあんなに優しかったのに……。

しかし、馬車を停めた場所から数十分歩き、俺たちはとうとう辿り着いた。そう銀髪の目的がようやくわかった。俺はなんと愚かだったのだろうか、目的は何だ用事は何だと子供のように聞くばかりだった。ああ、俺はなんと嘆かわしい男であったことか。

銀髪が立ち止まったその場所は、俺たちが辿り着いたその場所とは……。

「ただの草原じゃないか、何がしたいのよお前」

そう、俺が馬鹿だった。この銀髪に目的などないことにもっと早く気付くべきだったのだ。

見渡す限りの大草原。何も変わりゃしない。本当に何のつもりなんだ、この銀髪美少女は。

「……この辺かしら」

銀髪も辺りを見渡す。

気持ち良いくらいに草原が広がっている。地平線まで草原だなんて、初めてだ。見晴らしが良いってこのことなんだろうな。

「何がさ」

「知りたい？」

少し悪戯《いたずら》っぽく尋ねる銀髪。機嫌は戻ったのだろうか。依然、無表情だから感情の機微を読むのに限界がある。

「……ここではあなたに魔物と戦ってもらうの」

「はぁ？」

銀髪は懐から円筒を取り出した。

円筒の蓋を開けると、中からは妙な匂いのする白煙が漏れ出す。煙が出てきたところで、銀髪は円筒をその辺に転がした。

「なんだよ、それ」

「『魔寄せの煙』。本来は魔物を別の場所に引き付けておくために粉にしたものを鉄弾なんかに詰めて打つものらしいんだけど……今日はここにおびき寄せるの」

「な、なんのために……」

俺は絶句した。

この銀髪の大胆さたるや、ジャック・ニコルソンの演技にも劣らない。

いやぁ……シャイニング。あれは怖かったよ、あれは……。人間の怖さってこういうことを言うんだね……っていう恐怖を今まさに目の前の銀髪に抱いている。

なんで魔物をわざわざ自分たちのいる場所におびき寄せる？

今の説明から解釈するに、騎士隊が魔物との遭遇を避けるために遠くへ魔物を誘導するのに使う道具だよね。ある意味、作中のジャックより狂気じみてるよキミ。

「あなたの力を知っておきたいの」

「昨日見せたじゃん。騎士隊に囲まれた状況で王宮近衛隊の二人と戦ってたよね、俺。見てたでしょ、ねえ？」

なんてやつだ。この期に及んでまだ俺の力が信じられないと言うのか。

「契約してからのあなたの能力はまだ知らないもの」

「いや、でも……」

銀髪の意見を聞いて、一理あると思った。

魔法使いと精霊契約をして、自分がどういった能力を付与されたのかも、何となくわかった。

もちろん使ったことはない。でも不思議となぜか能力の概要がわかる。これが精霊という摩訶《まか》不思議な存在なのだろう。

その証拠に、俺の記憶になぜだか存在する『地球』や『日本』などといったこの世界に存在しない物事の知識。今しがた銀髪から彷彿《ほうふつ》したシャイニングのジャック・ニコルソンなどの知識もそこから来ている。

そう、俺の出所不明の知識も、自分の能力の把握だって、なぜだか不思議と存在して、当たり前のようにできてしまうのだ。

俺はこの世界に生まれてから、そういう解釈で自身を観測し続け、その解釈に納得してここまで来た。

『精霊とはそういうもの』。その合言葉で片付けてきた。

だから俺は契約直後であっても、魔力切れに陥った銀髪に初めて使う魔力供給を有効に働かせたし、そしてさらに、まだ見ぬ能力が俺の中、その奥底に眠っているのを感じる。

それも俺の持つ能力の中でも最大の力を持つ能力を……。

磁力操作、身体強化、完全複製《イミテーション》、魔障壁、霊基《れいき》……契約後に加わった魔力供給。それらの能力すべてをもしのぐ最終奥義と言っても過言ではない能力。

俺は、その能力を把握してしまっている。

もちろん能力を使うメリットは多い。ここに集まるであろうそんじょそこらの魔物などひとひねりだろう。

しかしそれと同時にデメリットもある。

デメリットとは、魔力の過度の消費。

この最終にして最大出力の能力に相応《ふさわ》しい魔力消費だ。

俺は契約精霊である以上、契約主を守らなければならない……いや、そうであるべきだと思っている。

これは義務でもなければ、思いやりでもない。俺の男としての矜持《きょうじ》である。

可愛い女の子を守りたい、そういったシンプルな感情だ。

昨日、魔力切れになった銀髪を見て思った。こいつの魔力が増えるまで、無茶はさせられない。

幸い、魔力というものは魔力切れを繰り返すことで最大値が増えることがわかっている。

しかし、この銀髪が無茶をする人間であることも同時に知った。

今から銀髪が試そうとしている俺の能力の魔力消費を知っても、銀髪はそれを敢行することだろう。それを予測できる俺は、契約主である銀髪が『無茶をする』ことを阻むべき……いや、そうしなくてはならないのだ。

しかし――――。


「…………アスラならそうする……」


銀髪は俺には聞こえないような囁《ささや》きで、そう言った。

こいつは……アスラ何たらのことを……。

「……」

近くで何かのうめき声にも似た鳴き声が聞こえる。動物のものではない。魔物だ。

つい今まで拒否しようと思っていたことが嘘のように、俺は葛藤《かっとう》し始めた。

銀髪の気持ちが何となくわかったからだ。

それは、決して『精霊とはそういうもの』だから理解できた気持ちではない。

俺という精霊の人格が持ちうる人間らしさが共感できた、ある一つの部分だ。

何とかしてやりたかった。銀髪が朝、俺の涙を見て抱き締めてくれたように、俺の親愛がそうしたいと思っているのだ。

「わかった……」

何とも……俺は人間らしい弱さがあると、精霊の身ながら思った。

銀髪はこちらに顔を向けた。

「魔物の鳴き声がする。手短に説明するから、了承しろ。いいな」

俺の急な早口に、銀髪はやや面食らったようにコクリと首肯する。

「お前に求めるのは三つだ。一つは無茶をしないこと。これからお前に見せる能力はお前の魔力を大きく消費する。俺が無理だと思ったらすぐに能力を解く」

それが無理なら、二度とお前に能力を使わない……そう脅した。

「もう一つは、絶対に死ぬな。魔力切れで死ぬなんて馬鹿げた話はごめんだからな。そして最後は、帰ったら魔力を増やす特訓をすること。今のままじゃ契約の状態を続けるのが精一杯だ。俺を使いこなせるようになれ。いいな?」

随分と上からの命令口調になった。

銀髪は至って真剣な面持ち……いや、無表情なだけか……まあいい。

「……うん」

そして了承させた。

もとから了承する約束で話を始めたのだ。当たり前か。

「時間もないから早速始めるぞ」

話を終えた頃には、草原にはオーガの群れが押し寄せて来ていた。

聞いた話によると、ゴブリンの上位種というイメージがある。オーガは人間より一回り以上大きい鬼のような容姿をしており、人肉を食すという……。人を食うところを想像して、銀髪にバレないように身震いした。

「う、うん……！」

緊張気味な返事が銀髪から返って来る。

今の返事は普通の女の子ぽかった。そうほのぼのするのも手短に、俺は契約後に現れた新たな能力、最後の能力に手を付けた。

その直後だった。

「────ッ！」

バシュッ！

俺の体が霊基《れいき》のような青白い光に包まれ、間もなく霧散した。

そして霧散した青白い光の塊となった俺は、その後すぐに銀髪を覆いつくした。

「わっ――――」

「拒むな、そのまま受け入れろ」

気付けば俺の声は、銀髪の額に付けられた額当てとなって語りかけていた。

そして銀髪を包み込んだ青白い光は、次々と白を基調としたゴツい鎧《よろい》と化していき、いつしか銀髪は白い機械鎧に身を包み、肩には白い盾、背中には何らかの射出口のような機関を四つも装着していた。極めつけに、額当てとなった俺からはウサギを思わせる大きなメタリックな耳がピンと立ち、ウサギ型の額当てとなる。

「な、なに……」

銀髪は自身の体を見下ろし、絶句する。

対して俺は大変興奮していた。

「なにって……合体じゃないか！　めっちゃ格好良いんじゃないかコレ！」

そう、合体や変形といったものは太古より謳《うた》われた男のロマンである。

「格好良い……？」

再度、自分の体を見下ろして銀髪は疑問を抱く。

女の子ってそういうの興味ない説はやはり本当だったのか。

「どうすればいいの？」

オーガの群れを目前にした銀髪からは、思ったより冷静な声が聞こえた。

オーガたちは銀髪に気付き、一気に草原を駆けて来る。

ものすごい数、そして足音だ。まるで地震のような地響きが聞こえる。

「時間がない。俺がサポートするから好きに動け」

お前が魔物をおびき寄せたりするからだぞ、という不満は飲み込んで、俺は銀髪の手に霊基《れいき》の鎖鎌《くさりがま》を出現させた。

「お前は今、俺の能力全てを使えるようになっている」

「で、でも……あなたのような動き方、できないわ……」

「できるさ。そのために俺がついている。さぁほら」

ほら、動けと銀髪の背を押すと、銀髪はオーガたちに向かって駆け出した。

が――――。

バンッッッ!!

一気に銀髪の疾駆は亜音速に達し、オーガの群れを一線に貫いた。

「え……」

一瞬にしてオーガの群れの後ろを取った銀髪は、自分の駆けた跡を振り向いて、戦慄《せんりつ》した。

草原に刻まれた駆けた跡。草が綺麗《きれい》にはげており、そこには数体の倒れたオーガと激しく舞う土煙があった。

そして銀髪の高揚が感じられた。

自分が発揮した能力の成果、そして爆発的に膨らむこの能力の限界に対する興味。

これは……。

銀髪の感情が、感動が直接俺に伝わってくる。

そして……彼女の心の片隅に、本当に隅の隅……しかし根強く居付いてしまっている闇も……。

銀髪は次の動作に移る。俺はその動きに集中し、彼女に合わせる。

銀髪は手に持った霊基《れいき》の鎖鎌《くさりがま》を振るい、オーガの群れに急接近した。

「す、すごい……！」

風を切り裂くような鋭い鎖鎌の一閃がオーガの群れを襲った。

十何体ものオーガをなぎ払い、あの巨体を軽々と吹っ飛ばす。

そして、大きく跳躍し、さらにオーガの群れの中心へと切り込んだ。

「すごいわ……！　次にどう動けばいいのか、どうしたら勝てるのか、あなたから感じられる……！　あなたの考えが直接流れ込んで来るよう……！」

興奮気味の銀髪は鎖鎌を振り回しながら言う。

荒々しくも美しい鎖鎌の軌跡。

それはまるで彼女の感情の高ぶりのようで、彼女の美しさを再現するダンスのよう。

時には鋭く群れを突き、時には華麗にオーガの頭上を舞う。

オーガに反撃の暇などない。

彼女は身体強化と霊基の鎖鎌、そして俺が本来持つ鎖鎌術を上手く使いこなしている。

しかし、百体以上は間違いなくいるオーガの数。

間もなくして銀髪は後ろを取られた。

が、それすら銀髪は把握していた。

背後を取って襲いかかって来たオーガの棍棒《こんぼう》を肩についた盾で受け止め、背中の四つの射出口からは、四線の鎖が発射され、鎖の先端には分銅が付いていた。磁力操作を駆使し、分銅と鎖で後ろのオーガたちをなぎ払う。

「や、やるじゃないか……！」

銀髪はどんどん俺の能力を理解、把握し、使いこなしていった。

魔法を使えるオーガが現れれば、魔障壁で防ぐ。

魔法は完全複製《イミテーション》で打ち返す。

接近戦を得意とするオーガが現れれば、徹底的に肉弾戦で応戦する。

投擲《とうてき》物があれば、霊基の鎖鎌を使った針の穴を通すような繊細な動きでいなす。

オーガも負けじと攻撃の手を緩めず攻め込んでくるが、銀髪が今使っているのは、神級精霊の力だ。

神にも等しい力と言われているから、神級なのだ。

最後は残ったオーガ数十体で銀髪を取り囲み、一斉攻撃を仕掛けて来た。

しかし、銀髪はそれすらも跳ね除ける。

磁力操作で用意した電撃を四方八方に放電し、辺り一面を激しい雷鳴と雷電が埋め尽くした。

相手が大気であろうと、草原、またはオーガであろうと無差別に打ち付ける稲妻。閃光が強力過ぎて視界を真っ白に塗り潰す。

電撃が収まった頃、この広い草原に立っているのは銀髪だけだった。

「はあ……はあ……」

およそ三分。

オーガ百数体を制圧するのにかかった時間だ。

銀髪は純粋に激しい動きによる息切れを起こし、手を膝《ひざ》についた。

「魔力も限界だ……」

「どうして……？　まだ平気だよ？」

「それはこの状態になって俺が魔力供給しているからさ。合体を解けば一気に魔力消費が襲うぞ。その消費が銀髪の魔力量内に収まる活動時間が、今だ」

「そう……」

銀髪は少し名残惜しそうに、能力の解除を申し出た。

能力を解除すると、銀髪は倒れてしまった。

気絶こそしていないが、体力的にも魔力量的にも限界だったようなのだ。

動かない銀髪を背負い大草原を歩いて馬車まで辿り着き、介抱しながら俺が王都まで連れて帰ったのは言うまでもない。

◇◆◇

銀髪は王都に戻ってすぐに目を覚ました。

合体が解けた後は、契約主の魔力が大量消費された状態で、それ以外は合体前と何も変わらなかった。

後日談とでも言おうか。

銀髪と俺はオーガの大群に挑むという無茶をしたことについて、こってりと絞られた。

「まったく無事だから良かったものの、大草原で問題になっているオーガの群れと戦うだなんて無茶するとわかっていたなら、あなたたち二人での外出なんて許可しなかったんですからね」

お姫様が可愛らしく怒っていたのは今でも記憶に新しい。

「それで？　オーガのうち何体くらい減らせたのか聖女様と神級精霊様の実力のほどを聞かせてもらいましょうか？　騎士隊の報告では百体は優に超える数の群れだと聞いていますが？」

無茶をして怪我《けが》した子供にマウントを取る母親みたいな顔をして、ほら言ってみなさいと挑発するお姫様もセットで覚えておいてほしい。

「え？　全滅させた!?　どうやったんですか!?」

なぜなら、度肝を抜かれたお姫様の驚く顔はそれはもう大層愉快だったからだ。

体裁を保つために騎士隊に確認に行かせるそうだが、結果は火を見るより明らかである。

後日、銀髪はちゃんと魔力を増やす特訓をするという言い付けを守っていた。

特訓の内容とは、例の合体する俺の能力の持続時間を延ばすというものだ。それと同時に、合体した状態での活動限界の時間も見極めることができる。

「じゃあ始めるか」

場所は訓練場を使わせてもらっていた。

訓練場でしようと言い出したのは銀髪の方からで、騎士隊たちの士気の向上にもつながるとのことだが、俺はいまいち釈然としていない。

最近、魔物の活動が極端に活発化し、出現数も右肩上がりだった。その極め付けとも言えるオーガの群れを掃討した功績は、王都で大きく讃えられた。よって、訓練場を使う許可も簡単におりた。

「お、やってるやってる」

「ラズ、ロップイヤーの魔法を見るのは初めてか？」

「はい……特隊は訓練場の模擬戦を見るの許されませんでしたので……」

「そう膨れるな、つい数日前から聖女様がロップイヤーと特訓し始めてるってお前も聞いたんだろう？」

非番であったり、休憩時間の騎十隊員たちがよく銀髪と俺の特訓の様子を見学に来ていた。

別に見世物じゃないんだけどな……。

「でも本当にそんなに強かったんですか？　聖女様には一発で氷漬けにされていましたよ？　戦闘員でもない聖女様に」

俺を王城に引き込んだ張本人である騎士隊三人組の姿も見えた。

ランドと呼ばれている騎士隊長と、その部下の女隊員のイートゥー、それに幼女ラズ。王城で何日か過ごして、人の名前と顔も何となく覚え始めた。馴染《なじ》んだとはとても言えないが……。

「強いなんて甘っちょろいもんじゃないさ、ラズ」

「あ、ランド騎士隊長、あそこの隊員たち、手合わせするみたいですよ」

騎士隊長と女隊員の会話で、俺も気付いた。

近くで訓練をしていた騎士隊員数名が手合わせを申し出て来たのだ。

銀髪に視線を向けると、コクンと静かに頷《うなず》いて了承する。

「いいけど、ハンデないと勝負にならないぞ」

「かぁー、言ってくれるね、神級精霊様は」

「いや手加減してもらわないと勝てないだろうが」

俺の言葉に頭を抱える騎士隊員に、別の隊員がツッコミを入れる。

結局、銀髪と俺のペアは身体強化のみの使用しか許されない状態で手合わせすることになった。

しかしそれでは俺たちの特訓にならないため、俺と銀髪が合体……って聞き手によっちゃ下ネタだな……上手い技名考えないとな……とまあ、それはともかくとして、合体状態じゃないと俺たちの特訓の意味がなくなるため、ルールは合体状態での身体強化のみの制限となった。

「おい、聖女様たちがオーガの群れ倒す時、三分くらいしか魔力保たなかったらしいぞ！」

「いいこと聞いたな！　勝てるかもしれないぞ！」

「馬鹿者！　逆に言えばオーガの大群を三分足らずで倒すくらい強いってことだ！」

いい気になっていた騎士隊員に、外野から騎士隊長の忠告が入る。

騎士隊員たちは、顔色を変えた。

「じゃあ、改めて始めるか」

すぐに合体する能力を使う。

前回と同様、俺が青白い光の塊となって、銀髪を覆いつくす。そして白ウサギの仮面のデザインを受け継いだかのような白い鎧《よろい》が……あれ？

「ねえ、なに、これ？」

青白い光が解けて姿を現した銀髪は、白い鎧ではなく、俺と同じ服装の銀髪になっていた。地味にズボンがパレオになっているし……そういうとこだけアレンジ入ってるんだよなぁ、この能力。

「合体って……ロップイヤーの服装と仮面を身にまとうだけなのか……？」

「いいえ……確か報告では白い鎧が顕現したとあったはずですが……」

そう、騎士隊長たちの会話の通り、この能力の本来の力が発揮されていない。

俺は銀髪の問いかけに答える。

「あー、言ってなかったけど、前のが『アタリ』だとすれば、今回のは『ハズレ』だ」

「『ハズレ』？」

「ああ、要は毎回あの白い鎧《よろい》になれるわけじゃないらしい」

「なにそれ……」

「スロットと同じなんだよ。『アタリ』『ハズレ』は運次第。目押ししようとしても無駄なんだよ」

「？？？？」

俺の『日本』の『パチスロ』という出所不明の知識に、本当の困り顔を浮かべる銀髪。

「まあ要するに、くじ引きみたいなもんさ。当たる時もあればハズれる時もある」

「そんな……」

目に見えて落胆する銀髪。

「そう肩を落とすな。これでも結構戦える。『ハズレ』と言ったが今の状態は普段の俺と同等の力が出せるはずだ」

俺はどうやら白いウサギの仮面になって銀髪に話しかけているようだ。

視界が狭いのか、銀髪はフードを外し、彼女のトレードマークとも言える銀髪をなびかせた。

今の会話を聞いていた手合わせ相手の騎士隊員たちは今がチャンスと見たのか、全員で突撃する。

槍に剣、弓矢に魔法。何でもござれの総攻撃。

魔障壁が使えない今、魔法が最も厄介だった。騎士隊は基本属性魔法使いだ。油断はならない。

しかし、銀髪は迫り来る騎士隊員たちに突っ込んだ。

銀髪の予想外の動きに騎士隊たちが一瞬駆け足を止めそうになった僅《わず》かな隙を、銀髪は突く。身体強化しか使えない今、前回のような疾駆はできない。代わりに大きく跳躍をし、騎士隊の隊列に飛び込んだ。身体強化というだけあって、良い膂力《りょりょく》だった。

迎撃とばかりに槍を突き出されても、銀髪は焦り一つ見せず、宙で体勢を逸らし、腰を曲げ槍を避ける。

「おお……」

俺は思わず感動を口にした。今のは女性にしかできない動きだ。俺の身体強化をそのまま使えるとは言え、『俺』をそのまま真似て技術に従うだけでなく、自分にしかできない戦略を持っていることに驚いた。

槍を避けると、手刀で槍の柄を砕く。他の隊員の剣を持つ手を狙い、矢をいなして魔法を器用に避ける。

魔法は敵の隊員を盾にして放ちづらい位置を取り対処。着実に身体強化を駆使して隊員の武器を奪い、なぎ倒す。

圧倒、とまでは言わないが、力の差は歴然だった。

隊員たちは精神ダメージ変換で無傷だが、全員倒れ、銀髪はふう、と息を吐きウサギの仮面を取ったところで、訓練場には歓声が沸き起こった。

「聖女様！　お強いんですね！」

「さすが神級精霊と契約できるお方……！」

「あんなにハンデがあるのにすごいです！」

騎士隊長たちも、拍手を送っていた。

が、銀髪はフードを目深に被り、うつむいてしまう。

「なんだ、まさか照れてるのか？」

「うるさい。慣れてないだけ……」

「それって照れてるってことだよね」

「いいから能力解いて。魔力なくなっちゃう」

「はいはい」

しかし、能力を解いても、銀髪は思ったより平然としている。

俺は普段通りのロップイヤーとしての姿、銀髪はいつもの修道服のような着物に戻っていた。

「あれ、しんどくないの？」

今しがたの戦闘時間もおそらく三分程度だったはず。

もしかして魔力が増えつつあるのか？

「うん……すごく怠《だる》いけどまだ動けそう」

「いいねえ、さっそく特訓の成果じゃないか。なら、もう一度合体してみて、追い込んでみるか？」

それとも今日はこの辺でやめておくか、と尋ねる前に、銀髪は頷《うなず》いていた。

「もう少し……する」

銀髪がそう言うと、訓練場が盛り上がる。

「まだ聖女様は頑張るのか」

「俺たちも負けてられないな」

騎士隊員たちにもやる気が伝播《でんぱ》する。みんなも訓練の用意をし始めた。

銀髪があいつらを突き動かしているのが感じられ、どこか微笑ましく思った。

「じゃあ、もう一度始めるぞ」

「うん」

バシュッ！

いつもの青白い光になり、銀髪を包み込んだ。

次は『アタリ』か『ハズレ』か。できれば『アタリ』の白い鎧《よろい》がいいなと願いながら、青白い光が霧散するのを待った。

「ッ!!?」

が、しかし――――。

現れたのは聖女様のあられもないお姿だった。

白いウサギの耳の付いたカチューシャを頭に乗せ、胸元が大きく開けた服は股間部までつながっており、その下は艶《なまめ》かしく綺麗《きれい》な足が惜しげもなく伸びている。首元には何の意味があるのかわからない襟《えり》のみの装飾が成され、ハイヒールを履いていた。

『バニーガール』、『青春ブタ野郎』、『コスプレ』という単語が俺の頭の中に浮かび上がる。

白い肌。胸元を見て着痩せするタイプなんだという感想。くびれた腰。無駄毛とか全くない大きく開いた背中。綺麗な肢体。

煽情《せんじょう》的、という感想しか思い浮かばなかった。

「せっ、聖女様……」

「な、ななな、なんてお姿を……っ」

「そのようなお美しいお姿……わ、私興奮してまいりました……」

「だ、誰か治癒魔法を使えるものはいないかー！　鼻血を出して倒れた者がいる！」

騎士隊員たちの訓練準備をしていた手はあっという間に止まり、目は銀髪に釘付けとなった。何だかんだ言っても男の本質って変わらないんだ。

「最っ低ッ」

外野から幼女ラズの罵《ののし》りが聞こえる。

銀髪は自分の姿を見下ろして、すぐに体を隠すようにその場にしゃがみ込んだ。

「な……っ、なにこれ……」

「す、すまん。これも言い忘れていたが、さっきの合体が『ハズレ』なら、これは『大ハズレ』だ」

「『大ハズレ』……っ？　の、能力は何があるのっ」

「すまん、何もない……魔力を消費する以外はいつも通りの……いや、いつもよりお色気なお前だ……」

俺は白いウサギ耳のカチューシャになりながらも、銀髪の頭の上で誠心誠意謝った。

銀髪は、最低と短く吐き捨てて、能力を解き、走って訓練場から飛び出していった。

その後、特訓は続いたものの、二日間くらい口を聞いてもらえなかった。もちろん特訓は『貸し切り』状態の訓練場で。

合体の技名は『ワースト・ユニオン』と騎士隊の中で命名されているのを噂《うわさ》で知った。

意味は『最低合体』だそうだ……。

64話　解放軍の手掛かり

特訓は相変わらず他に誰もいない貸し切りの訓練場で行われている。特訓の内容が『ワースト・ユニオン』である以上、『人ハズレ』を引く可能性が確率的にあるからだ。実際、何回も銀髪はバニーガール姿になって顔を赤くしていた。

よって、騎士隊員たちと手合わせすることもなくなったが、前回手合わせしたのが騎士隊に良い風を吹かせたのか、士気が上がったと騎士隊長に気に入られ、楽しかったと騎士隊員たちに認められ、最低だったけど良い訓練だったと幼女ラズに褒められ……ているのかどうかわからないが、とにかく王城内での俺の評価がなぜか上がっていた。

従って王城にはだいぶいやすくなった。

謁見の間で俺を取り囲んだ騎士隊員で、あの時は悪かったと謝ってくる者までいたくらいである。

どうも俺は人に悪い第一印象を与えてしまいやすいタチなのだと、初めて知った。

今思えば、王城に来たばかりの時は、人間にボロ雑巾になるまで使い倒されてたまるかと、使われる側じゃないぞと、マウントを取ろうとしていた節があった。俺も俺で必死であったことを、逆に詫《わ》びたりもした。

そんな王城の生活に慣れてきた頃だった。

不穏な話というのは突然やって来るものである。

その一報を聞いたのは、食堂で食事をしている時だった。お姫様と王宮近衛隊の黒髪と赤毛、銀髪と俺に、その時は騎士隊三人組も一緒にいた。よく見る顔ぶれで朝食を摂っている時だった。

「ひ、姫様！　ネブリーナ様！　国王様より手紙が！　大至急確認してほしいとのことです！」

王城が雇っている門兵の者だろうか。一通の手紙を持って、大慌てで食堂に駆け込んで来た。余程急ぎの用なのだと、門兵の形相からわかる。

お姫様は手紙を受け取り、中を確認すると。

「ここにいる皆さん、食事を一時中断して、場所を移してください」

緊張した面持ちでそう伝えた。

すぐさま場所は応接室に移され、話が始まる。

食堂にいた面々がそのまま応接室に通され、お姫様の話に固唾《かたず》を飲んだ。

「ここ最近、王都の魔法研究所に解放軍への内通者がいることは、ロップイヤー以外、周知の事実かと思いますが、念のため説明しておきます」

二年前。

ちょうど解放軍による王都への二度目の襲撃、『第二夜』と世間で呼ばれている事件の年だ。第二夜のあと、都市ウィラメッカスの魔法学園という施設の学生数名から、水面下でとある報告があったらしい。なんでもその学生というのが、カヴェンディッシュ家という魔法研究所に大きく貢献している所員を領主に据えた名家の息子を筆頭に、フォンタリウス家という由緒ある貴族……銀髪の実家だな……その貴族の長男坊と、さらにクレイドル家という貴族出身の生徒の計三名であり、王城に直接密告を行ったのが事の発端なのだと、お姫様は話す。

その密告内容が、魔法研究所に解放軍への内通者がいるとの旨だったのだ。三人のうち二名は王都の警備隊という組織に属していたこともあり、信憑《しんぴょう》性は高いものとして情報は取り扱われたという。

「そして、ついに先日その内通者の目星が付きました」

お姫様の言葉に、一同が強張る。緊迫感のある空間特有の空気が、応接室を満たした。

「ゼフツ＝フォンタリウス研究所長です」

皆が一斉に息を呑《の》んだ。

いいや、ただあの二人だけは、淡々としていた。

「クシャトリア、それにアルタイル……まさかとは思いますが、知っていたのですか？」

そう、王宮近衛隊の黒髪と赤毛だ。

「ああ、知っていた……」

黒髪は平然と答える。

が、対照的に、お姫様は激昂する。

「な、なぜ言わなかったのですか！　そのような大事なことっ！」

「言って、お前は信じたのか？」

「ええ、もちろん！　他でもない王宮近衛隊あなたの言葉なら信じます！　それがわからないあなたではないでしょう！　なぜ言わなかったのですか！」


「────アスラ様のご意思です……」


「っ……！」

赤毛の言葉を聞き、お姫様は口を閉ざした。

一旦間を置き、皆が落ち着いたところで、赤毛は続ける。

「このことをリークすれば、皆様に危険が及ぶと……アスラ様は心配されていました。だから、魔法学園の三名は、黒幕を敢えて伏せた状態で密告という形を取ったのではないでしょうか……いや、そうする他なかった……」

「私たち王族と騎士隊だけの力で黒幕に辿り着かないと、また解放軍に狙われる……」

「はい、ネブリーナ様のおっしゃる通りと思われます」

一度、沈黙をもってお姫様は場を仕切り直した。

「ミレディ、あなたも辛いでしょう。どこかで休んで来ますか？」

話がようやく理解できた。

テロリストである解放軍に魔法研究所の技術を流していたのは、研究所長のゼフッ＝フォンタリウスという男。そいつをどう取っ捕まえて縛《しば》り上げ、解放軍とのつながりをどう吐かせるかを今から議論するのだ。しかし、そのゼフッというテロリストは銀髪の父親でもある、そういう厄介極まりない込み入った話だ。

銀髪の父親を破滅させる、というのだから。

「……ううん……話して」

が、銀髪は俺たちの予想に反して、気丈に話の続きを促した。

お姫様が本当に良いのかと銀髪を見つめ返すが、銀髪の無表情ながらも真っ直ぐな瞳は変わらなかった。

「……わかりました」

お姫様は話を続けた。

「……こちらの調査によれば、ゼフツ＝フォンタリウスが解放軍とつながっており、研究所の技術を解放軍に横流ししているとのことです」

と、ここで騎士隊長が異論を唱えた。

「待ってください、姫様。確か解放軍に魔法研究所の技術を流しているのは怪盗ノームミストでは？　研究所の技術を盗み、解放軍に売っていると伺っていたのですが……」

幼女ラズに、ノームミストって？　と尋ねると、一時期王都を騒がせた怪盗だったそうだ。何でも研究所の資料を執拗《しつよう》に狙っていたのだとか。

その資料を解放軍に売っていると睨《にら》み、騎士隊はノームミストを指名手配していたのだという。

「いいえ、第二夜で解放軍がノームミストを装って王都に襲撃をかけた時点で、その線は薄く思います。それに、何よりの証拠として、黒幕がゼフツ＝フォンタリウスだと特定し証拠を提示したのが、他でもないノームミストなのです」

「な……ッ、そんなことが……」

騎士隊長は戦慄《せんりつ》した。

これまで自分は何のために怪盗を追ってきたのかと膝《ひざ》を付く。

「第二夜の前、ノームミストが研究所から盗み出した資料に、その証拠が確認されました。資料は当時の警備隊が取り戻したものでしたが、第二夜の直後、学園の三名の話から、ノームミストが盗もうとした資料を確認する機会がありました。ノームミストは、シロです……」

「つまり……ノームミストは端《はな》から解放軍の間者をゼフツ＝フォンタリウスだという証拠を掴《つか》むため、研究所に押し入っていたと……そしてその資料が示した内通者がゼフツ＝フォンタリウスであると……そういうことでしょうか、姫様……」

「ええ、その通りです、騎士隊長」

騎士隊長はやりようのない怒りを噛《か》み締めていた。

ゼフツ＝フォンタリウスが解放軍の仲間だという情報が世間に与える恐怖は計り知れないため、王族だけで情報を秘匿《ひとく》して、その時を待っていたのだという。

色んな歯車が上手い具合に噛み合っていく感覚が、事の流れを半分も知らない俺でも感じられたのだ。

「……」

「…………」

それ以降、異論が出ないことがその証拠に、皆が刮目《かつもく》して話の行く末を見守っている。

「ゼフツは……人工精霊開発の第一人者でもあります」

ここで、赤毛が話を付け足した。

赤毛はこうも言う。クシャトリアと自分は学園の三人の生徒たちとも面識があり、彼らが黒幕の証拠を掴《つか》んだ現場にも居合わせたのだと。さらにその証拠は怪盗ノームミストが研究所から盗んだ資料を取り戻した時に、資料を目にして掴んだものであり、ノームミストが敵である線は薄いと。

赤毛は彼に対し『様』を付けない。それほどに軽蔑や怨恨が大きいのだと窺《うかが》える。

「我々人工精霊を生み出すには、

——生きた人体が必要です」

「そ……そんなっ……」
「バカな……」
「それじゃあ今まで研究所がしていたことは……」

人体実験です……。

誰もが口にするのを控えた言葉を、赤毛は敢えて口にした。
「人工精霊は、生きた人体に一千万数値の魔力を無理矢理注ぎ込むことで完成します。もちろん、実験の失敗例はあります。しかも、その数は数えきれません。アスラ様はその事実に辿り着き、解放軍からミレディ様、あなたを命を賭して守ろうとしたのです……」

赤毛にそう言われ、初めて真実を知った銀髪は……もはや見ていられなかった。

銀髪は、解放軍に狙われていたようだ。目的は不明だが、どうも銀髪を人工精霊という存在にしようとしていたのだそうだ。つまり、人体実験の道具にしようということだ。

その黒幕が疑われる存在から最も遠いはずの実の父であるゼフツ＝フォンタリウスだとは、誰もが思わなかったことだろう。

まさに一大事。

誰もがあり得ないと思ったこと。

これから、騎士隊によりその悪事が暴かれ、世間の白日の下に晒《さら》され、そして……。

バッ！

バタンっ！

一人の可哀想な女の子の居場所がなくなる。

「銀髪……」

銀髪は話の重圧、肉親が犯した罪の重さ、そして肉親の過ちによって命を落とした一人の男の子……それらからくる悲しみ、後悔、恨み、色んな感情が溶かした絵具のようにごちゃ混ぜになり、耐えられなくなって応接室を出て行ったのだ。

最初は気丈に振る舞っていたにしても、無理もないことだと思う。

あいつは無表情で、無口で、言葉も無抑揚。

そんな無愛想な銀髪でも、普通の女の子なのだ。

「……手紙によると、このことを国王に報告した者がゼフツを尾行し、解放軍のアジトを突き止めたそうです。その人物が、手紙に同封されている地図の示す場所で待機しています。そこが解放軍のアジトです」

黒幕がゼフツだと確証を得た上に、国王からの命を騎士隊が受けた今、王族だけが世間を騒がすまいと情報を秘匿《ひとく》する必要もなくなった。

銀髪の退室を見送りながらも、お姫様は続ける。

「しかし姫様、国王様に報告したその人物は誰なのですか？　確かな筋の情報なのですか？」

「安心してください、騎士隊長。相手は国王とつながっている人物。信用できる相手です」

「は、はぁ……」

お姫様の有無を言わせぬ強い語調に、騎士隊長は不思議そうにしながらも、それ以上の追及はしなかった。

「明朝、騎士隊を集めてください。解放軍のアジトを叩きます……」

お姫様の命を、騎士隊は謹んで受けた。王宮近衛隊の二人も、うやうやしく頷《うなず》く。女隊員や幼女ラズも、ひざまずきこうべを垂れた。

「あなたも来てくれますね、ロップイヤー」

王城に来て初めての協力依頼だ。

俺はみんなの意気を前に頷いてしまった。

◇◆◇

この日、夜まではあっという間だった。

明日、解放軍のアジトに攻め込む……。

初めてのことだらけ。衝撃的なことだらけ。頭で考えることがぐちゃぐちゃになってしまい、寝る直前ではあるが食堂でお茶でも飲んで、一息つこうと思った。

もう真夜中だ。

食堂の灯りは消され、真っ暗な空間には一切の人がいない。

一人こそこそとお茶の準備を始める。

そもそも解放軍ってどんなやつらなんだ。

話し合いで解決できないのか。

できないから解放軍も騎士隊も武力行使なのか。

考え込んでしまい、こうして眠れなくなってしまったのだ。

人間とはみんな仲良くできないものなのか……いや、わかり切っていることだ。

銀髪……落ち込んでんのかな。お姫様の話によると、解放軍の間者が魔法研究所にいると王城に密告した三人の生徒の中に、フォンタリウス家の長男がいたという。銀髪の兄貴らしい。

銀髪はそのことを知らなかったのだろう。もっと言えば、アスラ何たらが解放軍の目論見を知り、銀髪を守ろうとして死んだことも……。今日銀髪はそれを知り、泣き叫びたくなっていないか。

死んでしまいたくなっていないか。

アスラ何たらは、銀髪にとって特別な人物であることに間違いはない。あの銀髪の態度、表情、どれを取ってもアスラ何たらを忘れられてはいないはずだ。

しかしそれなら今日のことは彼女にとってかなり堪えたはず――。

と、その時だった。


――アスラ、震えてるの？

――大丈夫……力抜いて……。

――――左手……出して……


唐突だった。

誰のものかも、どこのものかも、いつのものかもわからない記憶の断片。切り抜かれたような情景。

銀髪と……記憶の持ち主が踊っている……？

「アっ……ぁがッ……！」

鈍器で何度も頭を殴りつけられているような痛みに、脳を揺さぶられる。目の奥が痛い。痛みに意識を持っていかれそうになるが、吐き気がそれを引き戻す。

その繰り返しだった。

「うあっ……ぁ……ッ」

ついに立っていられなくなり、食堂の床に倒れ込んだ。それでも痛みは治らず、俺は悶《もん》絶《ぜつ》した。

無様に涙と涎《よだれ》を撒《ま》き散らし、床に這《は》いつくばる。汗と涙が止まらない。勝手に出て来ては、しかしその不快感も痛みのさなかでは気にならなくなってしまう。

だけど、もう駄目かと思ったその時だった。

急に痛みが引いた。

この魔法は……。

俺の周囲を緑の光る粒子が舞っている。治癒魔法だ。

痛みが完全に消え失せ、上体を起こすと、目の前には銀髪がいた。真っ暗な空間に、治癒魔法の緑色に光る粒子でその無表情が浮かび上がる。

「大丈夫……？」

何とか立ち上がると、眩暈《めまい》がした。息もまだ整ってはいない。

「はぁ、はぁ……お前こそ……」

「明日のこと……？」

「ああ」

俺は汗を服の袖で拭い、一息つく。

「……わからない。お父様とは……昔からそんなに仲良くした記憶もないし……」

けど……身内には変わりない。

こいつの兄貴も解放軍と実父とのつながりを密告した時、今の銀髪と同じ覚悟を強いられたはずだ。

銀髪には今、前進する力が必要である。

聖女だからなんだ。凄腕《すごうで》の魔法使いだからなんだ。

短い期間ではあるがこいつを見ているとわかる。

銀髪はどこにでもいる普通の女の子だ。

辛いことがあれば落ち込むし、逃げ出したくなる。対して楽しいことがあれば笑うし、悪戯《いたずら》だってする。

無表情でわかりにくいだけで、そこは誰とも変わらない。

銀髪にとって大切な人物であったアスラ何たらを死に追いやった……いや、銀髪を守ろうとしてアスラ何たらが死んだ原因である解放軍と自分の身内がつながっていることを知り、今まさに銀髪は実の父を打ち滅ぼす覚悟を、兄貴と同じ覚悟を決めようとしているのだ。

それが一人の女の子にとって、どんなに辛くて筆舌に尽くしがたい苦悩なのか、わからないほど鈍感ではないつもりだ。

「そっか。まあでも、お前がいないと一体誰が俺の頭痛を治してくれるって言うんだよ。俺にはお前が必要だ」

俺は神級精霊でこいつの契約精霊だ。

でもだからなんだと言うのだ。俺には元気づける言葉をかけてやることしかできないのに。

「……うん」

ん？

暗くてわからなかったが、こいつもしかして照れた？

へえ……照れたりするんだ。何でも言ってみるものだなぁ。面白い表情を一つ知れた気がした。

「眠れないのか？」

「うん……明日のことが気になって」

「お前も来るのか？」

「あなたも行くんでしょう？」

「俺は行くけど……相手はお前の親父さんだろ？　無理しなくてもいいんじゃないのか」

「私はあなたの契約主よ。それにあなた今言ってた。『俺にはお前が必要だ』って」

思わぬ揚げ足を取られる。

参ったと言わんばかりに、俺は頭をフードの上から掻《か》いた。

また頭痛があれば頼むとだけ返事をするしかなかった。

「何か温かいものでも飲むか？　この厨房の勝手がわからなくてだな……」

うーんとうなりながら厨房でお茶を沸かす道具などを探していると、ぐうと腹が鳴る音がした。

しかし俺じゃない。

「もしかして、お前腹減ってんのか？」

銀髪は恥ずかしいのか、返事はせず首だけ縦に動かす。

「でけえ音だなしかし。そんなに腹減ってんのか」

「黙って」

「この時間に食うと太るんじゃないか？」

「黙って」

おーおー、恥ずかしがってる聖女様は返事が随分と単調だなぁ。

しかし聞けば、今朝お姫様の話の途中で応接室を飛び出してから、何も食べていないらしい。確か今朝の話があったのも朝食の途中だった。つまり銀髪は今日一日何も食べていないことになる。

「部屋ん中で塞ぎこんでないでさ。こんな夜中になる前に何か食べないと明日動けるもんも動けないぞ」

「わかってる」

いや……銀髪がここにいるということは、明日に備えるべく気持ちよく寝るために腹ごしらえをしたいということ。明日自分の父親を悪者と認識した上で会うことを決断した良い証拠だ。

その意志を讃えたいと俺なりに思ったのもまた事実だ。

「待ってな。何か作ってやるよ」

「いい。自分で作る」

「なんだよ、俺の料理じゃ信用ならないってか?」

「そうは言わないけど……あなたの料理って粗雑だと思うから……」

何を根拠にだよ……。

こちとらお前を慮って腹の足しになるものを準備してやろうと思ってんのに。

「いいから座ってろよ」

しかしもう一度そう言うと、銀髪は大人しく食堂の薄暗い席に腰かけた。

俺はそれを確認すると、小さなランタンを見つけ、マッチで火をつける。

食堂の一角が照らされた。

「何があるかな……」

厨房を漁り、何か材料はないかと探す。

じゃがいもに人参……あとは数種類の調味料。

と、そこまで材料を集め、自分の作れるレシピが一つ思い浮かんだ。

というか、最初からそれしか作るつもりはなかったというのが正直なところ。

だってそれしか作れないんだもん。

材料を切り、鍋に入れて煮込む。

料理をしている間、銀髪は暇そうに自席のテーブルを眺めたり、俺が料理している姿を意外そうに見たりして時間を潰していた。

そうやってしばらく銀髪を放っていたが、ようやく一人分の食べられるものは準備できた……はず。

「材料の数がなかったからお前の分だけな」

皿を銀髪の前に置く。

「あなたは食べないの？」

「俺は腹減ってない」

そう言ってお茶を入れたコップを見せた。

銀髪は前に置かれた皿に視線を戻し、意外そうに言った。

「ビーフシチュー？」

「もっとも、それしか作れないんだけどな」

「過去にも作ったことが？」

「ああ、一年前に一度」

娘っ子に作った時だ。意外にも絶賛されたのを覚えている。

ふうん、と銀髪は鼻を鳴らしビーフシチューをスプーンですくい、口をつけた。

と、ここで怪訝《けげん》そうに眉を寄せたかと思えば、数口を急いで口に運ぶ。

するとどうだ。

銀髪は唖然《あぜん》とした顔でスプーンを手からこぼれ落とす。

カチーンと床で小気味良く音を立てるスプーン。

「おいおい、いくら美味しいからって……」

「この料理、どこで習ったの」

俺がスプーンを拾おうと立った時、銀髪は食い気味に尋ねて来た。

あまりに深刻そうな口調に銀髪を見ると、今にも胸倉を掴《つか》んで襲いかかってきそうな気迫を漂わせているではないか。

いつもの無表情はどこかで落っことして来てしまったように、眉間《みけん》に皺《しわ》を寄せる。

「――――答えてッ!!」

バンッ!

「ッ!?」

銀髪は急に怒鳴った。テーブルも思いきり叩く。

そんなに気に入ったのか、などとふざけようものなら殺されそうな威圧感。

美味しすぎて誰に習って作ったのかと尋ねられているわけではない。

「だ、誰にも……」

「嘘! 絶対にこの味をあなたに教えた人がいる! 誰ッ!」

銀髪は席を立ち、俺に詰め寄る。

こうも銀髪が敵意を剥《む》き出しにする姿は初めてだ。

まるで猛犬が我を忘れたように吠えるかのごとく、銀髪の気迫はすごかった。

「し、知るもんか！　本当さ！　元から作れたんだ！」

「でも他の料理はできないんでしょ!?　そんなのありえない！　レシピも見ずにこんなに美味しい味を出すなんて、最初からできるはずないッ！」

一応、美味しかったんだ……じゃなくて！

なぜこうも荒ぶっているのか。

俺は今の銀髪がことごとくわからない。

「なんでそんなに必死になってるんだよ！　落ち着けよ！」

「じゃあ教えてあげる！　このビーフシチューは、アスラの作った味と全く同じっ！　この味を知っているのは彼だけなの！　あなたは彼に料理を習っているはずなのッ！　なぜそれを隠していたの!?」

お……大きな声……！

フットボールアワーの後藤じゃないが、耳がキーンとした。

しかしなんのことだかさっぱりだ。

味が似ているだけでこうも怒鳴られるなんて聞いていない。

いわれのないことでこんなにも怒鳴りつけるようなやつだったのか、こいつは……。

「知ったことかよ！　親父のことでかわいそうだと思ったから作ってやったのによ！　なんでこんなに怒鳴られなきゃなんないんだよ！　そんなにアスラ何たらのことが好きかよ！　ええ!?」

「────好きよ！」

「…………は……」

あまりに気迫のこもった「好き」だった。

こんなにも心の底から出た愛の叫びを、俺はこれまで聞いたことがあっただろうか。

思わず気圧される。

「好きで悪い？　大好きだったの！　あなたみたいな精霊に悪く言ってほしくない！」

ついに、銀髪は泣き出してしまった。

嗚咽《おえつ》を漏らしつつも本音を吐露する銀髪は、さっきまでの気迫もハリボテのように感じさせる。

しかしそんな弱った表情になりながらも、銀髪は叫ぶのをやめようとはしなかった。

「それなのにあなたは彼を馬鹿にするようなことばかり！　あなたにそれを言う資格なんてない！　あなたは……」

涙をボロボロ流し、それを寝間着の袖で何とか拭いながら、息も絶え絶えに訴える。

息継ぎをして、銀髪はまだ続けた。

「……あなたは自分が何者かわからないから怖いの！」


言われて、何かに胸のど真ん中を突き刺された感覚に陥った。

まさに俺の本心だった。

誰にも、そう、この世界のありとあらゆる人間や動物も含め、誰にも……もしかすると自分自身にさえ偽って隠して続けて来た心の奥底にある恐怖……それを言い当てられた…………。


誰にも明かさなかった本音。

誰にも明かさなかった『不安定』。

誰にも明かさなかった俺の弱さ。

まさにそれだった。


「誰の記憶かわからない映像に頭痛で苦しめられ、理由もないのに朝起きると涙を流す！　その弱さを隠そうとしてあなたは悪態をつき続ける！　自分を偽っているのよ！　その言い訳のためにアスラを悪く言うことは、私が許さない！」

息が……できなかった。

息をするのも忘れるくらい、まごうことなく、それは俺のことだ。

何も言い返せなかった。

この銀髪が俺をそこまで理解し、俺をそこまで分析し、俺をそこまで見ていてくれていたことに、何とも言えない嬉しさと、やりようのない悔しさ、しかしそう感じてしまう情けなさを、同時に感じる。

「……じゃあもう食うなよ……作らなきゃよかった」

その結果、俺は悪態をつくことしかできない愚か者だった。

わかっているさ。

自分では痛いくらいに理解している。

彼女が正しい。俺の本性を言い当てて、見抜いている。

でもそれが悔しくて、情けなくて、俺はまた悪態をつく。

その悪循環の中心である俺は、精霊どうこう以前に、本当にどうしようもない駄目野郎だ。

銀髪は、一度涙を引っ込めたものの、また泣きだしそうな顔になった。

しかし彼女は何も言わず、苛立《いらだ》たし気に食堂を去って行った。

その背中に何も声をかけることもできず、俺は彼女に言われたことをグルグルと考えながら、彼女が残したビーフシチューを泣きながら食べた。

◇◆◇

「訓練通り隊列を組んで進行するぞ。各隊を指揮する者を魔石で報告するんだ」

騎士隊長が音の魔石を使って、隊員たちに行軍を呼びかける。音の魔石は無線機のような役割を果たし、離れた場所にいる隊員たちに騎士隊長の言葉を伝令した。

早朝、王都の南側正門の広場では、出発の準備が整い、各々が馬車に乗り込んだ。

隊列の関係で、最大戦力とされることになった俺と銀髪は隊列の最後尾を任される。

騎士隊三人組は先頭の馬車。馬車に乗り込む前に騎士隊長はお姫様と話していた。

「どうか無事に帰ってきてください」

相手は国内最大のテロリスト解放軍。危険な行軍を考えて、お姫様は王城に残ることになった。王宮近衛隊についても、騎士隊不在の間、お姫様の警護のために王都に残るらしい。

見送りにはお姫様に加えて黒髪、赤毛もいた。

「はい、解放軍を打ち破り、王国に平穏を必ずや取り戻します」

騎士隊長は力強く答えた。しかしその一方で、あまり銀髪には聞かせたくない言葉でもあった。

王宮近衛隊の二人は自分たちの仇《かたき》である解放軍を直接叩くことができないことを冗談ぽく嘆いて、お姫様と騎士隊長の笑いを誘っていた。

遠くに朝日が昇る。天気は極めて晴天。

日の出に伴った心地良い風が、朝の気怠《けだる》い体に今日の活力を与える。

地平線を照らす太陽はやけに眩《まぶ》しく感じられた。

やがて、隊列を組んだ馬車は走り出す。向かうのはレシデンシアとの国境付近。そこに解放軍のアジトがあるという話だ。

魔物や解放軍、盗賊などが現れない限り、道中は暇になるため、普段なら早朝に起きて引きずるはずの眠気は、銀髪と馬車に同乗しているからか、全く姿を見せない。

昨日、大声で喧嘩《けんか》をした手前、顔を合わせ辛い。何と話してよいのか、何を話せばよいのか、なぜこんなに緊張するのか、俺は気を揉《も》むばかり。銀髪と目を合わせないようにうつむいていた。

部隊の最高戦力として列の最後尾を任されているため、最悪、馬車の放棄も想定しているためか、この馬車には俺と銀髪のみ。

お姫様の前でこのような距離感であるのを見せれば、何かを感じ取って解決に尽力してくれそうなものなのだが、王城はどんどん離れていった。

「……」

無言の時間が続く。

銀髪はと言うと……いつも通りの無表情。

こういう時に表情を取り繕ったりしなくて良いから便利だな無表情、などと一瞬でも思ってしまった自分は何様なんだ。

こんなことならいっそのこと魔物でも現れてそっちの相手をしている方が気が楽というもの。間がもたない。

ぐう。

「？」

と、そんな時、この場に不向きな間の抜けた音。

しかし、そう言えば昨日も聞いたような音だ。

そう、まさに銀髪と二人きりの時。

夜、食堂でビーフシチューを作ってやる前……喧嘩《けんか》する前にも、銀髪は一日何も食べていないと言って腹を空かせていた。

銀髪に目をやると、表情は無のまま顔を赤らめるという器用なことをしており、しっかり恥ずかしがっていた。

「……腹減ってんの？」

「……」

無言の間に我慢ならない俺は、思わず話しかけていた。

しかし無視だ。取りつく島もない。

「なあ、昨日の朝から何も食ってないんだろ?」

「……」

昨日の夜の時点で、昨日の朝から何も食べていなかったのだ。今、腹が鳴るということは、銀髪がよっぽどの大食いでない限り、今日の朝食もパスしているはずだ。

「……なあ」

「……あなたには関係ない」

まだ怒っているのか?

こういう時、謝れば良いのか、機嫌が戻るのを待てば良いのかわからない。

しかし、銀髪の機嫌が直ったからと言って、彼女がこれまで怒った態度を取っていたのを無視して話しかけてくるとは、銀髪の性格上、考えにくい。

ともすれば、俺から動くのがセオリーかと思い、俺は一つ前の馬車に食料を積んでいたことを思い出す。

「待ってろ」

そう言って、馬車を飛び降りるとともに磁力操作で駆ける速度を上げ、一つ前の馬車の荷台に追いつき、乗り込んだ。

荷台にはやはり食料が数日分積んであり、俺は適当に見繕い、持って後ろの馬車に戻った。

「リンゴにパン……サンドイッチもあるじゃん。何がいい？」

そう言って銀髪の目の前に持って来た食料を広げると、また彼女のお腹は鳴る。

銀髪の顔はさらに赤みを帯びた。

「ほら、好きなの食べな」

怒っているのか恥ずかしがっているのかわからないがとにかく顔が赤い。腹の音が余程恥ずかしかったのだろう。怒った態度に反した間抜けな音なだけに、余計に面白く聞こえる。

しかしそれを笑って眺めるのも火に油である。俺も食料を選ぶフリをして目線を他へ移した。

「……ありがとう」

するとどうだ。

銀髪もサンドイッチを選び取って食べ始めたではないか。

なぜかほっとした。

ベルモンド伯爵の城に攻め入って娘っ子が無事だった時よりも、なぜか今の方が強く安《あん》堵《ど》している。

銀髪がサンドイッチに入ったレタスをシャリシャリと音を立てて食べる音を愛おしく思っているこれはなんだ。

「美味しいね……」

そうして優しげに微笑む銀髪。

「……っ……」

ああ……。

彼女はこうもはかなくも柔らかく温かな笑みを浮かべることのできる女の子だったのか。

この久しく忘れていた胸の締め付けは、この笑顔を見られて満たされる胸の空白は、一体なんだと言うのか。

俺の奥底で眠り続けていた何かが少しだけ目を覚ましたような不思議な感覚。

何か大事なことを忘れていると警鐘を鳴らす俺の本能。

それを知らせるための、不意に頭に流れ込んで来る何者かの記憶だったのか。そのための頭痛だったのか。

その答えは未だに全くわからない。

が、しかし、彼女の微笑みがきっかけで何かを掴《つか》みかけたのは確かである。

「昨日は……ごめんね」

謝ってきたのは銀髪の方からだった。

「い、いや……俺の方こそ」

「ううん、あなたは悪くない。あなたは嘘なんてつかない。そんなのわかりきっていたのに……アスラのこととなると……私駄目ね」

「……そんなに、味が似てたのか？」

「似てただなんて……全く同じだった」

だからアスラ何たらから教えてもらった味なんじゃないか、と銀髪は疑ったらしい。

「そんなに……好きだったのか？」

銀髪は少し言うのをためらったあと、やや恥じらいながら答えた。

「うん……すごく好きだった。もうこれ以上はないってくらい……」

「お前みたいな美人に好かれるアスラ何たらってのは……余程良い男だったんだな」

「うーん……それはどうだろう」

気付けば、銀髪は無表情に戻っていた。銀髪の赤い瞳が光を灯す。

「ん？　モテる方じゃなかったのか？」

「アスラが？　ううん、全然。王都を守って死んじゃうまでは、誰の目にも留まるような人じゃなかった」

へえ、と思った。

思っていたイメージと実物は異なるようだ。

こんな美人じゃなきゃ英雄だなんて呼ばれる男とはくっつかないだろうと決め込んでいたのだが、アスラ何たらは最初から英雄ではなかったということか。

「アスラは無属性魔法使いだったの。小さい頃はフォンタリウスの家で一緒にいたんだけど……。無属性だからって追い出されちゃって」

「ほう」

「十歳で追い出されたんだよ？　もう会えないと思ってたけど、魔法学園で会った時はものすごく強くなってた」

「お前とアスラ何たらは魔法学園にいたのか」

「うん。アスラは……他の学生や先生と違って、フォンタリウスの娘だからって私を特別扱いしなかった」

「『誰に対しても取り繕ったりしない人』って言ってたな」

「うん……。今の立場になってからは、周りの人は余計に私に気を遣うから」

「アスラ何たらなら、また違ったのかもな……」

「そう。アスラがいてくれたらきっと……」

そう言いかけて、銀髪の頬を一滴の涙が伝う。

本当、駄目だね私、と言って顔を伏せて目元を拭う銀髪は、まだアスラ何たらのことを忘れられそうにないくらいに弱々しくて、未だに想っているのだと力強く訴えているようにも見えた。

馬車は順調に進んだ。

銀髪がこの前魔物を呼んだ『魔寄せの煙』を正規の使用方法で活用し、魔物も上手い具合に避けることができた。

ここ最近、魔物の数が増え、魔物の群れも頻繁に目撃されているのだと、道中、騎士隊は口々に不安を吐露していた。

そのせいもあって、行軍中の魔物への警戒心は皆強かったのだと思う。

草原を抜け、渓谷を渡り、川を越えて、数日間の行軍は滞りなく終わりを迎えた。

辿り着いたのは小さな滝だった。

滝の上部は高い崖があり、その崖は半円を描くように連なり、今俺たちがいる場所を見下ろしているようだ。

ここは崖に囲まれた低地になっており、太陽光が遮断されて大きな日影となっている。

「ここだ……」

先頭を行く騎士隊長が、全隊員に止まるよう命じる。

そして滝の下には、一人の人影があった。

「君か、ここからの案内人は」

滝のしぶきで辺りは霧のようになっており、日影のせいもあって人相が良く見えない。

「あー、騎士隊の人たちだよね。そ、その通り……俺が国王様にここの情報を知らせた者だ」

騎士隊長に尋ねられた者は、どうも話の歯切れが悪い。

俺と銀髪も馬車を降り、警戒のため騎士隊長のいる列の先頭までやってきた。

騎士隊長は怪訝《けげん》そうにしながらも、話を続ける。

「君は何者だ。どうやってここが解放軍のアジトだと突き止めた？」

「あーっと……それを答える前に一つだけ断っておきたい。俺は決して君たちの敵じゃない。それをわかってほしい。いいかな？」

随分と用心深い人物のようだ。

これでは話もできない、と騎士隊長は呟《つぶや》き、了承した。

「ああ、わかった。君には鉄銃を向けないよう、隊に伝えよう」

「助かる……」

騎士隊長の構え止めという号令の後、滝のしぶきの中から姿を現したのは白を基調とした、まるで道化師のような姿とベネチアンマスクをした男だった。

「お、お前は――――ノームミスト……ッ！」

騎士隊長を含め、騎士隊の面々は戦慄《せんりつ》する。

まるでルパンを見つけた銭形みたく絵に描いたような驚き方だった。

一同が言葉を失っているところ悪いが、ここは敢えて疑問を投げかけさせていただきますよぉ！

「ノームミストって誰……？」

そしてさらに一同が絶句する。そんな中、銀髪が耳打ちをしてくれた。

「……王城で話してた怪盗のこと」

怪盗……そんな肩書の登場人物いたかな。解放軍と銀髪の親父、魔法研究所の話でなぜ怪盗なのか、と、そう首を傾げる俺を見兼ねた銀髪は、さらに補足をくれる。

「もう……っ。ほら、ネブリーナ姫が言ってたでしょ。魔法研究所の資料を盗み出した時に解放軍との内通者がお、お父様だって知った怪盗がいるって……その人が国王様にここのことを知らせたんだよ……」

そこまで聞いてようやっと心当たりがあった。

研究所から盗んだ資料を解放軍に売っていると疑われていた怪盗が、実は研究所に解放軍の間者がいると睨《にら》んで盗みを働いているとわかり、それについて掘り返すと、解放軍の間者が研究所長のゼフツ＝フォンタリウス——銀髪の親父だと判明したきっかけになった人物だ。

さらにここにいるということは、解放軍のアジトを探り当て、国王に報告した人物も、またこの怪盗だという結論に至る。

怪盗ノームミスト……。

……何ともダサい名前である。濃霧とミストを掛けているのだろうが、絶望的にネーミングセンスがない。まだキッドの方がマシってもんだ。

「まさかとは思うが、騎士隊のくせに俺のことを知らないのか？」

怪盗ノームミスト、縮めて怪盗が馬鹿にしたように笑った。ネーミングセンス無し男にだけは馬鹿にされたくない。そもそも俺は騎士隊じゃないのに。思わずむっとして怪盗に反撃する言葉を探し始める。

「彼は最近エアスリルで確認されたばかりの――――神級精霊だ」

「……。はい？」

怪盗は一拍置いて騎士隊長の言葉の意味を考えたようだが、結局理解に至らなかったらしい。

「お前のような名前ダサダサ野郎のことなんてついぞ知らなかったぞ、ついぞ」

「だ、誰が名前ダサダサ野郎だ！」

「おっと、失礼。ネーミングセンス無し男くんだったかな？」

「お前……まさかとは思うが喧嘩《けんか》売ってんのか……？　解放軍の悪事を今から暴くってと

きに初対面で喧嘩売ってんのか？」

「いやいや、滅相もない」

「だよな……」

「ネーミングセンスの絶望感で言えば勝てる気がしない」

「キサマーーーーッ！」

「や、やめないか、二人とも……っ」

騎士隊長が俺と怪盗のやりとりを止める。

あいや知らなかった。特隊の幼女以外に、こんなにもからかいがいのある人間がいるとは。幼女といい、この怪盗といい、俺には格好の餌食である。

「と、ともかくだ。こいつが神級精霊って証拠は？　怪し過ぎるだろう、こんな仮面までつけて」

それはお前に言われたくない。とりあえず鏡で自分のベネチアンマスク見ておいで、五十歩百歩の怪しさだから。

「ロップイヤー……すまないが」

騎士隊長も、かつては追う側追われる側の関係とは言え、これからの任務実行にあたって信頼関係を築きたいのか、申し訳なさそうに俺を一瞥《いちべつ》し、神級精霊である証明をするよう求める。

「……霊基《れいき》の鎖鎌《くさりがま》、見せたら？」

「だな」

銀髪の提案に同意する。

ギンッ！

銀髪との特訓で手慣れた霊基を使って、鎖鎌を出現させた。

「これが神級精霊にのみ使える霊基ってやつか？」

しかし怪盗は特段驚いた様子もなく、見慣れているかのように目をくれた。

「神級精霊ってもっと高貴なイメージがあったけど……この態度じゃその辺のガキと変わんねぇな」

ふむ……どうやらこの男は俺の神経を逆撫《さかな》でするのが余程好きなようだ。

「やめないか……元は騎士隊とも睨《にら》み合ってた関係だが、これからは水に流そうじゃないか。君なりの正義があって盗みを働いていたんだろう」

「さすが騎士隊長。話がわかる。その辺の神級精霊モドキとは違って」

「どんな理由があっても盗みは犯罪ですよねぇ……ねぇ？　騎士隊長？」

怪盗と俺のいがみ合いに、騎士隊長は嘆息。俺は信用ならねぇ怪盗は敵だと憶測。静まり返った夜に寝首を掻《か》かれるトゥウェルブ・オクロック。

「ノームミスト、君が国王様に解放軍の情報を？」

騎士隊長は一旦仕切り直した。怪盗のことは気に入らないが、睨み合っていてはいつまで経っても解放軍のアジトに侵入できない。アジトの案内には怪盗が必要なのだ。

「ああ……たまたま研究所の資料から得たゼフツ＝フォンタリウスの情報を報告できる機会があってな……この任務の同行も頼まれた」

「そうか……にわかに信じられないが、協力者は君で間違いないようだな」

騎士隊長は、この場に明らかに不向きな怪盗の格好を吟味するも、確かな情報筋だと睨み、信用に至ったようだ。

怪盗が怪しさ満点の風貌である上に、以前までは泥棒と警察のように対極の関係であった過去があるにもかかわらず、怪盗にしても騎士隊にしても、こうも手早く関係を修復させ、信頼を得ようと互いに歩み寄る姿勢が実現するのは、ひとえに解放軍を倒すという共通の目的があるからに他ならない。

もうあと一歩のところまで来ているのだ。

ここまで来て、下らないいがみ合いでこの任務を水の泡にしてしまうのは、余りにももったいないという利害一致が、怪盗と騎士隊との架け橋になっているんだと思う。今日の敵は明日の友とはよく言ったものだ。運命とはかくもままならないのだから。

「挨拶《あいさつ》も済んだことだし、騎士隊長様、早速アジトに乗り込もう」

「ああ。ここで足踏みしていては解放軍に見つかるのを待っているようなものだな。各隊員に今後の動きを伝える」

「了解、俺も内部のルートを見直しておくよ」

両者はそう言うと、騎士隊は馬車の荷台から荷下ろしを始め、武装を整え始める。

俺と銀髪は着の身着のままで解放軍のアジトに侵入することになる。銀髪は背丈ほどの杖を持っているが、魔法使いの杖にしては魔力増幅の魔石がない。俺に至っては丸腰同然である。霊基《れいき》がなかったら今頃俺はどうなっているのだろうか。

そのくらい、俺たち二人には準備がなかった。

よって、怪盗の確認しているという内部ルートを拝見させてもらおうじゃねーの、という話に銀髪との間で至る。

「何見てんの？」

「ん……ああ、お前か、神級精霊……それに聖女様も」

怪盗の手元を覗《のぞ》き込むと、手書きながら緻密で丁寧に書かれた図面のような紙があった。怪盗は銀髪に丁寧にお辞儀をすると、俺にその図面を見せてきた。

「ちょうどいい。お前もある程度内部のルートを覚えておくといい。旧採掘場の跡地を使ったアジトだからアリの巣のようなルートになっている。調べるのにかなり苦労したもんだ……」

確かに、図面は迷路のように入り組んだ通路の連続となっていた。プリズンをブレイクするためのタトゥー並に広範囲にわたって通路が描かれている。

　俺は興味本位で尋ねてみた。

「ここに入ったことが？」

「ああ、何度もあるさ。俺の得意魔法は霧を発生させることなんだ……この狭い通路と曲がり角の連続だとやつらに見つかっても逃げ易い。だからこの地図ができたんだ」

　と、今度は怪盗の方から質問があった。変わらず、視線は地図に落としたままである。

「そういやお前神級なんだって？　俺初めてなんだよ、最上位の精霊って。神級精霊ってのはみんなお前みたいに人間の仲間になるのか？」

「さあ、どうだか。俺はよく神級精霊に備わってるはずの神々しさがないって言われるから」

「あっはは！　確かにな！」

　笑われて俺は怪盗にジト目を返す。何なら笑われるまでもない。わかっていた。俺の性格と態度は神級精霊としては珍し過ぎる……いや、異常なのだ。話に聞く神級精霊とは似ても似つかない軽薄さが俺にはある。

「でもまぁ、神級精霊って聞いた時は正直ビビったけど、こんなに話しやすいやつだとは思わなかったぜ」

　と、怪盗は言うのだ。隣では銀髪が同意すると言わんばかりに首を縦に振る。

王城に来た当初こそ貴族や騎士隊には他の神級精霊と比べられたものの、こう言われると悪い気はしない。

「……そっ……か」

まさか自分が初対面の男に照れるという気持ちの悪い日が来ようとは思いもよらず、適当なことを言ってその場を一時離れ、騎士隊の荷下ろしを手伝いに行った。

「気持ち悪りぃな。照れるなよ」

「うっせ」

小突いた。怪盗を。まるで男子高校生が友達とふざけ合う時のように。

すると。


――おーい、アスラにロジェ！　お前たちのビーフシチュー、姫様がベタ褒めしてたってヤツ！　食いに来てやったぞー！

――すまないな、アスラ。忙しい時に……イヴァンがどうしてもと言って聞かなくてな。


頭痛だった。

「っッつ……ぅぁ……」

やめてくれよ。初対面の人間の前でこの異常は。

「お、おい……どうした精霊？」

ほらみろ。困っちゃうよな。隣にいたやつが急に頭押さえてうずくまり出したら。

くそ、くそ。今度は屋台にいる記憶だ。イヴァンって呼ばれている金髪の……学生か？

そいつらとビーフシチューを作る映像だ。

その映像が頭をガンガン言わせてやがる。

「……」

が、しかし。今回ばかりは不幸中の幸いというやつで、近くには銀髪がいた。俺の異変に気付くと間髪いれずに治癒魔法を施してくれる。

激しい頭の痛みが嘘のようにすっと飛んで行く。毎度毎度この世界の痛いの痛いの飛んで行けには恐れ入るよ、まったく。

緑色に淡く光る粒子が俺を包み込み、役目を終えたそれらはやがて宙に消える。

「くそ……今度はイヴァンと来やがった。誰だ、くそ……」

「ッ!?」

俺はいつしか頭痛……つまり自分の『不安定』に向かって文句を言うようになっていた。

隣で怪盗がビクッと肩を震わせる。

「ああ、すまん。気にするな。たまにあるんだよ。ほら、偏頭痛」

「そ、そうか……大変だな」

「？」

やけに声が震えていた。それに怪盗は変な汗を急に噴き出し始める。

「イヴァンって……やっぱり……ねえ、今度はどんな記憶だったの？」

怪盗の様子など意に介さず、銀髪は問うて来た。

そう言えば、自身の『不安定』に対して恐怖は抱いていたものの、その感情がわずらわしさや苛立《いらだ》ちに変わったのはいつからだろう。思えば、まるでニキビを鬱陶《うっとう》しく思うような感情に成り下がっていた。『不安定』への恐怖は、完全に消えていた。

これも、おそらく銀髪と言い合いをしてからだ。自分の『不安定』を恐れて、自身が何者かわからずに、ただ不安を抱いて人に悟られないように悪態をつく日々。それは王城を発つ前、銀髪と喧嘩《けんか》をしてから綺麗にさっぱりと消えていた。銀髪が……俺のことをちゃんと見抜いてくれていなければ、頭痛の後こうも平然とはできなかっただろう。

「屋台にいたんだ……それで、イヴァンって呼ばれてた金髪の少年が屋台に入って来た……どこかの学生なのか？　そんな格好をしていた」

「そう……」

俺は銀髪にそう答えると、彼女は少し考えるような素振りを見せてから、何か腑に落ちたように頷《うなず》いた。

「ビーフシチューのこともそう……あなたに流れ込む記憶、アスラに何か関係あるのかも……」

「随分と漠然とした予測だな」

「ええ……でも、その屋台、ビーフシチューが出て来たんじゃない？」

「え……ああ！　確かに、その映像の中で誰かがビーフシチューと……」

そう思い返すと、銀髪は予想的中と言うかのように、頷く。

「やっぱり。これからは、その頭痛があったら私にどんな記憶の映像だったのか教えて」

「あ、ああ……」

銀髪は強気な顔をしていた……いや、いつもの無表情なんだけど、意志の強い目をしていたんだ。

アスラ何たらのことが吹っ切れたというわけではなさそうだが、前に進もうとしている意気込みが、その言葉から窺《うかが》える。

が、隣の怪盗は今になっても震えている。

かと思いきや、ベネチアンマスクの仮面を少しずらして目元を拭い、また目元をマスクで隠す。

「お前もしかして、泣いてんの？」

「な、何でもないっ」

「え、なんでなんで？　どこにそんなにお前が泣くとこあったの？」

「うるせっつーんだよ！　このやろっ！」

怪盗は動揺して弱々しい拳を振り抜いたが、俺はそれを軽く避ける。

「あー、もう。アスラっていや王都の英雄だろ？　俺、アイツの武勇伝とか、その手の話弱いんだよ。ちょっとしたファンなんだ」

「それで男泣きしてんのかよ、気っ色の悪いやつだな」

「うるせうるせ」

俺は怪盗を馬鹿にしては、怪盗の可愛げのある反応に笑う。

解放軍との決戦を控えている者とは思えない心持ちだったと思う。

俺たちの会話が収まって間もなく、騎士隊の準備が整った。

65話　アスラの記憶

解放軍のアジトへの入り口は、滝の裏側にあった。

滝の水の幕の向こう側は、てっきり何の変哲もない岩肌かと思いきや、洞窟の入り口になっていた。滝壺を越えて洞窟内へと足を踏み入れればすぐにわかる明らかに人の手が及んだ通路。巨大な洞穴の地面は整備され石畳になっており、光を発する魔石が松明《たいまつ》のように通路に配置されていた。

滝の裏側を知らなければ、まず見に来ないであろう通路である。

ほの暗い通路だ。騎士隊は必要最小限の荷物で、最大限の装備を携えて中へ入って行った。通路は暗闇からその長さを目測できなかったものの、しかし歩いて進んでみると、通路の終わりはすぐだった。そこには巨大な両扉が鎮座していたのだ。

「この先が解放軍のアジトだ」

「アジトの入り口というわけか……」

怪盗の案内に、騎士隊長は巨大な扉を前に、敵の建造物ながら感嘆する。巨大な扉は両扉がそれぞれ一枚の鋼鉄で出来ているようで、まず始めにどうやって開くのか考えさせられた。それほど巨大だった。

まず、この扉が岩石など金属以外の物質――もっと言えば磁場の影響がない物質でないことにほっと安堵《あんど》のため息をつく。

そう、この鋼鉄の扉が磁力でどうこうなる扉であるなら、問題ではない。

「何かの魔石を嵌《は》め込んで作動する扉のようだ……」

そんな俺の目論みも知らずに、騎士隊長は何やら鋼鉄の扉を観察している。

扉には特定の魔石を使って機能すると思われる石盤が取り付けられているが、知ったこっちゃない。

「……開けられる？」

俺は得意顔をしていただろうか、銀髪が察したようだ。

「たぶんね」

「本当か？」

騎士隊長が食いつくように希望の眼差しを浮かべる。

「うん、でも無理矢理開けるから、下手したらバレるかも」

「開けないことにはどうしようもない。我々も覚悟をしてここまで来たんだ。やってくれ……」

希望の眼差しでありながら、覚悟の決まった強い男の眼光でもあった。

俺は頷《うなず》いて、鋼鉄の扉に磁力を干渉させる。

「……」

一同が固唾《かたず》を飲んで見守る。

どうやら……この扉は扉内の鍵を外せば開くようなタイプではないらしい。純粋に押し開けるだけの扉だ。

しかしこの重量の扉は身体強化だけでどうこうできるものではないのは火を見るより明らかである。

もっと……強い磁力が必要か……。

扉を外側から磁力で押し開き、内側から引力でこじ開ける。

鋼鉄の表面が欠け始め、軋《きし》んで悲鳴を上げる。扉に取り付けられた石盤が割れて崩れ落ちた。

巨大な金属がへしゃげる音が轟音《ごうおん》となって通路に響く。

もう一押しだ。あとは自身を身体強化して、膂力《りょりょく》で開けた。

ドォン……ッ！

轟音が洞窟を揺らし、鋼鉄の扉はベコベコになって開いたかと思えば、蝶番《ちょうつがい》が割れてドミノを倒したように地面に伏した。

土埃《つちぼこり》が舞うも、すぐに通路の先が見えた。

倒れた扉の向こうを見て、一同は目を疑った。近代的な造りになっているではないか。染み一つない綺麗《きれい》な白で統一された壁や天井。様々な研究機材が敷き詰められた巨大な研究室。

「こ……これは……魔法研究所そのものじゃないか」

騎士隊長は戦慄《せんりつ》した。

「前に忍び込んだ時とは全然違う……まさかここまで研究所技術の取り入れが進んでいるとは……」

怪盗も。騎士隊員たちも、自分たちの国の技術がテロリストに使われている実情に、言葉を失っていた。

自分たちはいったい国のために、何を守ってきたのかと、打ちひしがれた。

何をしているの、お父様……銀髪は目の前の惨状を受け、そう呟《つぶや》いていた。

まるで……そう、まさに泣き出してしまいそうな表情で、涙を堪《こら》えている。肩を震わせて、激情を押し殺しながらもやりようのない悔しさと怒りに涙がこぼれ落ちそうになっていた。

その涙が……。

「全部ぶっ壊そう……」

涙がこぼれ落ちる前に、俺は思わず言い放っていた。

「な……っ!?」

「なにを……ッ」

ピコピコと電子音のような音を小気味良くならしている機械。熱を持った機材を冷却するファンの音。それらすべてが銀髪の涙の前では、ことごとく耳障りで、ひどく醜悪に思えた。

全部、全部、全部全部全部、ぶっ壊してやりたくなったのだ。

誰の許可を得るでもなく、俺は絶句する騎士隊長をあとにして真っ白な研究室を駆けた。

一瞬のことだった。

手の中で磁力を生み出し、磁場反転と誘導電磁をひと呼吸も許さないうちに無限に繰り返した。

手の平からは電流が溢《あふ》れ出し、まるでウサギが野を駆け回るように、まるで怒り狂う落雷のように、まるで火山が噴火するかのように、稲妻は荒れ狂った。それは超軼絶塵《ちょういつぜつじん》に空間を駆け抜け、大気を揺さぶり、破壊の限りを尽くした。

すると、ある感情に気が付いた。

これは怒りであると。

同時に銀髪の泣きそうな表情が脳裏に焼き付く。

そして花がそっと咲くような優しい微笑みも。ここに来るまでの道中、彼女がサンドイッチ片手に、昨日の喧嘩《けんか》の仲直りをした時に浮かべた柔らかな笑顔。俺は、きっとそれをもう一度見たいのだ。

対して、今は涙を浮かべた銀髪の表情に、俺は憤りを感じた。銀髪の笑顔を奪ったやつらに憤慨したのだ。

俺は跡形もなく稲妻の熱に焼かれた機材、燃えた研究材料、爆発を繰り返した機械……見るも無残な研究室内を見渡し、すっと気分が良くなるのかと思った。しかし、実際は虚しいだけだった。

「ごめん、ストレス発散したくて……巻き爪が痛くてイライラしてたんだよ」

騎士隊長や銀髪にどんな顔を合わせれば良いのかわからず、変な言い訳を口走ってしまった情けない俺は一体なんだ。タンスの角に小指ぶつけたとか、寝不足だとか、色んな無意味な言い訳が浮かんだが、そっとしまっておいた。

バツの悪い顔をしていただろうか。俺は騎士隊長や銀髪の待つ場所へ戻る。

が、しかし。

「ありがとう……」

銀髪は礼を言うと同時に、俺を抱き寄せた。

「おいちょっ……何してんの」

形としては銀髪が俺に抱きついた状態である。顔を俺の肩に乗せ、胴を押し付けた。

「やめろって」

銀髪を引き剥《は》がす。本人も自分のしたことの場違いさと羞恥《しゅうち》に気付いたのか、俺から距離をおいた。

「ご、ごめん……」

珍しく焦った様子でうつむく。

「なんだか……あなたってアスラによく似てるから……つい……」

「どこがさ。他人だよ」

「いいや、アスラ君ならきっと同じことをした」

「俺もそう思うぜ。あいつ……アスフ＝トワイライトなら自分勝手に動いただろうよ」

すると、騎士隊長と怪盗も同意見を挙げた。

てっきり俺の自暴自棄と言われても仕方のない暴れ回りっぷりに、叱責の一つや二つあるものだと覚悟していたのに。むしろ褒め称えられた。今の破壊音で解放軍が来ても何らおかしくない。勝手なことをするなと怒鳴られるならまだしも、アスラ何たらみたいなことをしたと感心された。

どんな自分勝手なやつだったんだ、アスラ何たら……。

「でも絶対奴《やっこ》さんにバレただろ……」

「構わないさ。あっと言う間にこの広い部屋を破壊した力を持つ君がいる」

「敵に回したらヤバいけどな」

「騎士隊長とあんたの後なら戦闘でも続くぜ」

「俺もだ」

騎士隊長が俺の不安をも明るく跳ね返すと、騎士隊員たちが続く。

思えば、騎士隊とは最初こそ、いがみ合っていた。しかし今は自然と鼓舞し合えた。場が少し和む。幾分かさっきまでの興奮は霧散して、頭の中はクリアになった。が、やはり俺の独断行動がよくなかったみたいだ。今しがた破壊した研究室奥の通路から、複数の足音が聞こえてきた。

騎士隊員の顔付きが急に引き締まる。銀髪は強張る体を隠すように杖を構え、騎士隊長は腰に携えた剣を柄から引き抜いた。

「ようやくお出迎えか。あんだけ派手な音で呼んだってのに、遅いんじゃない？」

怪盗は軽い挑発を飛ばす。

「ちっ、騎士隊か……」

「一体どこからここの情報が漏れた」

「なんでノームミストが……」

「上に報告しろ。ここの機材も全部駄目にしてくれちまいやがって……」

解放軍が、ついに現れたのだ。

研究室と思われるこの部屋の奥の扉が開き、数人の黒い甲冑《かっちゅう》を身にまとった男たちが現れた。どうやら研究室の向こうは下階に続く階段室があるようだ。このアジトは、地下へ続いているのだ。

解放軍の男たちのうち、数人が階段を引き返して応援を呼びに戻った。

俺たちの奇襲は、失敗ではないが、不発も良い所だった。

誰も責めはしないが、この任務である解放軍アジトへの急襲は、ひとえに俺が研究室で暴れ回ったせいで解放軍に感知され、不完全に終わってしまった。

銀髪は喜んでくれて、騎士隊長と怪盗はアスラ何たらならそうしたと意味のわからない励ましをくれた。

しかし、その失態を取り戻したいという気持ちは膨らんだ。

さっき引き返した解放軍の男たちを追って情報の伝達を断つか……。

いや、それではこの場の戦線を放棄することになる。戦線を維持しつつ、確実に攻め込んでいく方が大事か……。ブルゾンのちえみも言っていた。じっくりコトコトなのだそうだ。俺もそう思う。恋もカレーも戦線もじっくりコトコトである。

と、そこで銀髪の肩が急に跳ねた。

かと思えば、次は明らかに肩を震わせて俺の後ろに隠れるように半身になる。

「おやおや、何かと思えば騎士隊の皆さん」

解放軍の男たちを押し退けて現れたのは、白髪が若干混じった髪の中年の男。

しかし解放軍の男たちとは露骨に服装が違う。豪奢なコートを羽織り、ぴしっとキメたシックな服装をしている。間違いようがない貴族だ。

「ゼフツ……ッ！」

その男に向かい、騎士隊長が怨恨《えんこん》のこもったうなるような声で威嚇《いかく》した。

そして得心がいく。この男が解放軍に魔法研究所の技術を流し、テロ行為に加担している悪の黒幕にして、銀髪の実父。

ゼフツ＝フォンタリウスなのだ。

「騎士隊長ランド＝スカイラックか。騎士隊長とは言え、身分の差をわかっているのかい？」

「もはや貴様に持つ敬意などない。覚悟しろ」

「騎士隊というのは血の気が多くていけない」

「どっちがだ……」

「ところでクシャトリアとアルタイルはいないのか。あの二人……いや、二体は私が生み出した失敗作にして処分し損ねた二体なのだよ。もしこの場にいるのなら、こちらに引き渡してくれないか。廃棄処分するんだ。この世に残るのは成功例だけでいい」

「……失敗作だと？　安心したぞクズめ……貴様を容赦なく叩きのめせる」

「素直に言ったらどうかね……私を殺したいと」

「貴様と同じにするな」

両者の敵意は最高潮に高まる。一触即発。お互いの殺意で空間が張り詰めていった。

腐れ切った根性をした男だな。本当に銀髪の実父なのか？

と、そこでゼフツ＝フォンタリウスの視線がこちらに向く。

「ん？　ここはいつから仮装パーティの会場になったんだ？　怪盗ノームミストに英雄ウサギもいるのか」

安い挑発だ。冷静にな……俺の横で怪盗が小声で言う。

「それにしても随分と壊しまわってくれたようだな。いったい研究費用をいくらつぎ込んだと思っているんだ。君たちの一生かけて稼ぐ給料より多いというのに」

いちいち嫌味が癇《かん》に障《さわ》る野郎だ。お前ぜってー友達いねえだろ。

――――うるせぇんだよ、この野郎。ハゲろ。

「うるせぇんだよ、この野郎。ハゲろ」

俺の意表を突くように、頭の中に飛び込んで来た言葉。その言葉が思わず口をついて出た。うわ、初対面の相手に吐く悪態はもう少しウィットに富んだ表現を並べたいものだな。そんな稚拙なただの悪口など、箒《ほうき》で掃くように軽くあしらわれてしまうのかと思いきや、ゼフツ＝フォンタリウスはわなわなと震え出した。

「久しぶりに聞いた……随分前にお前と同じ言葉を吐いたガキがいた……無属性の、醜いガキが……」

さっきまでの余裕は……あまりないようだ。表情は醜く歪《ゆが》み、歳を重ねただけの皺《しわ》はより深くなったように見える。明らかな殺気が唐突に、しかしありありと感じ取れた。その感情の昂《たかぶ》りに、不覚にも気圧される。

しかし銀髪は違った。

しかもゼフツ＝フォンタリウスの威圧など意に介すことすらなかった。それもそのはず。

「あなた……その言葉、アスラの……いったいどこで……？」

俺の後ろに身をひそめていたはずの銀髪は、俺の言葉にまたしてもアスラ何たらを感じ取り、不意に姿を解放軍に晒《さら》した。聞けば、解放軍の狙いは銀髪だと言うじゃないか。後の祭りという言葉が頭に浮かんだが、焦らずにはいられなかった。

「ミレディ……？　なぜここに……」

いの一番に気がついたのは、やはり実父と言ったところだろうか、ゼフツ＝フォンタリウスだった。

「そうか……知っているのか」

そしてやつは察した。テロリストに技術を流し続けて数年。ここまで逃げおおせただけのことはある。なかなかのキレ者らしい。

「……」

銀髪は警戒した。

父に名を呼ばれたからに他ならない。

父親が愛娘の名前を呼ぶのではない。狼が羊を見つけたかのような下卑《げび》た目をして、涎《よだれ》を垂らさん勢いで気味悪く口角を上げるのだ。

銀髪は身震いをした。ついぞ身内にこのような嫌悪感を抱くとは思わなかったはずだ。

　この異常性を、この場の誰より、俺がひしひしと感じていた。彼女の肩は震えていた。

「ミレディ……そのような怪しい者たちのところにいてはいけない、こちらにおいで」

　極め付けに、やつは娘にこの状況であろうことか手招きをしたのだ。先の殺気を帯びた顔とは対照的に、優しげな父の表情そのものであるが、解放軍が銀髪を狙っている状況下では、狂気の笑み以外のなにものでもなかった。

「い……っ、嫌……っ」

　銀髪は実父の恐ろしさから逃れるように、まるで俺にすがるように、俺に身を預けてきた。

「ははは、何をしているミレディ、我々には君が必要なんだ」

　なおも食い下がるゼフツ＝フォンタリウス。しかしこの場合、その愉快な声は追い討ちでしかない。

　この異常者を前に、騎士隊の誰も固唾《かたず》を飲んで固まる。あり得ないだろうコイツ、そう思わずにはいられない。彼女の心境を思うと、とても抱きしめずにはいられなかった。

　すると、銀髪の俺にしがみつく手にも力がこもるのを感じる。意を決した。

「何が望みだ……ゼフツ＝フォンタリウス」

　やつは……銀髪から視線をようやく俺に戻し、再び顔を歪《ゆが》める。表情の忙しい野郎だ。

「望みだと？　気安く聞くなよ。この世の誰も成し得なかった、神にすらできないことをやってのける……私の悲願だ」

やつはさらに異常な発言をした。俺はその発言をさせちゃいけなかったのだと、それを聞いて思うことしかできなかった。

「死者の蘇生《そせい》だよ……そのためにミレディ、人工精霊になった君が必要なんだ……」

寒気がした。

寒さで感じる悪寒ではない。自分の想像を上回る異常思考を持つ人間を前にしたからだ。

これまで自分が見てきたどんな異常者でも、こいつに比べればまだ正常だったのだと世界の広さを嘆いた。

「……っ」

銀髪が、悲鳴を押し殺していた。しかし俺にしがみつく手の力は、死から必死に逃れようとするように強くなっていた。

「貴様は……狂っている……！」

騎士隊長がようやく言葉を絞り出す。怪盗は絶句して固まっていた。騎士隊員たちが、小さくざわつき始める。

これほどの異常者だ……研究所の技術を解放軍に流すことくらい、朝飯前だろう。

「いいや違う。狂っているのはこの世の中さ。この世界こそが間違っている。死んだ者を失う悲しみは深い。しかしもし最愛の人を蘇《よみがえ》らせる技術があるなら？　それを使わない手はない。そうだろう？」

こいつは簡単に言う。人を蘇らせる、と。

でも、死んだ人間はそれを望まないはずだ。

どこかしらのジイさんバアさんにしたって、アスラ何たらにしたって……それは変わらないはずなんだ。

俺は、銀髪がその技術を欲して寝返らないか不安になった。銀髪は、アスラ何たらの死をひどく悼《いた》んでいたからだ。

しかし人工精霊とはまあぶっ飛んだ話だ。人工精霊ってあれだろ？　この前王城の応接室で赤毛が話してた実験体の精霊のことでしょ。要は自分の娘を被験体にするってことだろ。銀髪はアスラ何たらにもう一度会えるなら、きっとなんだってする。しかし、そのなんだってするの中に、人工精霊はたぶん含まれない。いや、含んじゃいけないんだ。

「ミレディ……君の治癒魔法、あれは素晴らしい魔法だ。君が人工精霊になって治癒魔法を強化すれば、死んだ人間も生き返る……！　どうだね、ミレディ」

それは希望的予測なのか、理論的に実験を重ねて得た予測なのか、俺にはわからない。

人間誰しも一歩間違えば、ゼフツ＝フォンタリウスのようになっていたのかもしれない。

でもそれって、あまりにも自分勝手なことのような気がする。

自分勝手に人を生き返らせ、自分勝手に満足する。どこまでいってもそれは自己満足でしかない。

「誰だって蘇らせることができる。ミレディと仲の良かったあのガキも、私の妻になるはずだったルナでさえも……」

ルナ……？

女性の名前か。すると何か？　こいつは自分の好きな人を蘇らせるためにテロリストに加担しているというのか？

失恋してヤケを起こしたこじらせ童貞かお前は。はたまた好きな子と両想いになれず駄々をこねる子供か何かなのか、お前は。これだけの、いわば大犯罪を犯して、その動機や背景に何があるのかと睨《にら》んでみれば、そこにあるのは色恋沙汰《ざた》という何とも肩透かしな結果である。逆に恋心だけでここまで行動に移せたやつの純情は、もはやあっぱれだ。

しかしこと恋心に関しては、銀髪も同じ。故人に未だ心を奪われたままである。

「……アスラのお母さんのことを……？」

だがどうだ。銀髪は、冷静ではないにしても、混乱はしていなかった。まだ実父の狂気に対しての恐れは残るものの、直接口を利くことはできていた。どうも聞くところによると、ルナという女性はアスラ何たらの母親らしい……話がいよいよ核心に迫る。

しかし……。

「アスラだと？　そいつの名を口にするな！　虫唾《むしず》が走る！　アレはルナの子などではない！　ルナを……私から……俺からルナを奪った悪魔だ！　レイヴンさえいなければこんなことには……ッ！」

「……⁇」

え、どっち？

結局ルナさんはアスラ何たらの母親ってことでいいの？

いやでもルナってのはもう死んでいるんだろう？

ゼフツ＝フォンタリウスは錯乱《さくらん》気味に言葉を荒げた。

いや、そもそもだ。そもそもの話として、銀髪を人工精霊になんてさせない。そんな個人のエゴのための犠牲になど、俺が許さない。

もし仮に銀髪がアスラ何たら恋しさに解放軍側につくと訴えても死ぬ気で止めるだろう。言葉で駄目なら実力行使をもいとうつもりはない。

しかし銀髪は俺の不安に反し、毅然としていた。

するとどうだ。ゼフツ＝フォンタリウスが激昂するにつれ、逆に銀髪は冷静さを取り戻していった。怯《おび》えや震えは消えたように見えるし、何より意志の強い無表情が戻ってきた。

「ルナさんは……アスラのお母さんなの。お父様はいつもルナさんにこだわってて……。

アスラのお父さんを恨んでた」

銀髪は、ゼフツ＝フォンタリウスから警戒の視線を外さず、俺に体を預けたままの体勢で、教えてくれた。その間にも、ゼノツ＝フォンタリウスは何かをわめいている。それも意に介すことなく、銀髪は続けた。

「お父様は、ルナさんが病気で亡くなったのを機に、アスラを憎み始めたの……ルナさんのこと、愛してたんだと思う……」

「なんだ、不倫か？」

「ううん……妾《めかけ》だって言ってた。アスラのお父さんが家を出て行ったから、ルナさんがアスラを育てるのに生活が苦しくてそれで……」

要するに……ゼフツ＝フォンタリウスはアスラ何たらの母親ルナを愛していたが、そのルナとやらはアスラ何たらの父親になるレイヴンと呼ばれていたと男と結婚したのだ。そしてアスラ何たらを産んだ。その後、レイヴンとやらが蒸発したのを見兼ねたゼフツ＝フォンタリウスが、自分が本当に愛した女性であるルナを、レイヴンに代わって妾として迎えに行った……そうして銀髪は初めてアスラ何たらと出会ったのだと言う。

しかし、ルナが病死した事実を受け止め切れなかったゼフツ＝フォンタリウスは、アスラ何たらの責任だと現実逃避し、現在に至ったと……まったく馬鹿馬鹿しい。

哀れなゼフツ＝フォンタリウスは、選ばれなかったのだ。だけどやつは、まだ選んでほしいと……選ばれることを願っているのだ。

そのため、ルナを蘇《よみがえ》らせる力を、銀髪を人工精霊にすることで手に入れようとしているのだ。銀髪の治癒魔法は国家一だ。それを人工精霊にすることで効果を強化できると踏んでいるらしい。

「それはそれ、これはこれだろうが……てめーが惚れた女と、銀髪を人工精霊にするのでは話が違う」

「お前に何がわかるというのだッ!?」

俺の意見に、ゼフツ＝フォンタリウスは弾かれたように噛《か》み付いた。

「ミレディもわかるだろう!? あのガキが……お前の気に入っていたガキが生き返るんだ!」

今度はすがるように銀髪に訴え始める。最初こそ怯《おび》えていた銀髪だが、実父の狂気と錯《さく》乱《らん》を前にして、対照的に幾分か平常を取り戻しつつあるようだ。銀髪は、冷静に答えた。

「いらない……人を傷つけて、自分を実験に差し出して生き返ったアスラなんて、いない方がいいよ……そんな風に生き返ったら、アスラがかわいそう……」

私の好きなアスラは、もういない……銀髪は、そうはっきりと言い放った。ただの無表情、ただの抑揚のない声だ。しかしその真っ直ぐ過ぎる思いに、解放軍は明らかに怯《ひる》んだ。

「父親の言うことが聞けないと言うのか……」

「あんたの要望は父親のそれじゃないよね」

「黙れ！　お前に俺の悲願がわかってたまるか！　これは死から人々を『解放』する第一歩だ！　死の恐怖から、大切な人を失う辛さから『解放』する素晴らしさがなぜわからない！　我々は……解放軍は、正義だ！」

俺の意見など、最初から受け付けていないと言うように、間髪いれずにやつは噛み付いてくる。こりゃあ意見の不一致どころの話ではない。思想や価値観、常識など、人を司る根底の部分が滅茶苦茶だった。

「わかったら俺と来い、ミレディッ！　お前は人工精霊になるためにいるんだッ！　そのために生まれたんだッ!!」

ついに本性剥《む》き出しになったやつは、杖を構えた。本音をぶちまけ、銀髪の存在理由を決めつけ、吐き捨てる。話など、最初からこの異常者相手に意味はなかったのだ。そしてそこだけは相手も考えは同じようで、臨戦態勢に入る。ここからは武力行使により、ミレディを手に入れようと、いや、捕えようとしていた。

「気にするな」

俺は……これは本能とでも言おうか、銀髪を抱き支える手に力が入り、より強く抱き寄せていた。

「お前の存在理由はこの世に腐る程あるんだ。俺がそれをよく知っている」

言うに事欠いて、人工精霊になるために生まれただと……？

完全に腐ってやがる。銀髪は聖女だ。王国随一の治癒魔法使いなんだ。彼女を必要としている王国民はごまんといる。お姫様だってそうだ。銀髪のことをまるで幼い頃からよく遊んでいた親友のように思っている。他にも騎士隊三人組をはじめ騎士隊員たち、王宮近衛隊の黒髪と赤毛だって、みんな、みんながお前を必要としているんだ。人工精霊でも、父親の言いなりでも、何でもないそのままのお前を必要としている。

俺だってそうだ。

お前がいなけりゃ例の頭痛を治すことも、『不安定』への恐怖を克服することもできなかった。

お前がいてくれたから、今の俺がいる。それを忘れないでほしいのだ。

「……」

銀髪は何も答えはしなかった。

答えはしなかったが、俺から離れると顔を上げて、あの微笑みを見せてくれた。

「……」

それを目にすると、俺は何も言えなくなった。もっとたくさん励ましの言葉を用意していたのに、何も、だ。

行きしな道中の馬車で見せてくれたあの笑顔。この笑顔一つで、この世界の彩りがどれほど豊かになって、どれほど美しくなって、どれほど輝くのか、まだお前は知る由もないだろう。

その証拠に、俺にはお構いなしに杖を構え始めた。

「そうはさせるか！　騎士隊の威信にかけて貴様を捕らえる！」

その次に構えたのは騎士隊長だった。

「聖女様を守れ！」「ゼフツ様が解放軍だったなんて……！」「怯《ひる》むな、今は敵だ！」

騎士隊員も後に続いた。

「ロップイヤー、雑魚《ざこ》は任せてゼフツを叩きなさい！」

「なんであなたが指示を出すの、ラズ！」

騎士隊三人組と俺が認識しているうちの、特隊の幼女が真っ先に指示を出し、騎士隊三人組の女隊員がいさめる。さもありなん、騎士隊を指揮するのは騎士隊長だ。

「いや、ラズの指示通りで構わん！　ロップイヤー、先手を打ってくれ！　何としても向こうの態勢をくずんだ！」

しかし騎士隊長は幼女の指示を後押しした。

それに背中を押された気持ちで、銀髪に視線を合わす。ちょうど、銀髪もこちらの意図を読み取り俺を一瞥《いちべつ》したところだった。しかし、先ほどの微笑みは当然消えており、代わりにいつもの無表情が貼り付いていた。

「いいか？」

「ん……お願い」

俺が聞くと、銀髪は躊躇《ちゅうちょ》なく了承した。

これは俺たちの必殺技と言っても過言ではない。

アタリ、ハズレ、大ハズレがある俺たちの奥義であり、一か八かの大賭博。三分の一の確率で大ハズレが出ると、この場で銀髪がバニーガール姿になってしまうという解放軍からすれば意味のわからない状況になり、間違いなく先手を打つことはできなくなる。

ワースト・ユニオンと呼ばれる合体技である。

それを迷うことなく選んだ銀髪の意思の強さがはっきりと見えた。

銀髪は俺の契約主。

その主を満足させられず、何が契約精霊か。

定期的に百万数値の魔力もらってんだろ？　自分の『不安定』克服に助力してもらったんだろ？　喧嘩《けんか》してもすんなり許してもらったんだろ？

ならその誠意に応えて見せろよ、神級精霊。

俺は自分に活を入れ、銀髪の魔力を使い、ワースト・ユニオンを発動させた。

これは魔力の消耗が激し過ぎる。保って三分だ。その間に、何とか解放軍を潰さないといけない。

だから頼む……！

一番良いカードで臨みたいんだ。

この三択に関してだけは、俺にも銀髪にも選択権が与えられていない。完全に運任せのランダムなのだ。

俺と銀髪が目を合わせてから、この瞬間、きっと全く同じことを願ったことだろう。

そして。

俺たちが同じことを強く願ったからだろうか。


バシュッ！

俺は青白く光る粒子の塊になり、直後、銀髪を覆い包む。


ガギインッ！

刹那《せつな》に白を基調とした硬質な鎧《よろい》と化し、銀髪にまとう。


ギンッ！

銀髪の手には霊基《れいき》の鎖鎌《くさりがま》が顕現する。

――――きた……やったぞ……！

「アタリだ……！」

俺はウサギを模した白い鋼の長い耳を持つ額当てとなり、この一世一代のギャンブルを制したことによる興奮を禁じ得なかった。

「な……なんだお前……その魔法はァ!?」

馬がいななくようにゼフツ＝フォンタリウスが叫んだ。

しかし前に出た銀髪は答えない。

代りに、手向けの言葉を送った。

「お父様……失った人が恋しい気持ちはわかるよ……でも人間の私たちが生き返らせちゃいけないの。きっと、ルナさんも、アスラも、死ぬ時に一度もそんなことを望んでいないと思う」

アスラ何たら恋しさに、銀髪が解放軍に寝返るんじゃないかと俺が危惧《きぐ》するもっと前から、きっと銀髪は父親を倒す覚悟を決めていたのだ。

もう迷いや恐れは、彼女の中には一切ない。

合体して、つながって初めてわかった。銀髪の言葉に裏表なんてなかった。

「黙れ黙れ黙れ！　その名を口にするなと言ったはずだ、ミレディ！　こうなる前に大人しく人工精霊になればいいものを……ッ！」

対して父親は、見るからにまったく父親ではなくなっていた。

「人工精霊になんてならない。そんな悲しい実験はもうここで終わり。だから私は……」


——神級精霊と契約したの。


「な……に……」

その言葉は、声量が全然ないくせに、やけに響いた。

ゼフツ＝フォンタリウスは唖然《あぜん》とする。

銀髪が俺と契約したのは、強くなるためでも、アスラ何たらなら契約すると死んだやつの背中を追ったからでもなかったのだ。

魔法研究所の技術が解放軍に流れては、人工精霊が生み出され、王都が襲われるという負の連鎖を止めるためだった。

今、ようやく、彼女の真意が俺の心の中に流れ込んできた。

なんと強く、けれどはかなくて、それであって美しい人間なのだろうか。

「神級精霊だと……ッ!?」

「こ、こちらも人工精霊で対抗しろ！」

「オリオンだ！　オリオンを連れてこい！」

解放軍が右往左往する怒号や悲鳴は、部屋に蓋をしたように音が遠退いた。

俺の頭は、銀髪とワースト・ユニオンでつながることしか、もはや考えていなかった。

これほど素晴らしい契約者、他にいようものか。こんなところで絶対に彼女を死なせてはならない。ここで終わらせてはならない。

彼女こそ、この王国の未来だ。

俺は確信した。そして誓う。絶対にここで負けてなるものか、と。

「この前やった通りだ。思うままに動け」

「うん……」

自然と言葉が出ていた。額当てからの俺の声に、銀髪は頷《うなず》くと、軽快に駆けた。

広い研究室内を轟音となった銀髪の駆ける音が切り裂く。

咄嗟《とっさ》に解放軍の数人が鉄銃を構えるが、銀髪がすぐに反応し、強烈な磁力で解放軍もろとも鉄銃を吹き飛ばした。

バン！　バン！　バン！

研究所内は広かった。解放軍はこの場の騒ぎを聞きつけてうじゃうじゃ湧いて出ては、鉄銃を発砲してくる。

「鉄銃は魔法研究所の技術よ……」

「ああ。やっぱり解放軍に渡ってやがったんだ」

その最中でも、銀髪は冷静沈着だった。

鉄弾の軌道を磁力でことごとくねじ曲げ、相打ちを狙った。

「ぐわぁ！」「鉄銃は使うな！　こいつには木弾を使え！」「殺すな！　生け捕りだ！」

「オリオンはまだか！」「精霊還元装置も持って来い！　こいつは神級精霊だ！」

さっきからオリオンという名称がたびたび出ている。

警戒しておくに越したことはない。

「銀髪、突っ込みすぎるな。制限時間はあるが、焦るんじゃない」

そう言うと銀髪は、俺がさっき破壊した研究機材の物陰に一時身をひそめた。

「わかってる……それより精霊還元装置のこと……クシャトリアを人工精霊から人間に戻した兵器だから、気を付けて」

「王宮近衛隊の黒髪か……使われるとまずいの？」

「う、うん……小さな銃になってて、弾に当たると精霊は精霊になる前の状態に戻されるって……」

「わかった」

つまり俺が生まれる以前の状態……魔力の塊みたいなものに成り下がるってことだ。おそらく人格や意識も途絶えるだろう。そうなりゃ一気に戦力ダウンだ。まだまだ色んなことを考えながら戦わないといけない。

すると、会話は中断と言うがごとく、銀髪は俊敏に物陰から強襲を再開する。

敵への牽制《けんせい》のためか、背中の射出口より四線の鎖と、その先端に付いた分銅が発射された。分銅と鎖は、まるで意志を持った蛇《へび》のように自由自在に方向転換し、解放軍を襲う。

そして、それはかなり有効に働いた。この遠距離攻撃は、物陰に隠れていても、死角にいる敵を狙い撃ちできるからだ。その隙を突き、銀髪は物陰から飛び出る。

が、多勢に無勢……とまでは言わないが、敵の数も多い。一掃するまでには至らなかった。

「騎士隊は手を出せずにいる！　今が好機だ！　一斉に魔法を放て！」「木銃もだ！」「接近戦も交えろ！　一気に叩くぞ！」

解放軍の士気が上がり始めた。

が、しかし解放軍は大きな間違いをしている。

なぜ騎士隊が手を出さないのか、見ているだけなのか……それは騎士隊が俺と銀髪の特訓を見て身に染みて理解しているからだ。

一緒に戦えば、間違いなく巻き添えを食らうと。

俺たち二人に戦わせた方が強いのだと。

彼らは知っている。

「撃てッ!!」

バシュッ！

多数の木弾も。

「放てッ!!」

ゴォーッ！

数多の魔法も。

俺たち二人なら相手じゃない。

ギギギギギン！

木弾は霊基《れいき》の鎖鎌《くさりがま》ですべて弾き落とす。

鎖を巧みに使い木弾をなぎ払い、空間を駆け抜けて軌道を避け、鎌で四方八方からの木弾を弾き落とす。それが地面であろうが空中であろうが、俺たちには関係なかった。

「ば……っ、ばかな……ッ！」

地を蹴《け》り、壁を駆け、天井を足場に、銀髪は舞う。

「そ、そんな……この数だぞ!?　全弾しのいだと言うのかっ!?」

解放軍の戦慄《せんりつ》は、その顔にまざまざと刻まれていた。

「いいや、まだ魔法がある！　くらえ！」

解放軍には属性魔法使いが多数いるようで、魔法の一斉放射は見事なものだった。

しかし見栄えだけ。効果はいまひとつ……いや、皆無だ。

「ま……ッ、魔障壁……!?」

そう、解放軍の一人が絶望した通りだ。魔障壁が展開され、それはこの研究室内の容積極限まで拡大され、魔法を無効化し、術者である解放軍はことごとくなぎ払われた。ある者は下階に続く通路へ押し戻され、ある者は壁に押し付けられ気絶。そして、ある者は騎士隊の列内へ弾き飛ばされ騎士隊によるリンチを味わう者も。

解放軍の面々は記憶に刻むことになるだろう。

この空間、この場での絶対的強者は銀髪であって、その他の誰でもない。俺がそれを許さない。銀髪が魔力切れになろうものなら、いくらでも魔力提供しよう。銀髪が大人数相手に手一杯なら俺が警戒しよう。

しかし銀髪は冷静だった。

この空間はすべて銀髪の手の中だった。

「こ、これが……あのミレディだというのか……」

ゼフッ=フォンタリウスの驚愕も、銀髪にはどこ吹く風。

彼女は、彼女こそがこの場の支配者なのだ。

支配者は敵の包囲などものともしない。リーチのある武器に囲まれても、霊基《れいき》の鎖鎌《くさりがま》で一切合切をなぎ払う。木銃に囲まれても、鎖鎌の鎖の穴で木弾を受け止めるという神業を息をするようにやってのける。属性魔法などは、はなから眼中にない。

「くッ……これがお優しい聖女か……!?」「ダメだ！　全然歯が立たねえ！」

解放軍が、何をしようと、どれだけ兵力をつぎ込もうと、どれだけ盾を構えようと、意味などありはしないのだ。

彼女の身体強化の前では、解放軍の剣術や槍術でさえも、赤子を泣かせるより簡単に下してしまう。

そもそも霊基の強度にまさる武器などありはしない。

剣の刃は鎖鎌の鎌にこなごなに打ち砕かれ、槍は野菜を切るかのごとく細断される。挑んだ者は身体強化の強さを思い知ることになる。銀髪がひとたび蹴《け》りを放てば疾風が吹き荒れた。蹴りを受けでもしてみろ、解放軍は後ろの壁に激突し気絶する。

銀髪の疾駆は捕らえることはおろか、目で追うことすら許されない亜音速の世界。残像が見えたかと思えば、解放軍は蹴り上げられ、なぎ倒される。

その神にも等しい絶対的な力は美しさすらあった。

相手が銀髪だからというのもあるだろうが、その圧倒する姿は、そう、言うなれば、神々しいだ。

もはや膝《ひざ》をついて降参する者も見え始めている。

すると白旗を掲げた者に銀髪は手を下すことなく素通りするようになり、挑んで来る解放軍のみを徹底的に返り討ちにした。

「ま、参った！」「助けてくれ！　命だけはどうか！」「ま、負けだ！　俺たちの負けだ！」「投降するよ！　降参だ！」

ひとたび、その声が挙がると、次々と伝播《でんぱ》した。

この研究室内の解放軍全員が膝をついて負けを認めている。そうしてようやく、銀髪は足を止めた。

「騎士隊！　全員捕らえろ！」

間髪いれずに騎士隊長が号令をかける。

統制された騎士隊員の声が研究室内を包み込み、抵抗しなくなった解放軍の面々は皆、縄に縛《しば》られていった。

が、それはある一人を除いてであった。

「俺は投降などしない！　してなるものか！」

ゼフツ＝フォンタリウスだった。

ものすごい形相をして、銀髪を睨《にら》み付けるそれは、まさに狂気の沙汰《さた》を感じられた。

「諦《あきら》めろよ、おっさん。この子の親って言うからあんまり言いたかないけど、あんたもう詰んでるよ」

「うるさい黙れ！　神級だか何だか知らないが、人工精霊に勝る技術はない！」

しかし言葉で抵抗するだけだ。

銀髪の父親というくらいだから魔法には長けているんだろうけど、こっちには魔障壁がある。武器を手に取ったところで騎士隊のこの数を相手にするのは無理だ。文字通り、詰んでいるのだ。

それがわからない馬鹿ではないはずだ。今はヤケクソになっているだけだろうか……そう思っているのも束《つか》の間。


バシュッ!!

「お待たせしました、ゼフツ様……」


それは現れた。


青く長い髪を持つ少女……と言い切るには少し難しい大人びた少女だった。

髪は後ろでまとめられており、フィッシュボーンという髪型だろうか、特徴的な髪をしていた。そして白を基調とした扇情《せんじょう》的な服装をしており、なんか、いろいろ際どい……。見ようによっては白い帯状の布を体に巻き巻きしてるだけなんじゃ……と凝視、もとい疑ったが青い刺繍《ししゅう》が前掛けなどに施されており、ちゃんとした服なのだとわかる。

ふう、これで一件落ちゃ……じゃない。危ねえ。男の劣情を煽《あお》って集中力を欠く作戦か……なかなかの策だ。しかし、残念だが俺には半分くらいしか効かなかったようだな。

「オリオンか……その者を最深部へ。後から俺と兵士たちも瞬間移動《テレポーテーション》させろ」

「かしこまりました」

頭に血が上った様子のゼフツは、うなるような声でその青髪に命令し、青髪はその形相にも怯《ひる》むことなく、うやうやしく一礼した。

それより今アイツなんて言った？

――――瞬間移動《テレポーテーション》だって!?

俺がゼフツの言葉に反応した時は、すでに遅かった。

なんと驚くべきことに、背後にはさっきまで目の前にいたはずの青髪がいるではないか。そして、そっと綺麗《きれい》な所作で銀髪に触れた。

「失礼しますね」

――――と、次の瞬間……！

バシュッ！

一瞬で、別の場所に移動していた。

そう、まさに言葉の通り一瞬の出来事だった。一瞬にして目の前の景色が切り替わったのだ。

薄暗くて湿気の多い空間。音がやけにこだまする。かなり大きな空間であるのは確かだが、視界が悪い。

背後には青髪が銀髪に触れた状態でたたずんでいた。

「くそっ！　ここはどこだ！」

思わず冷静さを欠いた。

「すぐにご理解いただけるかと」

青髪は、さっと銀髪から距離を空けて、まるで召し使いのような所作で綺麗《きれい》にお辞儀をする。ゼフツ＝フォンタリウスに対してと同様、うやうやしい態度。

ゼフツ＝フォンタリウスはヤケクソになって諦《あきら》めたわけじゃない。やつもやつで奥の手……そう、オリオンと呼ばれたこの青髪の少女が来るとわかっていたから、退こうとはしなかったんだ。

バシュッ！

青髪はもう一度お辞儀すると、消えた。

まるで青髪の周囲の空間がねじれるように歪《ゆが》み、あっという間に消えた。

きっと青髪の能力は、ゼフツ＝フォンタリウスも言っていたが瞬間移動《テレポーテーション》で間違いない。それも、俺の磁力操作と身体強化により俊足で移動する能力とは根本的に違う。本当に次の瞬間には別の場所にいるんだ。今しがた体感したからわかる。あの能力から逃れられるとするなら、相手に自分の位置を悟らせないことだ。こちらも目にも止まらぬ速さで動き続けるしかない。居場所を察知され、今みたいに別の場所にポイと捨てられれば相当まずいことになる。

雪山や大海原、火山や上空……瞬間移動で置いて来られて、まず死にそうな場所は簡単に思い浮かぶ。

しかし幸い、ここはまだ解放軍のアジト内。

ゼフツ＝フォンタリウスが最深部と言っていたのが、おそらくここだろう。

この薄暗い空間にも、だんだんと目が慣れてきた。ここはどうやら何らかの地下通路のようだ。高速道路のトンネルのように、半円状に伸びる巨大な通路がどこまでも続いている。

「すげえーッ!!」

試しに叫んでみると、俺のすげえがどこまでも反響を繰り返す。

「……子供みたい」

俺の急な雄叫びを、うるさいと言わんばかりに顔をしかめた銀髪には、そう吐き捨てられた。

こんな状況になりながらも、俺と銀髪には案外余裕が見られた。二人いれば、きっと怖くない。銀髪が一護なら俺は斬月。銀髪がナルトなら俺は九喇嘛《く○ま》。銀髪は女の子なんだから女キャラにしろってんなら、もし銀髪が桜なら俺はケロちゃんだ。いつどんな時も一緒で、協力し合える存在だ。

しかし――そうそう余裕ぶっていられそうもない。

バシュッ！

また青髪が現れた。今度はゼフツ＝フォンタリウスも一緒だ。

青髪がやつに触れた状態で姿を現す。他者も一緒に瞬間移動させるには、触れていないといけない……きっとそうだ。俺と銀髪をここに連れて来た時も、わざわざ俺たちの背後を取って接触してきた。意味もなくそのひと手間を加えたりしないはずだ、料理じゃあるまいし。

「形勢逆転というやつだ。どうだミレディ、命までは取らない。気は変わったか？」

ゼフツ＝フォンタリウスは、徐々に冷静さを取り戻す。次第に余裕が生まれ始め、勝ち誇った態度まで見せ始めた。

「冗談でしょう？　お父様……」

が、銀髪はそうでなきゃ。無表情でバッサリ断る。これには俺もしびれた。

「ああ冗談だ」

しかし、やつの言う通り形勢は傾いた。やつにも勝機がある。

「聞いてみただけだ。なぜだかわかるか……お前はいまから敗北するからだよ、ミレディ。後からこんなの聞いていないと泣かれても困るからな」

やつにはジョークを返す余裕すら生まれたらしい。もっとも、まだこちらを侮って油断してくれているみたいだが、ここで勝負をつけることに変わりはないだろう。

バシュッ！

その証拠に、青髪は次から次へと解放軍の兵士を連れて来た。

何度も、何度も何度も何度も……瞬間移動を繰り返し、兵士をさっきの研究室からこの場へ移す。いったい青髪が瞬間移動で往復するのが何十回目の時だろう……瞬間移動する音がやんだ。

代わりに、目の前には解放軍の軍勢が広がっていた。

「あなたは……何なの？」

警戒する銀髪。

「申し遅れていましたね。私は『オリオン』。ここに仕える人工精霊です」

「人工精霊……」

銀髪は一滴の汗を滲《にじ》ませ、警戒心を露わにする。霊基《れいき》の鎖鎌《くさりがま》を構えた。

やはり、解放軍は人工精霊を隠し持っていたのだ。

目の前の青髪をどうにかしないと、俺たちの勝機は薄いだろう。銀髪と合体していられる時間も、もはや残り僅《わず》か。魔力供給をしていても、確実に銀髪の魔力は消費されているのだ。

いったいこの青髪を生み出すために、何人の人間が被験体として命を落としたのか。

この青髪を……。

「あれ……？」

「……どうしたの？」

俺の疑問符に、銀髪が反応する。

「いや……あの青髪、どこかで……」

解放軍の人垣の中にいる青髪に、俺はどこか見覚えがあった。

――――アスラ＝トワイライト……ッ！

頭の奥で、男の声が響く。

伴って波のように押し寄せてくる激痛。

記憶だ。

記憶が流れ込んできた。

ここは……王都だ。王都の王城前にある広場。

広場には解放軍が大勢いる。ちょうど、今みたいな軍勢が目の前にいる。

「ぐぁ……はっ……ッ！」

くそ、何で今になってこの『不安定』が……!?

銀髪とのワースト・ユニオンが解けそうになる。思わず膝《ひざ》をついた。

「!?」

銀髪は自力で立ち上がろうとするが、俺は力を貸せない。今の状態を保つので精一杯だ。

「どうした膝をついて。今さら命乞いか？」

ゼフツ＝フォンタリウスの嫌な笑みが見える。

「精霊還元装置を寄越せ」

さらにやつの笑みが醜悪に歪《ゆが》んだ。決着をつけるつもりなんだ。

「立って……！　ちょっとでいいから……！」

銀髪が治癒魔法を施してくれる。

「だめだ……ぅぁ……っ」

しかしなぜだ……！

全く効果がない。それどころか、どんどん記憶の映像が流れ込んできた。

長髪の男がいる……銀色の長髪だ。解放軍の黒い鎧《よろい》を着ている。

そいつが解放軍の軍勢を率いていた。

やはり場所は変わらず王城前の広場。

この記憶の持ち主が解放軍と戦っている。

そして、いたんだ。

その長く青い髪を特徴的な結び方にして、艶かしい服装をしている少女が。

目の前の青髪と同じだ。どこか大人びていて、気品を備えている。

記憶の持ち主は、この青髪にすでに会っている……！

「化け物かよ、コイツッ！」「強いぞ！　距離を取れ！」「ガキがっ！　調子に乗るなよ！」

が、青髪に気を取られていると、黒い鎧の解放軍数人に取り囲まれる。


ここは……。

この記憶は……。

やはりアスラ何たらの……いや――

――――アスラ＝トワイライトの………。


しかし。

「精霊還元装置です……！」

その解放軍の言葉に、記憶の映像から意識が一気に引き戻された。

解放軍の兵士が、ゼフツ＝フォンタリウスに精霊還元装置を持って来たのだ。

忘れかけていた痛みが、波のように引いては押し寄せる。

「う……っ、動いて……っ！」

銀髪が懸命に足を動かそうとしていた。自らの手を使ってまで足を立たせようと必死になっているが、俺は頭痛で動けないでいた。

なんとも情けない話だ。

この一連の事件の結末が、精霊還元装置とやらで魔力の塊に戻されて銀髪を奪われることだなんて……。

いや……銀髪はもとより俺のものではないか。何をトチ狂って、あたかも銀髪が俺の占有物であるかのように、奪われるだのと……。

「さあ、終わりだ」

ああ、呆気なかったな。すぐにわかる。ゼフツ＝フォンタリウスが手に持った精霊還元装置の銃口を俺に向けているのだ。しかし、精霊還元装置とは、なるほど銀髪の言っていた通り銃のような形をしている。ちょうど拳銃のようなサイズ感だった。

きっと、俺は諦《あきら》めてしまったのだろう。

これまでどの戦闘にもチョチョイのチョイのお茶の子サイサイのサイで切り抜けてきた俺という精霊は、絶対絶滅になるとこうも呆気なかったのか。

思い知らされた。

「うう……お願い、立って……っ！」

俺と合体している銀髪は、必死この窮地を乗り切ろうとしているのに、俺は銀髪が動くのをサポートできない。

考えるのは精霊還元装置の形がどうなどと、関係のないことばかり。しょうがないじゃないか。頭が割れそうなんだ。ワースト・ユニオンで銀髪の額当てになっていても、ちゃんと頭が痛いという感覚があるから不思議だ。

「死ね……！」

ゼフツ＝フォンタリウスが俺に引導を渡す。

カチ……っ。

引き金を引く音がやけにはっきりと聞こえた。

赤い光の弾が見えたが、それは一瞬のことで、弾はすぐに銀髪に直撃する。

「きゃあ……っ！」

俺と銀髪のワースト・ユニオンは瞬く間に解除され、聖女の服を着た銀髪が離れたところに転がり、俺はその場で消滅しかけていた。

ウサギの仮面の姿に戻され、赤い光に包まれる。精霊還元装置から放たれた赤く光る弾が、俺を飲み込むようにして、全身を強烈な倦怠感《けんたい》で蝕《むしば》み始めた。

「っぁ……っ……がっ……ッ！」

頭痛は消え、テレビの画面がぷつんと消えるように流れ込んでいた記憶の映像は切断された。

しかし状況が最悪なことには変わりはない。

銀髪を連れて撤退するのはおろか、倦怠感のせいで立つこともままならない。全身に力が入らないのだ。

「はっ……は、ぁっ……」

息ができない。肺が焼けそうに熱い。

わけのわからない冷たい汗が全身から噴き出し、脳がとにかく身の危険を訴える。視界がかすみ、意識が飛んでいきそうだ。

「しっかりして……！　お願い！　逃げて！」

いつも無表情な銀髪には似合わず、彼女の悲痛の声が頭にガンガン響く。

「無駄だ……その精霊はもうじき消滅するんだ。神級だか何だか知らないが、解放軍には勝てないんだよ……ッ！」

勝利を確信したゼフツ＝フォンタリウスが、目をひん剥《む》いて不気味に笑う。

こんなことになるなら、ちゃんと銀髪に伝えておけばよかった。そう考えた途端に失意の念が俺の中でむくむくと膨らむ。

もっと銀髪のことを知りたかった。

想い人を失った銀髪の拠《よ》り所になりたかった。

恋心を忘れられずに立ち直れない銀髪の杖になりたかった。肩を貸してやりたかった。力になりたかったのだ。

俺に『不安定』を克服できるきっかけをくれた銀髪に、恩返しがしたかったのだ。

この気持ちを、行きしなの馬車の中で伝えておけばよかった。解放軍のアジトに入る前でも、アジトに侵入した後でも、なんなら戦いの最中でも構わなかった。

徐々に体から感覚が消えていき、全身を包む赤い光が段々と強くなって俺を飲み込む。

挙げ句の果てには、体の端々が四角く細断され、紙吹雪のように霧散していくではないか。

「逃げ……ろ……」

そう言うことしかできなかった。

銀髪はいつしか涙を瞳いっぱいに溜めており、必死に首を横に振る。

「いや……いや……っ」

消えるのは怖くない。かつて抱えていた『不安定』に怯《おび》えて生きていく先の見えない恐怖に比べれば、取るに足らない些細なものだ。

しかし銀髪が誰かのエゴのために人工精霊になることだけは耐えられなかったんだ。

銀髪は必死に俺の手を握る。

俺も握り返そうとするが、力が入らない。

やがて目蓋《まぶた》すらも重くなり、意識が遠退き始める。

この状況に陥ってから、ようやくわかった。

アスラ何たら……いや、そう呼ぶのはよそう。

アスラ＝トワイライトのことだ。

命を賭《と》してまで王都を……いや、王都はあくまで『ついで』だ。

アスラ＝トワイライトは、銀髪を守れればそれでよかったのだ。今だからわかる。

俺は二年前、娘っ子に誰かのために命を落とすアスラ＝トワイライトのことを、馬鹿だと言った。しかし、その時の俺は何も知らない愚か者だった。本当の馬鹿は俺の方だった。

目の前の美しい少女。感情表現が苦手で、いつも無表情。それなのに本心は誰よりも純粋で、心の優しい女の子。この子のあの温かな笑顔を守るためなら、そりゃあアスラ＝トワイライトも命を賭《か》けるのも頷《うなず》けた。

だってそうだろ。


アスラ＝トワイライトは、この銀髪の少女、ミレディのことが好きだったのだから。


今ならその気持ちがわかる。

きっと、俺も同じ気持ちなんだ。

馬鹿げてるとは思うが、正直なところ、そうなんだと思う。

「だめ、だめだよ……」

銀髪の……いや、ミレディの目に溜められた涙がこぼれ落ちるのを最後の記憶にして、俺の意識は途切れた。

66話　復活

〈？？？〉

これは夢だ。

何度か見たことがある。

夢特有の朦朧《もうろう》感がない不思議な夢。

真っ暗な空間に、俺の立っているところだけスポットライトで頭上から照らされている。すると地面には水面が薄く張られているのがわかった。

そうだ、もうすぐすればあっちの方から白いウサギがやってくるんだ。

ぴちゃ、ぴちゃ。

ほら来た。

飛び跳ねる足が軽快に水面を鳴らす。

スポットライトのそばまで来ると、不思議なことに、決まって白ウサギは人の言葉を話すんだ。

「もう会えないかと思っていたわ」

相変わらず綺麗《きれい》なソプラノの声。

「以前はね、こうなるとわかっていたはずなの。わかっていたはずなんだけど……どうしても不安で……」

白ウサギは、ほっと安堵《あんど》したようにため息をつき、鼻をぴくぴくと動かした。なぜか不思議なことに、その仕草がまるで人間がするみたいに堂に入っており、白ウサギがそう振る舞っているのが自然に感じられた。

「こうなるって……？」

思わず聞き返す。

「あら、もうわかっているんじゃなくって？　だからあなたはここにいるのでしょう？」

白ウサギの確信をもとにした問いかけに、俺は不意にドキリとさせられた。まるで思い当たる節があるかのように、体が反応する。

いや、実際にそうなのだ。

しかし、その予測が正しいのか……だけど、もし予測通りなら全ての記憶というピースがぴったりと枠にはまり、俺というパズルを完成させる。

そう、俺は――――

「あなたは――――」

――――アスラ＝トワイライトなのだから……。

俺の予想と、白ウサギの確信は一致していた。

いいや、白ウサギは知っているのだ。

思考まで推測できるアスラ＝トワイライトの銀ぱ……いや、ミレディへの想い。

そして頭痛とともに俺の頭に入ってきた記憶……いいや、あれは入ってきた記憶なんかじゃない。元から頭の奥底に眠っていた記憶が目覚めようとして、俺に訴えかけていたんだ。その反動なのだろうか……頭に激痛が走ったが、俺という人格は、記憶は、想いは本物で、たとえ頭に激痛が走ろうが何だろうが、ずっと主張していた。

俺はお前なんだ、と。

アスラは俺で、俺はアスラだ。

それは今なら……そう、アスラの気持ちが理解できた今だから、すんなりと納得することができる。

腑《ふ》に落ちたのだ。

それは春の次に夏が来るよりも自然で、山でクジラを見るように新しく、海中で虹がかかるように珍しい感覚だった。

アスラ＝トワイライトとしての記憶を全て受け入れて、初めて俺の時間は動き出したのだ。

今が、その瞬間なのだ。

ああ……。

俺は、ミレディが好きなままである。

その気持ちを伝えられないまま意識が途切れた王都での戦い。解放軍の幹部であるシェフォードを倒した後、ヴーズルイフ鉱石の大爆発の被害から王都を……いや、ミレディを守るために王都から駆け出した時の最後の記憶。その全てが、つい先ほどのように感じられた。

俺は神級精霊だったのだ。

そうなった原因は、おそらく二年前の第二夜と呼ばれている解放軍の襲撃で、王都全体を覆っていた魔障壁の魔力をすべて体に取り入れたから……。


――――まるで落雷のあった方へ、空へ吸い込まれていくように魔力が雲の中に消えていった

――――明日の魔障壁には、なんと数千万数値の魔力を使い、王都を守ります

二年前、解放軍襲撃の前日に、ミレディと魔法研究所の中を見学したとき、研究員が言っていた話が不意に思い起こされる。

――一千万より高い魔力を受けると、人体が魔力になるとか、霊体になるとか、色んな説があるんだよ

これは、在りし日に聞かされたシンの言葉。

魔法学園で俺やロジェの担任を務めていた教諭。

彼らのことを思い出すと、途端に俺の記憶が溢《あふ》れ出した。

オカマ口調でお洒落にうるさいけど、人一倍に他人思いで、世話上手なロジェ。

クラスマッチで仲良くなって以降、まるで学生時代に戻ったような気分で馬鹿ばっかした友達のイヴァンやジム。

ミレディの兄貴で、俺にやたらと突っかかって来るけど、意外と優しく情に熱い男のノクトア。

ダンジョンで知り合った冒険者グループで仲の良かったセラやネビキス。

学園長のゼミールに、よく世話を焼いてくれたメルヴィン。

誰と、どこで、いつ、どうやって過ごしたのか、無数の記憶と思い出が噴水のように噴き出し、俺と言う精霊……いいや、人の人間を満たしていく。

今、こうして思うと、俺はみんなとの、みんなの思い出で形作られているのだ。

他にも、冒険者のコールソンにマリー、ゴルドーやルバーシ。

メイドのヴィカ、ソフィとユフィ。

彼らのおかげで、俺は仲間の大切さや頼ることを覚えた。

そして。

いつも俺の力になって、支えてくれてたクシャトリア。

最初は敵だったけど、誰よりも誠実で、誰よりも歩み寄ってくれて、クシャトリアを慕っていたアルタイル。

今思うと、神級精霊になった時の身体強化と魔力提供、それに完全複製《イミテーション》は、お前ら二人のを真似た能力だったのかもしれないな……。

他にも磁力操作……これは何よりも俺がアスラ＝トワイライトである証。

ここまで属性魔法を無視して、無属性まっしぐらな魔法を使いこなせるのは、俺をおいて他にいないだろう。

そして魔障壁……。

この能力だけは謎だった。

何に関連付けられた能力なのか、さっぱりわからなかったが、記憶が戻った今ならわかる。

あれは、二年前の俺が消して取り込んだ王都の魔障壁だったのだ。

王都を丸っと覆っていた魔障壁を、俺は取り込んで、その際に吸収した魔力が一千万数値を超え、俺を精霊にした……そう考えるのが何よりも妥当で、自然……馬鹿げた話だけど、最も論理的で、真理に近いものだと俺は思う。

ある意味、俺は人工精霊だったのかもしれない。

人工的な過程は経ていないが、自然に生まれた精霊じゃないのは確か。

契約時に百万数値の魔力が必要なのも、人工精霊クシャトリアの条件と同じ……明らかに俺は自然界の精霊ではない。

俺は人工精霊になり……。

今、なんの因果なのか、精霊還元装置でアスラ＝トワイライトに戻ることができた。

俺は、日本で生まれ、そして死んだ。

記憶を持ったまま異世界に転生し、精霊になった。

死んでも記憶を失わないのだ。人工精霊になったくらいで忘れてたまるか。

前世のことも、この世界のことも、全部、全部覚えている。思い出せるんだ。


すると。

パシャ――――。

急に視界が開ける。

足元の水面を、落ちてきた何かが揺らした。

見下ろしてみると、ウサギの仮面だった。

耳が垂れた、ロップイヤーという呼び方がしっくりくる白いウサギの仮面。

俺がこの二年間、外したくても外せず、顔に貼り付いてうとましかった仮面だ。

落ちたウサギの仮面が水面を揺らす。その水面に映るのは、黒い髪と瞳を持つ少年。その顔が、いや、アスラ＝トワイライトの顔が映っていた。

「ようやく顔が見られたわ。相変わらず男前ね」

白ウサギはくすりと笑い、落ちたウサギの仮面をひょいと頭に乗せる。

「お前に褒められるのは初めてだな。なんかむずかゆいものがあるぞ」

「あら、言ってなかったかしら？」

俺の身震いに、白ウサギが失礼しちゃうと言い、笑い合った。

そこで、頭上のスポットライトの光が途端に強くなり始める。見上げると、太陽のように眩《まぶ》しかった。

「もうお戻りなのね」

「そうみたいだな」

この夢……いいや、クシャトリアとアルタイルは精神世界と言っていた……とにかく、この世界から現実に戻り、目覚める時は、しばしばスポットライトの光に包まれることがあるのだ。

「あなたはもう精霊ではない。人間よ。でも、精霊の力も使える……」

「え、それって……」

「あなたは色んな人の架け橋になる。きっとね。さあ――――」

「――――暴れてきなさい……」

俺の疑問を、白ウサギが掻《か》き消した。

スポットライトの光がさらに眩しく輝き出し、白ウサギが見えなくなる。

白ウサギの言葉に頷《うなず》くものの、アスラとして復活する見送りの言葉には、ちゃんと返事をしたかったのだけど……。

しかし、無情にもスポットライトの強力な光は、俺を現実へと引き戻した。

◇◆◇

〈アスラ〉

気が付けば、俺は立っていた。

素肌にじかにあたる空気。多少湿気ているが、仮面越しじゃないこの感じは格別だ。クリアになった視界。やけに肩が軽かった。

目の前には、地面にうずくまっている銀髪の少女がいた。

「ミレディ、顔をあげてくれよ」

近づいてしゃがみ込み、彼女の顔を覗《のぞ》き込む。

が、しかし、なんとまあぐしゃぐしゃじゃないか。

目元は赤く腫《は》れ、涙と汗と鼻水で、大雨の時のグラウンドみたいになっている。

ミレディは俺を見ると、目をこすった。

そしてもう一度俺を見て、目をこする。

「…………アス……ラ……？」

なんとも呆けた顔であった。

思わず口元がにやけてしまう。

「ちょっとだけ待ってくれ。すぐに片付けるから」

「……………え…………………ぁ」

状況の「じょ」の字も飲み込めていない彼女の顔はどこか間抜けていて、どこもかしこも愛おしかった。

復活して最初に話す相手は、ミレディがよかった。

でもロマンチストは魅力的だとは思うけど、何事も程度ってものがある。ロマンチックが過ぎると、ただのキザだ。

そうはなりたくない。

だからここからは、ロマンの欠片《かけら》もクソもない、むしろクソしかないクソまみれの対応でいかせてもらう。

彼女に見せる表情は微笑みを維持したまま、立ち上がり、振り返った。

目の前に広がっていた光景は、わんさかと押し寄せる解放軍の軍勢だった。嫌でも彼女のための微笑みは失せる。

しかしみんな一様に、絶句していた。打ち合わせでもしてたのかってくらい。

唖然《あぜん》と口を開ける仕草も、ミレディと比べれば天と地だ。なんだこの品のないしまりのない顔と口は。

一番最初に口を動かしたのは、ビフツだった。

「お、おお……っ」

やつの言葉は、驚き過ぎて言葉になっていなかった。

「お、お、お前がなぜここにいるッ!?」

ようやく搾り出した言葉が、この巨大な通路に反響する。

「なぜお前が精霊になる前の姿なのだッ!?　ありえない……ッ!!」

「それは俺が人工精霊だったからだよ……」

「な……なんだと……!?　人工精霊を作れるのは俺だけのはず！　誰だ！　誰に人工精霊になる実験を受けた!?」

「そんなことはどうでもいい」

「!?」

人間になって初めて、戦おうと思った。

すると体が途端に軽くなり、全身が魔力に包まれる。

この感覚は……。

体を包む魔力が青白くなり、淡く光り出した。

俺はこの現象を知っている。

精霊になる時の現象だ。

「そ、それは……人体に一千万数値以上の魔力を当てた時の……ッ!!」

「ぴーぴー、ぴーぴーうるさい。さえずるんじゃないよ」

「なぜお前がっ！　なぜお前が自由に『精霊化』できるッ!?　なぜお前が……ッ!?」

ゼフツは、もはや驚きが理性を通り越してしまい、まったく会話にならなかった。

まあいいさ。

みんなどうしようが、どう足掻《あが》こうが、ここにいる解放軍全員、騎士隊に連れ帰ってもらうのだから。

後はみんな仲良く豚箱入りさ。

周囲の青白く光る魔力が一気に凝縮され、ロップイヤーが付けていた白いウサギの垂れ耳の仮面となり、顔を覆った。

そう、俺はアスラ＝トワイライトであり、神級精霊なのだ。

「じ、自力で『精霊化』しただと……？」

ゼフツが膝《ひざ》をつく。この道の研究者らしい反応だと思った。

だがそんなことは関係ない。問題なのは……。

「大の大人が寄ってたかって、なに女の子泣かせてんだ……」

言葉に、目一杯の威圧を乗せる。

この姿を前に、それだけで解放軍の面々は体を固めてしまった。

「お前ら……俺に頭蓋骨割られて脳みそオ〇〇〇ルにされたいやつだけ前にでろぃ！」

この一言が口火を切った。

「お……おな……ほ？」「なんだ、何言ってんだ？」「構うもんか！　やっちまえ！」「わけのわからねえ野郎だ！　殺せぇ！」

解放軍の軍勢は負けじとすごむ。ゼフツは茫然《ぼうぜん》自失として、へたりこんでいる。

が、そんなこともお構いなしに解放軍は魔法を放って来た。

「水の精霊よ、我に力を！　アイス・ロック！」

氷漬けにする魔法だ。俺の右足が途端に氷に覆われ、地面から離れなくなる。

――が、構うものか。

クシャトリア、力を借りるぞ――

身体強化を使った。マグマのように体が熱くなり、身体能力がふつふつと湧き上がり、筋力が火山の噴火のように爆発する。

その力強さに、クシャトリアを感じる。まるでクールな彼女の意外にも熱いところを体現した能力のようだ。

力一杯に右足を地面ごと引き抜く。

「な……ッ!?」「くそ、なんて怪力だよ!!」「気を付けろっ！」

「右足の強化サンキューな」

絶句する解放軍の術者に狙いを定める。

さらに、アイス・ロックをコピーした。

――アルタイル、お前の手も借りたい。

完全複製《イミテーション》を使う。一番最初、お前と戦った時のことを思い出したよ。からめ手を使って
はくすりと笑うお前に相応《ふさわ》しい、ずる賢い能力だよ。

「水の精霊よ、俺に従え！　アイス・ロック！」

地面が一気に氷に覆われていき、波のように解放軍に押し寄せる。

「さ、さがれぇーッ!!」「みんな凍るぞッ！」「お、押すな！」

氷の波は、膝《ひざ》をついていたゼフツを飲み込み、やつを動けなくしてから、さらに勢いづ
いたように解放軍に迫り、そのうち数名の足を地面に固める。

「くそ！　動けねえ！」「誰か！　ひっぱり出してくれ！」

俺は間髪いれずに、身動きの取れなくなった数名目がけて、氷で固められた右足で地面
を蹴《け》った。

「くそ！　くるぞ！」「魔法だ！　コピーされないくらいの量を放てッ!!」

飛び上がった俺を飛んで火に入る夏の虫と判断したのか、多数の魔法で迎撃してきた。

「火の精霊よ！　我に力を！　ファイヤー・ランス！」

「土の精霊よ！　我に力を！　ロック・ブレッド！」

炎の槍と岩の弾丸、他にも様々な属性魔法が俺を目がけて襲いかかる。

しかし属性魔法である時点で無駄さ。

俺を人工精霊にした現象の元凶であり、俺にもたらされた能力の一つでもある……。

――――魔法壁だ。

バシュン！

「なん……っ、だと!?」「全部無効化しただと!?」「あの数だぞ!?　まさか！」

魔障壁は飛び上がった俺を球になって包み、衝突した属性魔法は、すべて霧のように打ち消された。

驚愕のあまり絶叫するだけの解放軍。

氷漬けにされた……いや、氷のハンマーを親切にも付けてもらった右足をふりおろす俺が、アイス・ロックで動けない連中の怯《おび》えきった瞳に、一瞬反射して映る。

が、彼らの断末魔はすぐに途絶えた。

ゴッシャァァアンッ!!

その衝撃は地面を揺らし、空間を震わせる。

反動で右足の氷は粉々に砕かれ、そのつぶては辺りに飛散した。

「ぐわぁッ！」「くそ！　なんて速さだ！」「化け物め！　オリオン、何をしている!?」

解放軍の悲鳴に紛れて、オリオンが呼ばれ、前に出る。

相変わらず青い髪が特徴的な少女だ。

「あなたも人工精霊だったんですね」

「……」

やけに大人びた、落ち着いた声だ。

「お話はお嫌いですか？　せっかく時間稼ぎになるのに」

「解放軍を逃がす算段か？」

「いいえ、あなたを倒す算段です」

「はっ、無理だな」

「自信がおありなんですね」

「自信じゃない。確信だよ。お前は俺に敵わない」

「じゃあ証明してみなさいな……！」

オリオンと呼ばれた青い髪の人工精霊……瞬間移動《テレポーテーション》の魔法を使う。

それを封じるられるのは、オリオンがどこか別の場所へ瞬間移動するまでだ。ここ以外の場所に行かれては、行き先もわからなければ、距離という概念がない彼女には追い付けない。そう、どんなに俺が速く走っても、だ。

しかし必勝の奥の手が一つだけある。

タイムリミットはオリオンが瞬間移動《テレポーテーション》する前。出し惜しみなんてする余裕はない。

が、しかし――――！

バシュッ！

オリオンはさっそく瞬間移動《テレポーテーション》を使う。

「後ろがガら空きですよ？」

ところが、俺の背後に現れた。

俺は磁力操作で血中の鉄分を操作、血流を速める。さらに身体強化で、体への負担を軽減した。

これは――――俺をアスラたらしめる能力。俺をこの世に結び付ける能力。記憶が、体が、能力を使った感覚が、そう言っている。

クシャトリアの身体強化、それに魔力提供。

アルタイルの完全複製《イミテーション》。

俺の磁力操作。

俺を人工精霊にした魔障壁。

それらの能力が、この二年間を乗り越え、人間に戻った俺を胴上げしていた。

俺の進むべき道を太陽のように明るく照らしてくれている。

だからだろうか、さっきオリオンにあんなに強気な口を利けたのも、負ける気がまったくしないのも……。

この二年間は無駄なんかじゃなかった。

血流促進で速く動く足と、身体強化の筋力で、まさに疾風のごとく駆け抜ける。

オリオンと距離を取り、振り向くが、たった今オリオンが瞬間移動《テレポーテーション》する瞬間だった。

バシュッ！

「私から逃げられるとでも？」

が、しかし――――すぐに再び俺の背後に回って来た。

これじゃ距離を取っては詰められるだけのいたちごっこだ。

もはや逃げ切るのは不可能に近い。

だけど、元より俺に選択肢はなかった。奥の手が俺にはある。

そして、俺には、ちゃんと神級精霊の時期を過ごした記憶がある。

あの二年間は、今思えばまるで暗闇の海を延々と方角もわからずに航海するような思いだった。

それを乗り越え解放された今、俺の闘志は燃えに燃え上がり、オリオンという強敵を前に、全力投球せずにはいられなかった。

俺とミレディの奥義である、神級精霊だった時の能力がまだ残っているのだ。これは誰からもらった能力でもない。神級精霊ロップイヤーが、俺に残した贈り物なのだ。

ワースト・ユニオンと、みんなは言う。

最低合体だと。

「へっ、最低上等だよ――――」

オリオンは、俺を別の場所に瞬間移動《テレポーテーション》させるべく、俺の肩に触れた。

「負け惜しみですか？　この状況で何をしても無駄です」

「こっちの台詞さ……！」

「は？　いったい何を――――」

オリオンが俺を瞬間移動《テレポーテーション》させる直前に、俺はワースト・ユニオンを使う。

バシュッ！

俺は一瞬で青白い光の塊と変貌し、オリオンを包み込む。

「なっ、なっ、なっ……、いったい何をッ!?」

焦ったオリオンは俺を振り払おうと腕を振り回すが、それは空を切る。

「無駄さ」

「あ、あなたはいったい……」

「神級精霊だよ……元ね」

「神級……？」

戦慄《せんりつ》するオリオン。目を見開いて、青白い光の塊となった俺を、まるで死神を見るように恐れる。彼女の目には、それがまざまざと刻まれていた。

さて、このワースト・ユニオン……能力のミソはアタリとハズレ、さらに大ハズレがあることだ。

人工精霊に試すのは初めてだけど、アタリはすでにさっきミレディが引き当てている。

確率の問題だが、もう一度続けてアタリが出た試しはない……！

俺は青白い光から、装備品となってオリオンを包み込む。

「な、な、な……なななななッ、なんですかこれはッッッ」

オリオンはたまらず、その場にしゃがみ込み、体を手で隠そうとする。

俺がついにオリオンの装備となって、彼女を覆ったのだ。

ただし、大ハズレで。

「あっははは！　似合ってる似合ってる！」

「うっ、うるさい！」

「おい見ろよ、解放軍のやつらこの状況で顔赤くしてやがる！　あははは！」

「くっ……と、とにかくこの場から離脱を……」

オリオンはいつも通り瞬間移動《テレポーテーション》をする。

いや……しようとするが。

「え、な、なんで？　なんで瞬間移動《テレポーテーション》ができないのっ？」

本格的に焦り始めるオリオン。

そう、それもそのはず。ミレディには説明済みだが、この大ハズレを引き当てた場合、ただのバニーガールに成り下がるのだ。

魔法使いでもなければ、人工精霊でもない。ただのバニーガールに。

「うそ、うそ、うそ……」

元々、煽情《せんじょう》的な服装だったが、今になって色っぽさの天井を押し上げたな、敵ながらあっぱれである。

しかし、魔力はアタリを引き当てた時と同様に俺に吸い取られる。

「このままお前の魔力を干からびさせてやる！」

「ま、まま、待って待って待ってぇーーーーっ！」

ギュンギュン俺の中に供給されるオリオンの魔力。

すぐにオリオンは脱力し、悲鳴を上げながら力尽きた。

オリオンの気絶を確認してから、俺はウサ耳のカチューシャから『精霊化』した姿に戻る。

「う、うそだろ……オリオンが……」「あ、あんな恥ずかしい負け方……最悪だ」

解放軍が怯《おび》えきる。しかし紳士諸君をバニーガール化したところで誰の需要もない。

さて、もっと楽しみたいが仕上げだ。女の子を待たせている。

「覚悟はできてるな」

そして最後は、神級精霊だった証である霊基《れいき》の鎖鎌《くさりがま》だ。

ひとりでに俺の手の中に青白い光の塊が現れ、鎌の形を形成する。

それはすぐに俺の手に馴染《なじ》み、触感が金属となる。

鎌の柄の先からは、鎖が形成されていき、その先端には同じ霊基の分銅が現れる。

ゴトン、と分銅が地面に落ちる音を聞き、解放軍の一人が悲鳴を短く上げた。

それからは、決着まですぐだった。

もちろん解放軍は抵抗した。魔法が効かないとわかってからは魔法は使わない頭は持っていたし、剣術の腕も確かだった。

しかしそうなれば、もはや土壌が違ってくる。

かたや身体強化と磁力操作を使って、目にも止まらぬ速度で駆け抜け、その勢いに乗せて鎖鎌を振るうのだ。

受け止めようものなら速度が加わった衝撃に、身体強化の圧力も加わる。

受け止めたり、弾こうとした解放軍は漏れなく吹っ飛んで気絶した。

避けようとする輩は頭がいい。逃げる者も評価できる。

だけど俺も一応、目にも止まらぬ速さを売りにしているものだから、避けられる気もさらさらない。

俺の疾駆は縦横無尽だった。

空間の形状がトンネルみたいになっているのも良かった。

壁や天井がアーチ状になっているため、遠心力で走りやすい。

俺を避けても、風圧や予測不可能の霊基の鎖鎌に捕らえられる。

俺から逃げても、それはただの一般成人のランニングに過ぎない。じゃあ質問です。亀は、レーシングカーから逃げきれますか？

オリオンを倒してからは、解放軍の全滅は早かった。

◇◆◇

土埃《つちぼこり》がトンネル状の巨大な通路を一時覆うが、代りに戦闘の音は綺麗《きれい》に止んだ。

倒れた解放軍は、全員アイス・ロックで地面に貼り付けた。そう簡単には逃げ出せないはず。

後は騎士隊の到着を待つだけだ。

と、張り詰めていた緊張が切れたのだろうか。

一気に脱力した。

魔力は……いいや、充分にある。魔力切れではない。

ただの疲れかと安堵《あんど》すると、さらに倦怠《けんたい》感が力を奪った。

ミレディの所に戻ろうとした足は言うことを聞かず、代わりと言っちゃ何だが、つまずいて転びそうになる。

が、転ばなかった。

「ミレディ……」

ミレディが前から駆け寄って、抱き留めてくれたのだ。俺はミレディに支えられるようになって、抱き締められる。

「ほんとに……ほんとにアスラだよね……私のこと覚えてる？　ねえ……」

彼女にしては珍しい。早口に喋ることもできるんだなと思った。

そしてまた涙を目に溜める。俺の胴に回された彼女の腕が、さらに締まるのを感じられた。

ミレディは俺の身長を追い抜いていた。

そりゃそうだ。人工精霊に時間経過による身体的な変化はない。二年もの間、俺の成長は止まっていたのだ。

歳も違う。俺は十六歳のまま。ミレディは俺より二つ年上。十八歳のお姉さんだ。

そう思うと、目頭が熱くなった。

「ミレディ……背、伸びたんだな」

俺もミレディの背中に手を回し、思いきり抱きついた。

すると、彼女の俺を抱き締める腕は、さらにきつくなる。

「あぁ……アスラ……」

ミレディは、ついに嗚咽《おえつ》を漏らしながら泣き始める。

俺の目線が、ちょうど彼女の頬ぐらいの高さにあった。

しかし彼女の涙は、とても温かく、俺の頬に落ちた時には優しく溶けた。

戻って来たんだ……。

そんな感情が、安心感が、じんわりと広がる。

俺たちは、騎士隊が迎えに来るまでの……小一時間くらいかな……随分と長い間、抱き合っていた。

その間、ミレディの涙が途切れることはなかった。

まるでこの二年間の感情を取り戻すかのように、彼女は泣き続けた。

◇◆◇

〈レオナルド〉


騎士隊がこのアジトを突き止めたらしい。

すでに別の階層で戦闘が始まっている。地響きと轟音《ごうおん》が続いた。

もう……ここも終わりだな。不思議と、その確信が芽生える。

「結局……研究所の薬を回してもらっても、『魔人化』の症状は抑えられないか……」

自分の変わり果てた体を見て、諦観《ていかん》のため息が出た。

頭には大きな角、背中にはおぞましい羽が生えていた。

いつしか魔法が使えるようにもなり、自分が怖くなる。

「へへへ、魔人の魔法は『極致魔法』って呼ばれてるんだっけな……だっせぇ名前」

息をするように魔法が使えた。手の平に炎の魔法を出そうとすれば、まるでその道の達人のように炎が操れ、炎は綺麗《きれい》な渦を巻き始める。

「くそ……なんでこんな体に……」

きっと、俺はもっともっと魔人に近付く。

もっともっと恐ろしいものへと成り代わる。

俺はたまらなくなって、アジトを飛び出した。


〈『無属性魔法の救世主9』につづく〉

ヒーロー文庫

無《む》属《ぞく》性《せい》魔《ま》法《ほう》の救世主《メサイア》 8

武《む》藤《とう》健《けん》太《た》

2020年9月10日　第1刷発行

発行者　前田起也

発行所　株式会社　主婦の友インフォス
〒101-0052 東京都千代田区神田小川町 3-3
電話／03-6273-7850（編集）

発売元　株式会社　主婦の友社
〒141-0021
東京都品川区上大崎 3-1-1 目黒セントラルスクエア
電話／03-5280-7551（販売）

印刷所　大日本印刷株式会社

ISBN 978-4-07-445009-1